AS CAVERNAS DE AÇO

ISAAC ASIMOV

AS CAVERNAS DE AÇO

TRADUÇÃO
ALINE STORTO PEREIRA

ALEPH

AS CAVERNAS DE AÇO

TÍTULO ORIGINAL:
The caves of steel

COPIDESQUE:
Marcos Fernando de Barros Lima

REVISÃO:
Hebe Ester Lucas

CAPA:
Giovanna Cianelli

PROJETO GRÁFICO E DIAGRAMAÇÃO:
Desenho Editorial

ILUSTRAÇÃO:
Stephen Youll

DIREÇÃO EXECUTIVA:
Betty Fromer

DIREÇÃO EDITORIAL:
Adriano Fromer Piazzi

DIREÇÃO DE CONTEÚDO:
Luciana Fracchetta

EDITORIAL:
Daniel Lameira
Andréa Bergamaschi
Débora Dutra Vieira
Luiza Araujo
Renato Ritto*

COMUNICAÇÃO:
Nathália Bergocce

COMERCIAL:
Giovani das Graças
Lidiana Pessoa
Roberta Saraiva
Gustavo Mendonça
Pâmela Ferreira

FINANCEIRO:
Roberta Martins
Sandro Hannes

*Equipe original à época do lançamento

COPYRIGHT © ISAAC ASIMOV, 1953, 1954
COPYRIGHT © EDITORA ALEPH, 2013
(EDIÇÃO EM LÍNGUA PORTUGUESA PARA O BRASIL)

TODOS OS DIREITOS RESERVADOS.
PROIBIDA A REPRODUÇÃO, NO TODO OU EM PARTE, ATRAVÉS DE QUAISQUER MEIOS.

EDITORA ALEPH
Rua Tabapuã, 81, cj 134
04533-010 – São Paulo – SP – Brasil
Tel.: [55 11] 3743-3202
www.editoraaleph.com.br

DADOS INTERNACIONAIS DE CATALOGAÇÃO NA PUBLICAÇÃO (CIP)
(CÂMARA BRASILEIRA DO LIVRO, SP, BRASIL)
ELABORADO POR VAGNER RODOLFO DA SILVA - CRB-8/9410

A832c Asimov, Isaac
As cavernas de aço / Isaac Asimov ; traduzido por Aline Storto Pereira. - 2. ed. - São Paulo : Aleph, 2019.
304 p.

Tradução de: The caves of steel
ISBN: 978-85-7657-453-8

1. Literatura americana. 2. Ficção científica. I. Pereira, Aline Storto. II. Título.

2019-1114   CDD 813.0876
                                CDU 821.111(73)-3

ÍNDICES PARA CATÁLOGO SISTEMÁTICO:
Literatura americana : Ficção científica 813.0876
Literatura americana : Ficção científica 821.111(73)-3

SUMÁRIO

		Introdução	9
1	•	Conversa com um Comissário	21
2	•	Idas e vindas em uma via expressa	35
3	•	Incidente em uma sapataria	51
4	•	Apresentado a uma família	63
5	•	Análise de um assassinato	81
6	•	Sussurros em um quarto	95
7	•	Visita à Vila Sideral	105
8	•	Discussão sobre um robô	121
9	•	Esclarecimentos de um Sideral	135
10	•	A tarde de um investigador	151
11	•	Fuga pelas faixas	169
12	•	A opinião de um especialista	185
13	•	Apontando para a máquina	203
14	•	O poder de um nome	223
15	•	A prisão de um conspirador	239
16	•	Questões sobre um motivo	253
17	•	A conclusão de um projeto	269
18	•	O fim de uma investigação	283

INTRODUÇÃO

A HISTÓRIA POR TRÁS DOS ROMANCES DE ROBÔS

O meu caso de amor com robôs como escritor começou em 10 de maio de 1939; entretanto, como *leitor* de ficção científica, começou ainda mais cedo.

Afinal, os robôs não eram nenhuma novidade na ficção científica, nem mesmo em 1939. Seres humanos mecânicos podem ser encontrados em mitos e lendas da antiguidade e medievais; já a palavra "robô" apareceu originalmente na peça *R.U.R.*, de Karl Capek, a qual foi encenada pela primeira vez em 1921, na Checoslováquia, mas que logo foi traduzida para muitos idiomas.

R.U.R. significa "Rossum's Universal Robots" [Robôs Universais de Rossum]. Rossum, um industrial inglês, produziu seres humanos artificiais para fazer todo o trabalho mundano e libertar a humanidade para uma vida de ócio criativo. (O termo "robô" vem de uma palavra checa que significa "trabalho compulsório".) Embora Rossum tivesse boas intenções, as coisas não funcionaram como ele tinha planejado: os robôs se rebelaram e a espécie humana foi destruída.

Talvez não seja nenhuma surpresa que um avanço tecnológico, imaginado em 1921, fosse visto como a causa de tamanho desastre. Lembre-se de que não fazia muito tempo que a Primeira Guerra Mundial, com seus tanques, aviões e gases venenosos, havia acabado e mostrado às pessoas "o lado sombrio da força", para usar a terminologia de *Star Wars*.

R.U.R. acrescentou sua visão sombria àquela proporcionada pela obra ainda mais famosa *Frankenstein*, na qual a criação de outro tipo de ser humano artificial também acabou em desastre, embora em uma escala mais limitada. Seguindo esses exemplos, tornou-se muito comum, nas décadas de 1920 e 1930, retratar os robôs como inventos perigosos que invariavelmente destruiriam seus criadores. A moral dessas histórias apontava, repetidas vezes, que "há coisas que o Homem não deve saber".

No entanto, mesmo quando eu era jovem, não conseguia acreditar que, se o conhecimento oferecesse perigo, a solução seria a ignorância. Sempre me pareceu que a solução tinha que ser a sabedoria. Não se devia deixar de olhar para o perigo; ao contrário, devia-se aprender a lidar cautelosamente com ele.

Afinal, para começar, esse tem sido o desafio desde que certo grupo de primatas tornou-se humano. *Qualquer* avanço tecnológico pode ser perigoso. O fogo era perigoso no princípio, assim como (e até mais) a fala – e ambos ainda são perigosos nos dias de hoje –, mas os seres humanos não seriam humanos sem eles.

De qualquer forma, sem saber ao certo o que me desagradava quanto às histórias de robôs que eu lia, eu esperava por algo melhor, e encontrei na edição de dezembro de 1938 da revista *Astounding Science Fiction*. Essa edição continha "Helen O'Loy", de Lester del Rey, uma história na qual um robô era retratado de modo compassivo. Aquela era, acredito, apenas a segunda história de del Rey, mas me tornei seu fã incondicional desde aquele momento. (Por favor, não digam isso a ele. Ele nunca deve saber.)

Quase na mesma época, na edição de janeiro de 1939 da *Amazing Stories*, Eando Binder retratou um robô simpático em "I, Robot". Essa era a mais fraca das duas histórias, mas de novo eu vibrei. Comecei a ter uma vaga sensação de que queria escrever uma história na qual um robô seria retratado afetuosamente. E em 10 de maio de 1939, comecei essa história. Esse trabalho demorou duas semanas, pois, naquela época, eu demorava algum tempo para escrever uma história.

Eu a intitulei "Robbie" e era sobre uma babá robô que era amada pela criança de quem cuidava e temida pela mãe. No entanto, Fred Pohl (que tinha 19 anos na época e cuja produção se igualou à minha ano a ano desde então) era mais sábio do que eu. Quando ele leu a história, disse que John Campbell, o todo-poderoso editor da *Astounding*, não a aceitaria porque se parecia demais com "Helen O'Loy". Ele estava certo. Campbell a rejeitou exatamente por esse motivo.

No entanto, Fred tornou-se editor de duas novas revistas pouco tempo depois, e *ele* aceitou "Robbie" em 25 de março de 1940. Ela foi publicada na edição de setembro de 1940 da *Super-Science Stories*, embora seu título tivesse sido alterado para "Strange Playfellow". (Fred tinha o horrível hábito de mudar títulos, quase sempre para algo pior. A história apareceu muitas vezes depois, mas sempre com o título original.)

Naquela época, não me agradava vender minhas histórias a qualquer editor a não ser Campbell, então tentei escrever outra história de robôs após algum tempo. Discuti a ideia com ele primeiro, para me certificar de que ele não a rejeitaria por nenhum outro motivo a não ser uma redação inadequada, e aí escrevi "Reason", na qual um robô se tornava religioso, por assim dizer.

Campbell a comprou em 22 de novembro de 1940 e ela foi publicada na edição de abril de 1941 da revista. Era a terceira vez que eu vendia um conto para ele e a primeira que ele o aceitava exatamente como eu o apresentara, sem pedir uma revisão. Fiquei tão animado que logo escrevi minha terceira história de robôs, sobre um robô que lia mentes, a qual intitulei de "Liar!" e a qual Campbell *também* aceitou e que foi publicada na edição de maio de 1941. Eu tinha duas histórias de robôs em duas edições sucessivas.

Depois disso, não pretendia parar. Eu tinha uma série nas mãos. Eu tinha mais do que isso. Em 23 de dezembro de 1940, quando estava discutindo minha ideia sobre um robô que lia mentes com Campbell, vimo-nos analisando as regras que regiam o comportamento dos robôs. Parecia-me que os robôs eram inventos da engenharia que deveriam ter salvaguardas incorporadas, e então nós dois começamos a dar um formato verbal para essas salvaguardas. Elas se tornaram as "Três Leis da Robótica".

Primeiro, elaborei a forma final das Três Leis, e as usei explicitamente no meu quarto conto de robôs, "Runaround", que foi publicado na edição de março de 1942 da *Astounding*. As Três Leis apareceram pela primeira vez na página 100 daquela edição. Verifiquei isso, pois a página onde elas aparecem nessa edição é, que eu saiba, a primeira vez que a palavra "robótica" é usada na história mundial.

Continuei escrevendo mais quatro histórias de robôs para a *Astounding* na década de 1940. Eram elas: "Catch That Rabbit", "Escape" (a qual Campbell intitulou de "Paradoxical Escape" porque, dois anos antes, ele tinha publicado uma história cujo título era "Escape"), "Evidence" e "The Evitable Conflict". Foram publicadas, respectivamente, nas edições de fevereiro de 1944, agosto de 1945, setembro de 1946 e junho de 1950 da *Astounding*.

Em 1950, editoras importantes, notadamente a Doubleday and Company, estavam começando a publicar livros de ficção científica. Em janeiro de 1950, a Doubleday publicou meu primeiro livro, o romance de ficção científica *Pedra no céu*, e eu estava trabalhando duro em um segundo romance.

Ocorreu a Fred Pohl, que foi meu agente por um breve período naquela época, que talvez fosse possível organizar um livro com as minhas histórias de robôs. A Doubleday não estava interessada em coletâneas de contos naquele momento, mas uma editora bem pequena, a Gnome Press, estava.

Em 8 de junho de 1950, a coletânea foi entregue à Gnome Press, e o título que eu dei a ela foi *Mind and Iron* [Mente e Ferro]. O editor negou com a cabeça.

—Vamos chamá-la de *Eu, Robô* – ele disse.

— Não podemos – eu disse. – Eando Binder escreveu um conto com esse título dez anos atrás.

— Quem se importa? – disse o editor (embora essa seja uma versão editada do que ele realmente disse) e, constrangido, eu permiti que ele me persuadisse. *Eu, Robô* foi o meu segundo livro, publicado no fim de 1950.

O livro continha oito histórias de robôs da *Astounding*, cuja ordem tinha sido reorganizada para tornar a progressão mais lógica. Além disso, incluí "Robbie", minha primeira história, porque eu gostava dela apesar da rejeição de Campbell.

Eu tinha escrito outras três histórias de robôs na década de 1940 que Campbell tinha rejeitado ou que nunca tinha visto, mas elas não seguiam a mesma linha de progressão das histórias, então as deixei de fora. Entretanto, essas e outras histórias de robôs escritas nas décadas que se seguiram a *Eu, Robô* foram incluídas em coletâneas posteriores – todas elas, sem exceção, foram incluídas em *The Complete Robot*, publicada pela Doubleday em 1982.

Eu, Robô não causou grande impacto quando da sua publicação, mas vendeu lenta e regularmente ano após ano. Em meia década, havia sido publicada uma tiragem para as Forças Armadas, uma versão capa dura mais barata, uma edição britânica e outra alemã (minha primeira publicação em língua estrangeira). Em 1956, a coletânea foi até mesmo impressa em formato de livro de bolso pela New American Library.

O único problema era que a Gnome Press mal conseguia sobreviver e nunca chegou a me dar demonstrações financeiras semestrais ou pagamentos. (Isso incluía meus três livros da série *Fundação*, que a Gnome Press também tinha publicado.)

Em 1961, a Doubleday tomou conhecimento do fato de que a Gnome Press estava tendo problemas e entrou em acordo para adquirir os direitos de *Eu, Robô* (e dos livros da série *Fundação* também). A partir daquele momento, as vendas dos livros melhoraram. De fato, *Eu, Robô* continua em circulação desde que foi publicado pela primeira vez. Já faz 33 anos. Em 1981, foi vendido para o cinema, embora nenhum filme tenha sido feito ainda. Que eu saiba, também foi publicado em dezoito línguas estrangeiras diferentes, inclusive em russo e hebraico.

Mas estou me adiantando demais nesta história.

Voltemos a 1952, momento em que *Eu, Robô* caminhava a passos lentos como livro da Gnome Press e não havia sinal de que ele seria um sucesso.

Naquela época, novas e excelentes revistas de ficção científica tinham surgido e o gênero estava em um de seus *booms* periódicos. *The Magazine of Fantasy and Science Fiction* surgiu em 1949, e *Galaxy Science Fiction*, em 1950. Com isso, John Campbell perdeu seu monopólio do gênero, e a "Era de Ouro" da década de 1940 acabou.

Comecei a escrever para Horace Gold, o editor da *Galaxy*, com certo alívio. Por um período de oito anos, eu tinha escrito exclusivamente para Campbell e tinha chegado a sentir que era um escritor de um editor só e que, se algo acontecesse a ele, eu estaria acabado. O êxito em vender algo para Gold aliviou minha preocupação quanto a isso. Gold até publicou meu segundo romance em fascículos, *The Stars, Like Dust...*, embora ele tenha alterado o título para *Tyrann*, que eu achei horrível.

Gold tampouco era meu único novo editor. Vendi uma história de robô para Howard Browne, editor da *Amazing* durante um breve período no qual se tentou que ela fosse uma revista de qualidade. A história, intitulada "Satisfaction Guaranteed", foi publicada na edição de abril de 1951.

Mas essa foi uma exceção. De modo geral, eu não tinha intenção de escrever mais histórias de robôs àquela altura. A publicação de *Eu, Robô* parecia ter trazido aquela parte da minha carreira literária ao seu encerramento natural, e eu ia seguir adiante.

No entanto, Gold, tendo publicado um livro meu em fascículos, estava disposto a tentar fazer isso de novo, sobretudo porque Campbell tinha aceitado publicar desta mesma maneira um novo romance que eu tinha escrito, *The Currents of Space*.

Em 19 de abril de 1952, Gold e eu estávamos falando sobre um novo romance que deveria ser publicado na *Galaxy*. Ele sugeriu que fosse um romance de robôs. Meneei a cabeça de maneira veemente. Meus robôs tinham aparecido apenas em contos e eu não tinha certeza de que poderia escrever um romance inteiro baseado neles.

– É claro que consegue – Gold sugeriu. – Que tal um mundo superpovoado no qual os robôs estão tomando os empregos dos humanos?

– Depressivo demais – respondi. – Não tenho certeza se quero trabalhar com uma história de tema sociológico difícil.

– Faça do seu jeito. Você gosta de mistérios. Coloque um assassinato nesse mundo e faça com que um detetive o resolva com um parceiro robô. Se o detetive não resolvê-lo, o robô o substituirá.

Isso acendeu uma chama. Campbell tinha dito muitas vezes que um mistério de ficção científica era um contrassenso; que os avanços da tecnologia poderiam ser usados para tirar os detetives de apuros de um modo injusto e que, portanto, os leitores seriam ludibriados.

Sentei-me para escrever uma clássica história de mistério que não fosse ludibriar o leitor – mas que ainda fosse uma verdadeira história de ficção científica. O resultado foi *As Cavernas de Aço*. A história foi publicada na *Galaxy* em três partes nas edições de outubro, novembro e dezembro de 1953 e, em 1954, foi publicada pela Doubleday como meu décimo primeiro livro.

Não há dúvida de que *As Cavernas de Aço* é meu livro de maior sucesso até hoje. Ele vendeu mais do que qualquer um dos meus livros anteriores; recebeu cartas mais simpáticas dos leitores; e (a maior prova de todas) a Doubleday abriu os braços para mim com mais entusiasmo do que nunca. Até aquele momento, eles me pediam esboços e capítulos antes de me dar os contratos, mas depois disso eu os conseguia simplesmente dizendo que ia escrever outro livro.

De fato, *As Cavernas de Aço* obteve tanto sucesso, que era inevitável que eu escrevesse uma sequência. Creio que eu a teria começado sem demora, se não tivesse acabado de começar a escrever livros de divulgação científica e descoberto que adorava fazer isso. Na verdade, somente em outubro de 1955 comecei *O sol desvelado*.

Uma vez começada, a escrita do livro fluiu. De certa forma, ele contrabalançava os livros anteriores. *As Cavernas de Aço* se passava na Terra, um mundo com muitos humanos e poucos robôs, enquanto *O sol desvelado* se passava em Solaria, um mundo com poucos humanos e muitos robôs. Além disso, embora geralmente meus livros sejam desprovidos de romance, coloquei uma discreta história de amor em *O sol desvelado*.

Eu estava muito satisfeito com a sequência e, no fundo, pensava que era ainda melhor do que *As Cavernas de Aço*, mas o que deveria fazer com ela? Eu estava um tanto afastado de Campbell, que tinha se dedicado a um ramo de pseudociência chamado dianética e tinha se interessado por discos voadores, psiônica e vários outros assuntos questionáveis. Por outro lado, eu devia muito a ele e me sentia culpado de publicar sobretudo com Gold, que tinha lançado consecutivamente dois de meus livros em fascículos. Mas como ele não tinha nada a ver com o planejamento de *O sol desvelado*, eu podia fazer com ele o que quisesse.

Portanto, ofereci o romance a Campbell, e ele o aceitou sem demora. Foi publicado em três partes nas edições de outubro, novembro e dezembro de 1956 da *Astounding*, e Campbell não mudou meu título. Em 1957, foi publicado pela Doubleday como meu vigésimo livro.

Esse livro vendeu tão bem quanto *As Cavernas de Aço*, se não mais, e a Doubleday logo ressaltou que eu não podia parar por ali. Eu teria que escrever um terceiro livro e fazer uma trilogia, do mesmo modo como os meus três livros da série *Fundação* formavam uma trilogia.

Eu estava totalmente de acordo. Eu tinha uma vaga ideia do enredo do terceiro livro e tinha um título – *The Bounds of Infinity*.

Em julho de 1958, minha família estava passando três semanas de férias em uma casa na praia em Marshfield, Massachusetts, e eu tinha planejado trabalhar e escrever um pedaço considerável do novo romance ali. O cenário seria Aurora, onde o equilíbrio entre humanos e robôs não pesaria nem para o lado dos humanos, como em *As Cavernas de Aço*, nem para o lado dos robôs, como em *O sol desvelado*. Além disso, o romance apareceria com muito mais força.

Eu estava pronto – e, no entanto, algo estava errado. Gradualmente, eu tinha passado a me interessar mais por não ficção na década de 1950 e, pela primeira vez, comecei a escrever um romance que não fluía. Quatro capítulos depois, meus esforços desvaneceram e eu desisti. Decidi que, no fundo, sentia que não conseguiria trabalhar no romance, não conseguiria equilibrar a mescla entre humanos e robôs de maneira adequada e uniforme.

Por 25 anos, o livro continuou assim. *As Cavernas de Aço* e *O sol desvelado* nunca desapareceram ou ficaram esgotados. Foram publicados juntos em *The Robot Novels* e com uma série de contos em *The Rest of the Robots*, além de várias edições em brochura.

Portanto, por 25 anos, os leitores tinham esses dois romances à disposição para ler e, suponho eu, para se divertir. Como consequência, muitos me escreveram pedindo um terceiro romance. Nas convenções, faziam esse pedido diretamente. Ela tornou-se o pedido mais inevitável que eu receberia (exceto pelo pedido por um quarto romance da *Fundação*).

Toda vez que me perguntavam se eu pretendia escrever um terceiro romance de robôs, eu respondia:

– Sim, algum dia, então rezem para que eu tenha uma vida longa.

De certa forma, eu sentia que devia fazer isso, mas, com o passar dos anos, eu tinha cada vez mais certeza de que não conseguiria trabalhar com ele e estava cada vez mais convencido de que um terceiro romance nunca seria escrito.

Entretanto, em março de 1983, apresentei à Doubleday o "tão esperado" terceiro romance de robôs.* Ele não tem relação nenhuma com aquela tentativa malfadada de 1958 e seu título é *Os robôs da alvorada*. A Doubleday o publicou em outubro de 1983.

– Isaac Asimov
Nova York

---

* O autor escreveria ainda um quarto volume intitulado *Robots and Empire*, publicado em 1985. [N. de E.]

AS CAVERNAS DE AÇO

1 CONVERSA COM UM COMISSÁRIO

Lije Baley tinha acabado de chegar à sua mesa quando percebeu que R. Sammy o observava com ansiedade.

As graves linhas do seu rosto comprido endureceram.

– O que você quer?

– O chefe quer falar com você, Lije. Agora mesmo. Assim que chegasse.

– Tudo bem.

R. Sammy ficou parado, sem expressão.

Baley disse:

– Eu disse tudo bem. Vá embora!

R. Sammy virou as costas e saiu para ocupar-se de suas obrigações. Irritado, Baley se perguntava por que essas obrigações não poderiam ser feitas por um homem.

Ele parou para examinar o conteúdo de sua bolsa de tabaco e fazer alguns cálculos mentais. Com duas cachimbadas por dia, poderia fazer o tabaco durar até a entrega da próxima cota.

Então ele saiu de trás da divisória (dois anos antes, sua classificação lhe dera direito a um canto com uma divisória) e atravessou o salão.

Simpson levantou os olhos de um arquivo no leitor de mercúrio enquanto Baley passava.

– O chefe quer falar com você, Lije.

– Eu sei. R. Sammy me disse.

Uma fita com dados condensados e codificados saía do leitor de mercúrio enquanto o pequeno instrumento procurava e analisava a própria "memória" em busca da informação desejada, armazenada em minúsculos padrões de vibração na superfície luminosa do mercúrio contido no aparelho.

– Eu chutaria o traseiro do R. Sammy se não tivesse medo de quebrar a perna – disse Simpson. – Eu vi Vince Barrett outro dia.

– Oh.

– Ele queria o emprego de volta. Ou qualquer emprego no Departamento de Polícia. O pobre rapaz está desesperado, mas o que *eu* podia dizer a ele? R. Sammy está fazendo o trabalho dele e isso é tudo. O garoto tem que fazer entregas nas regiões produtoras de leveduras. Além disso, ele era um rapaz esperto. Todos gostavam dele.

Baley encolheu os ombros e disse de um modo mais firme do que pretendia ou do que sentia:

– É uma situação que todos estamos enfrentando.

O chefe tinha direito a um escritório particular por conta do cargo que ocupava. Estava escrito JULIUS ENDERBY no vidro opaco. Letras bonitas. Cuidadosamente entalhadas no vidro. Embaixo estava escrito COMISSÁRIO DE POLÍCIA, CIDADE DE NOVA YORK.

Baley entrou e disse:

– Queria me ver, Comissário?

Enderby levantou os olhos. Ele usava óculos porque tinha olhos sensíveis e não tolerava as lentes de contato comuns. Só se podia identificar o restante de seu rosto, que era bastante comum, quando se acostumava com os óculos. Baley sabia bem que o Comissário os valorizava porque lhe emprestavam personalidade e suspeitava que os olhos do chefe não eram tão sensíveis assim.

Definitivamente, o Comissário parecia nervoso. Ele ajustou os punhos, recostou-se e disse com demasiada avidez:

— Sente-se, Lije. Sente-se.

Baley se sentou com as costas retas e esperou.

Enderby perguntou:

— Como está Jessie? E o garoto?

— Bem — respondeu Baley, de modo vago. — Estão bem. E sua família?

— Bem — repetiu Enderby. — Estão bem.

O começo da conversa tinha sido um alarme falso.

Baley pensou: há algo errado com o rosto dele.

Em voz alta, ele disse:

— Comissário, gostaria que não mandasse R. Sammy me procurar.

— Sabe como me sinto sobre esse tipo de coisa, Lije. Mas o colocaram aqui e tenho que usá-lo para algo.

— É desagradável, Comissário. Ele me avisa que você quer falar comigo e fica lá. Sabe o que eu quero dizer. Preciso mandá-lo embora, se não ele continua lá.

— Ah, isso é culpa minha, Lije. Passei a ele o recado que deveria entregar e me esqueci de dizer especificamente que era para ele voltar ao trabalho quando acabasse.

Baley suspirou. As finas rugas ao redor de seus olhos de um castanho intenso ficaram mais acentuadas.

— De qualquer maneira, você queria me ver.

— Sim, Lije — disse o Comissário —, mas é algo que não será nada fácil.

Ele levantou-se, afastou-se e caminhou até a parede atrás de sua mesa. Ele tocou um interruptor imperceptível e uma parte da parede ficou transparente.

Baley piscou com o inesperado surgimento de uma luz acinzentada.

O Comissário sorriu.

— Eu providenciei isto especialmente ano passado, Lije. Acho que não mostrei a você antes. Venha aqui e dê uma olhada. Nos velhos tempos, todos os escritórios tinham coisas assim. Chamavam-se "janelas".Você sabia disso?

Baley sabia muito bem disso, pois tinha visto muitos romances históricos.

— Ouvi falar delas.

—Venha aqui.

Baley sentiu-se um pouco constrangido, mas fez o que o chefe pediu. Havia algo de indecente em expor a privacidade de um escritório ao mundo lá fora.Às vezes, o Comissário levava seu apreço pelo Medievalismo ao extremo, o que era um tanto ridículo.

Como seus óculos, Baley pensou.

Era isso! Era por isso que parecia haver algo errado com ele.

— Perdão, Comissário — Baley arriscou —, mas está usando óculos novos, não está?

O Comissário olhou para ele levemente surpreso, tirou os óculos, olhou para eles e depois para Baley. Sem os óculos, seu rosto redondo parecia mais redondo e seu queixo, um pouquinho mais pronunciado. Ele parecia mais vago, também, uma vez que não conseguia focar os olhos de modo adequado.

— Sim — ele confessou.

Ele colocou os óculos de volta no nariz, e então acrescentou com muita raiva:

— Quebrei meus óculos antigos há três dias. Entre uma coisa e outra, eu não consegui substituí-los até hoje de manhã. Lije, esses três dias foram um inferno.

— Por conta dos óculos?

— E por outras coisas também. Estou chegando lá.

Ele se virou para a janela e Baley fez o mesmo. Baley percebeu, com alguma surpresa, que estava chovendo. Por um minuto, ele se perdeu no espetáculo da água caindo do céu, enquanto o Comissário demonstrava um tipo de orgulho, como se ele fosse responsável pelo fenômeno.

— Esta é a terceira vez este mês que observo a chuva. É uma vista e tanto, não acha?

Contra a sua vontade, Baley teve que admitir para si mesmo que era impressionante. Em seus 42 anos, raras vezes ele tinha visto a chuva, ou qualquer fenômeno da natureza, na verdade.

Ele disse:

— Sempre parece um desperdício toda essa água cair sobre a cidade. Ela deveria cair apenas sobre os reservatórios.

— Lije — disse o Comissário —, você é um modernista. Esse é o problema. Nos tempos Medievais, as pessoas viviam ao ar livre. Não digo apenas nas fazendas. Quero dizer nas cidades também. Mesmo em Nova York. Quando chovia, eles não pensavam nisso como um desperdício. Eles se alegravam com a chuva. Viviam próximos à natureza. É mais saudável, é melhor. Os problemas da vida moderna se originam do fato de vivermos afastados da natureza. Leia sobre o Século do Carvão um dia desses.

Baley tinha lido. Ele tinha ouvido muitas pessoas lamentarem a invenção da pilha atômica. Ele mesmo lamentava essa invenção quando as coisas davam errado ou quando se cansava. Lamentar dessa forma era uma característica inata da natureza humana. No Século do Carvão, as pessoas lamentavam a invenção da máquina a vapor. Em uma das peças de Shakespeare, um personagem lamentava a invenção da pólvora. Mil anos depois, no futuro, estariam lamentando a invenção do cérebro positrônico.

Que se dane.

— Escute, Julius. — Baley começou, em um tom severo. (Ele não tinha o hábito de tratar o Comissário com intimidade durante o expediente, não importava quantas vezes o chamasse de "Lije", mas a ocasião parecia pedir por algo assim.) — Escute, Julius, você falou sobre tudo, exceto sobre por que eu vim até aqui, e isso está me deixando preocupado. O que foi?

O Comissário disse:

– Estou chegando lá, Lije. Deixe-me fazer isso do meu jeito. É... é problema.

– Claro. E o que não é neste planeta? Mais problemas com os R's?

– De certa forma, sim, Lije. Fico aqui e me pergunto quantos problemas mais o antigo mundo pode suportar. Quando instalei essa janela, eu não estava apenas deixando o céu entrar de vez em quando. Eu deixo a Cidade entrar. Olho para ela e penso o que será dela daqui a um século?

Baley sentia repulsa pelo sentimentalismo do outro, mas se viu olhando para fora, fascinado. Mesmo com o tempo fechado, a Cidade era uma coisa extraordinária de se ver. O Departamento de Polícia estava nos andares superiores da Prefeitura, que situava-se em um edifício alto. A partir da janela do Comissário, as torres vizinhas se apequenavam e seus telhados ficavam visíveis. Eram muitos dedos apontando para cima. Suas paredes eram brancas, sem graça. Eram a casca exterior das colmeias humanas.

– De certa forma – comentou o Comissário –, sinto muito que esteja chovendo. Não podemos ver a Vila Sideral.

Baley olhou para o oeste, mas, como disse o Comissário, não dava para ver nada. O horizonte estava escuro. As torres de Nova York foram tomadas pela névoa e se desvaneceram em uma brancura total.

– Eu sei como a Vila Sideral é – resmungou Bailey.

– Gosto de como ela é vista daqui – insistiu o Comissário. – Pode ser avistada na lacuna que se formava entre os dois Setores Brunswick. Cúpulas baixas espalhadas. É a diferença entre nós e os Siderais. Nossas construções vão até bem alto e estão abarrotadas de gente. Entre eles, cada família tem uma Cúpula. Uma família, uma casa. E terra entre uma Cúpula e outra. Você já conversou com algum dos Siderais, Lije?

– Poucas vezes. Um mês atrás, falei com um deles bem aqui no seu intercomunicador – Baley disse, pacientemente.

— Sim, eu me lembro. Mas estou filosofando. Nós e eles. Diferentes modos de vida.

Baley estava começando a sentir um aperto no estômago. Quanto mais tortuosa a abordagem do Comissário, ele acreditava que mais fatal poderia ser o desfecho. Então retrucou:

— Tudo bem. Mas o que há de tão surpreendente nisso? Não é possível espalhar oito bilhões de pessoas pela Terra em pequenas Cúpulas. Eles têm espaço no mundo deles, então deixe-os viver do jeito deles.

O Comissário andou em direção à sua cadeira e sentou-se. Olhou para Baley sem piscar, seus olhos um pouco encolhidos pelas lentes côncavas dos óculos, e falou:

— Nem todo mundo é tão tolerante quanto às diferenças culturais. Nem entre nós nem entre os Siderais.

— Tudo bem. E daí?

— Há três dias, um Sideral morreu.

Agora estava vindo à tona. Os cantos dos lábios finos de Baley se ergueram um pouco, mas o efeito sobre seu rosto longo e triste foi imperceptível. Ele disse:

— É uma pena. Algo contagioso, eu espero. Um vírus. Uma gripe, talvez.

O Comissário parecia perplexo.

— Do que você está falando?

Baley não se preocupou em explicar. A precisão com a qual os Siderais tinham erradicado as doenças de suas sociedades era bem conhecida. O cuidado com o qual eles evitavam, tanto quanto possível, o contato com os terráqueos repletos de doenças era ainda mais conhecido. Mas o sarcasmo passou despercebido pelo Comissário.

Baley respondeu:

— Só estou falando. De que ele morreu?

E virou-se de novo para a janela.

O Comissário disse:

— Ele morreu pela falta de um tórax. Alguém explodiu o peito dele com um desintegrador.

As costas de Baley enrijeceram. Sem se virar, ele disse:

— Do que *você* está falando?

— Estou falando sobre assassinato — disse o Comissário brandamente. — Você é um investigador. Você sabe o que é um assassinato.

Agora Baley virou-se.

— Mas um Sideral? Três dias atrás?

— Sim.

— Mas quem fez isso? Como?

— Os Siderais dizem que foi um terráqueo.

— Não pode ser.

— Por que não? Você não gosta dos Siderais. Eu não gosto. Quem na Terra gosta? Alguém não gostava deles um pouco além da conta, é isso.

— Claro, mas...

— Houve aquele incêndio nas fábricas em Los Angeles. Houve o linchamento dos R's em Berlim. Houve tumultos em Xangai.

— Certo.

— Tudo isso aponta para um descontentamento crescente. Talvez para algum tipo de organização.

Baley disse:

— Comissário, eu não entendo. Está me testando por alguma razão?

— O quê?

O Comissário parecia verdadeiramente perplexo.

Baley o observava.

— Três dias atrás, um Sideral foi assassinado e os Siderais acham que o assassino é um terráqueo. Até agora — ele batia na mesa com o dedo — nada foi descoberto. Correto? Comissário, isso é inacreditável. Por Josafá, Comissário, uma coisa dessas varreria Nova York da face da Terra se realmente acontecesse.

O Comissário negou com a cabeça.

– Não é tão simples assim. Olhe, Lije, eu estive fora por três dias. Tive uma conferência com o prefeito. Estive na Vila Sideral. Estive em Washington, conversando com o DTI, o Departamento Terrestre de Investigações.

– Oh? E o que o pessoal do DTI tinha a dizer?

– Eles disseram que o caso é nosso. Está dentro dos limites da Cidade. A Vila Sideral está sob a jurisdição de Nova York.

– Mas *com* direitos extraterritoriais.

– Eu sei. Vou chegar lá.

O Comissário desviou seus olhos do olhar duro do investigador. Ele parecia se considerar rebaixado de repente à posição do subalterno de Baley, e este se comportava como se aceitasse o fato.

– Os Siderais podem comandar o espetáculo – disse Baley.

– Espere um minuto, Lije – implorou o Comissário. – Não me apresse. Estou tentando discutir isso de amigo para amigo. Quero que saiba a minha posição. Eu estava lá quando a notícia veio à tona. Eu ia me encontrar com ele... com Roj Nemennuh Sarton.

– A vítima?

– A vítima – o Comissário suspirou de forma sofrida. – Cinco minutos a mais e eu mesmo teria descoberto o corpo. Que choque teria sido. Do jeito como foi, foi muito brutal. Eles me encontraram e me contaram. E iniciou-se um pesadelo de três dias, Lije. Isso, além de enxergar tudo embaçado e não ter tempo de substituir meus óculos durante dias. Pelo menos *isso* não vai acontecer de novo. Eu encomendei três.

Baley refletia sobre a imagem que o Comissário evocou do acontecimento. Ele podia ver os vultos altos e esbeltos dos Siderais se aproximando do Comissário e revelando as notícias do seu modo direto, sem emoção. Julius teria tirado os óculos e os teria limpado. Inevitavelmente, com o impacto do acontecimento, ele os teria deixado cair, depois teria olhado para o vidro quebrado com um tremor nos lábios macios e carnudos. Baley tinha quase certeza de que, por cinco minutos, o Comissário ficou muito mais perturbado com os óculos do que com o assassinato.

O Comissário estava dizendo:

— É uma posição dos infernos. Como você diz, os Siderais têm direitos extraterritoriais. Eles *podem* insistir em ter uma investigação própria e fazer qualquer notificação que quiserem para o seu próprio governo. Os Mundos Siderais poderiam usar isso como uma desculpa para acumular pedidos de indenização. Você sabe como a população veria *isso*.

— Concordar em pagar seria um suicídio político para a Casa Branca.

— E não pagar seria outro tipo de suicídio.

— Não precisa descrever em detalhes — resmungou Baley. Ele era um garotinho quando os cruzadores brilhantes do espaço sideral enviaram soldados para Washington, Nova York e Moscou pela última vez para cobrar o que eles alegavam que era deles.

— Veja bem. Pagando ou não pagando, temos problemas. A única saída é encontrar o assassino por nossa conta e entregá-lo aos Siderais. Depende de nós.

— Por que não entregar o caso ao DTI? Mesmo que seja da nossa jurisdição do ponto de vista jurídico, há a questão das relações interestelares...

— O DTI não quer mexer com isso. É uma *batata quente* e está nas nossas mãos.

Por um momento, ele levantou a cabeça e olhou atentamente para o seu subordinado.

— E isso não é bom, Lije. Todos nós corremos o risco de perder o emprego.

Baley disse:

— Substituir todos nós? Loucura. Não existem homens treinados para ocupar nosso lugar.

— R's — disse o Comissário. — *Eles* existem.

— O quê?

– R. Sammy é apenas o começo. Ele transmite recados. Outros podem patrulhar as vias expressas. Droga, cara, conheço os Siderais melhor do que você, e eu sei o que eles estão fazendo. Tem R's que podem fazer o seu trabalho e o meu. Podemos ser desclassificados. Não pense que não. E, na nossa idade, voltar ao mercado de trabalho...

Baley disse, bruscamente:

– Tudo bem.

O Comissário parecia desconcertado.

– Sinto muito, Lije.

Baley acenou com a cabeça e tentou não pensar no pai. O Comissário conhecia a história, com certeza.

– Quando surgiu essa história de substituição? – perguntou Baley.

– Olhe, Lije, você está sendo ingênuo. Esteve acontecendo todo esse tempo. Está acontecendo há 25 anos, desde que os Siderais vieram. Você sabe disso. Está começando a se intensificar, só isso. Se falharmos neste caso, estaremos colocando em risco a tão esperada aposentadoria. Por outro lado, Lije, se conduzirmos bem o caso, afastaremos esse risco. E seria uma excelente oportunidade para você.

– Para mim?

– Você será o detetive responsável, Lije.

– Não tenho classificação para esse trabalho, Comissário. Tenho apenas o grau C-5.

– Você quer passar para o grau C-6, não quer?

Se ele queria? Baley sabia dos privilégios que uma classificação C-6 trazia. Um assento na via expressa na hora do rush, e não apenas das dez às quatro. Mais opções no cardápio das cozinhas comunitárias da Seção. Talvez até um apartamento melhor e uma cota de entradas para os andares do Solário para Jessie.

– Eu quero – ele respondeu. – Claro. Por que não ia querer? Mas o que aconteceria se eu não conseguisse resolver o caso?

– Por que não resolveria, Lije? – O Comissário tentava seduzi-lo com palavras. – Você é um bom homem. É um dos melhores que temos.

— Mas há meia dúzia de homens com uma classificação mais alta na minha seção do departamento. Por que eles deveriam ser deixados de lado?

Baley não disse em voz alta, embora o comportamento do Comissário deixasse bem claro, que o chefe não costumava ignorar o protocolo dessa maneira a não ser em casos de extrema emergência.

O Comissário cruzou as mãos.

— Por dois motivos. Você não é apenas mais um detetive para mim, Lije. Somos amigos também. Não me esqueço de que estudamos juntos na faculdade. Às vezes, pode parecer que eu me esqueci, mas é por conta do sistema de classificação. Eu sou Comissário, e você sabe o que isso significa. Mas ainda sou seu amigo e essa é uma oportunidade fantástica para a pessoa certa. Quero que você tenha essa oportunidade.

— Esse é um dos motivos — insistiu Baley, sem entusiasmo.

— O segundo motivo é que eu acho que você é meu amigo. Preciso de um favor.

— Que tipo de favor?

— Quero que aceite um parceiro Sideral nessa jogada. Essa foi a condição exigida pelos Siderais. Eles concordaram em não notificar o assassinato; concordaram em deixar a investigação nas nossas mãos. Em troca, eles insistem em que um de seus próprios agentes faça parte da investigação, do começo ao fim.

— Parece que eles não confiam totalmente em nós.

— Você, com certeza, entende o ponto de vista deles. Se as coisas forem mal conduzidas, vários deles terão problemas com seus próprios governos. Vou dar-lhes o benefício da dúvida, Lije. Quero acreditar que estão bem-intencionados.

— Tenho certeza de que estão, Comissário. Esse é o problema.

O Comissário pareceu não entender, mas continuou:

— Você está disposto a aceitar um parceiro Sideral, Lije?

— Esse é o favor que está me pedindo?

— Sim, estou pedindo para você aceitar o trabalho com todas as condições que os Siderais estabeleceram.

— Eu aceito um parceiro Sideral, Comissário.

— Obrigado, Lije. Ele terá que morar com você.

— Ei, espere aí.

— Eu sei, eu sei. Mas você tem um apartamento grande, Lije. Três cômodos. Apenas um filho. Você pode hospedá-lo. Ele não será um problema. De modo algum. E é necessário.

— Jessie não vai gostar disso. Tenho certeza.

— Diga a Jessie — o Comissário estava determinado, tão determinado que parecia que seus olhos iriam furar as lentes dos óculos que obstruíam seu olhar — que se fizer isso por mim, vou fazer o que puder para que, quando tudo acabar, você pule um grau. C-7, Lije, C-7!

— Tudo bem, Comissário, combinado.

Baley levantou-se um pouco da cadeira, viu a expressão no rosto de Enderby e sentou-se de novo.

— Mais alguma coisa?

Lentamente, o Comissário acenou que sim.

— Mais uma coisa.

— O quê?

— O nome do seu parceiro.

— Que diferença isso faz?

— Os Siderais — disse o Comissário — fazem as coisas de um jeito estranho. O parceiro que eles vão enviar não é... não é...

Baley arregalou os olhos.

— Espere um pouco!

— É preciso, Lije. *É* preciso. Não há como escapar.

— Ficar no meu apartamento? Uma coisa dessas?

— Como amigo, por favor!

— Não. *Não!*

— Lije, não posso confiar em mais ninguém para isso. Preciso explicar para você? *Temos* que trabalhar com os Siderais. Temos que conseguir, se quisermos manter afastadas da Terra as naves em busca de indenização. Mas não podemos obter êxito do modo como costumávamos fazer. Você será parceiro de um dos R's deles. Se *ele* resolver o caso, se puder notificar que somos incompetentes, de qualquer forma, será o nosso fim. Nosso, do nosso departamento. Você entende isso, não entende? Então, você tem uma tarefa delicada nas mãos. Terá que trabalhar com ele, mas certifique-se de que seja *você* a resolver o caso e não ele. Entendido?

—Você quer dizer cooperar com ele em tudo, mas cortar a garganta dele? Dar um tapinha nas costas segurando uma faca na mão?

— O que mais podemos fazer? Não temos outra opção.

Lije Baley continuava indeciso.

— Não sei o que Jessie vai dizer.

— Eu falo com ela, se você quiser.

— Não, Comissário. — Ele soltou um suspiro profundo.

— Qual é o nome do meu parceiro?

— R. Daneel Olivaw.

Desanimado, Baley resmungou:

— Não temos tempo para eufemismos, Comissário. Vou aceitar o trabalho, então vamos usar seu nome completo. *Robô* Daneel Olivaw.

(2) IDAS E VINDAS EM UMA VIA EXPRESSA

Havia a multidão costumeira na via expressa: os que ficam de pé no andar de baixo e os que têm privilégios que lhes garantem o direito de se sentar no andar de cima. Um pequeno e contínuo fluxo de humanidade era filtrado pela via expressa, através das faixas de desaceleração que levavam às vias locais ou aos corredores estacionários, as quais passavam por baixo dos arcos e por cima das pontes, levando aos intermináveis labirintos das Seções da Cidade. Outro fluxo, igualmente contínuo, corria do outro lado, através das faixas de aceleração e em direção à via expressa.

Havia infinitas luzes: as paredes e os tetos luminosos que pareciam gotejar frescor, e até fosforescência; os anúncios animados clamando por atenção; o brilho irritante e regular dos "vaga-lumes" que indicavam SIGA ESTE CAMINHO PARA AS SEÇÕES DE JERSEY, SIGA AS FLECHAS PARA O CIRCULAR DE EAST SIDE, VÁ AO NÍVEL SUPERIOR PARA TODOS OS CAMINHOS ÀS SEÇÕES DE LONG ISLAND.

Acima de tudo, havia o barulho que era inseparável à vida: o som de milhares de pessoas conversando, rindo, tossindo, ligando para alguém, cantarolando, respirando.

Não havia indicações do caminho para a Vila Sideral em lugar algum, pensou Baley.

Ele passou de uma faixa à outra com a facilidade de quem praticou a vida toda. As crianças aprendiam a "pular as faixas" assim que aprendiam a andar. Baley mal sentia o solavanco da aceleração enquanto sua velocidade aumentava a cada passo. Ele nem percebia que se inclinava para a frente, contra a força. Em trinta segundos, ele tinha chegado à última faixa, a de 95 quilômetros por hora, e podia embarcar na via expressa, uma plataforma móvel e envidraçada sobre trilhos.

Não havia indicações do caminho para a Vila Sideral, pensou Baley.

As indicações não eram necessárias. Se você tem algo a tratar lá, você sabe o caminho. Se não sabe o caminho, não tem nada a tratar lá. Quando a Vila Sideral foi estabelecida, 25 anos antes, havia uma forte tendência a fazer dela uma atração turística. As multidões da Cidade seguiam em rebanhos naquela direção.

Os Siderais puseram um fim naquilo. Educadamente (eles sempre eram educados), mas sem qualquer comprometimento com a noção de tato, ergueram uma barreira de força entre eles e a Cidade. Eles estabeleceram uma combinação de Serviço de Imigração com Inspeção Aduaneira. Se você tivesse algo a tratar lá, você se identificava, permitia que o revistassem, se submetia a um exame médico e a uma desinfecção de rotina.

Como era de se esperar, isso gerou insatisfação. Mais insatisfação do que a situação merecia. Insatisfação suficiente para atravancar o programa de modernização. Baley se lembrava das Revoltas da Barreira. Ele fizera parte da multidão que tinha se pendurado nos trilhos da via expressa, lotado os assentos desrespeitando os privilégios de classificação, corrido de forma descuidada entre uma faixa e outra, correndo o risco de se quebrar inteiro e permanecido do lado de fora da barreira de força da Vila Sideral por dois dias, gritando slogans e destruindo patrimônio da Cidade por pura frustração.

Baley ainda podia se lembrar das músicas criadas naquela época se se empenhasse. Uma delas era "O homem nasceu na mãe

Terra, você sabia?", baseada em uma antiga melodia tradicional com o refrão cantarolado, "rinki-dinki-parlê-vú"*.

"O homem nasceu na mãe Terra, você sabia?
A Terra deu origem ao homem, você sabia?
Sideral, está na hora
De sumir e dar o fora.
Seu Sideral sujo, você sabia?"

Havia centenas de versos. Alguns eram espirituosos, a maioria era estúpida, muitos eram obscenos. No entanto, todos terminavam com "Seu Sideral sujo, você sabia?". Sujo, sujo. Tratava-se de um modo fútil de dar o troco aos Siderais insultando-os com o que mais os incomodava: sua insistência em considerar os nativos da Terra repugnantemente doentes.

Os Siderais não partiram, é claro. Eles nem precisaram pôr sua armada em ação. A frota obsoleta da Terra tinha aprendido há muito tempo que era suicídio se aproximar de qualquer nave dos Mundos Siderais. Os aviões da Terra que tinham se arriscado a sobrevoar a área da Vila Sideral logo no início do seu estabelecimento no planeta tinham simplesmente desaparecido. No máximo, uma ponta de asa despedaçada caíra na Terra.

E nenhuma multidão poderia estar tão enlouquecida a ponto de esquecer os efeitos dos disruptores portáteis subetéricos usados nos terráqueos nas guerras de um século atrás.

Então os Siderais ficaram atrás da barreira de força, que era produto de sua ciência avançada e que nenhum método conhecido na Terra podia romper. Eles apenas esperaram impassíveis do outro lado da barreira até que a Cidade acalmasse a multidão com *somno vapor* e gás nauseante. As penitenciárias dos níveis inferiores

---

* Referência a *Mademoiselle from Armentières*, canção popular entoada durante a Primeira Guerra Mundial. Ao longo da história, surgiram variantes para a letra, inclusive durante a Segunda Guerra Mundial. [N. de T.]

ficaram lotadas de líderes, descontentes e pessoas que foram pegas simplesmente porque estavam por perto. Depois de um tempo, todos foram soltos.

Após um intervalo de tempo adequado, os Siderais diminuíram as restrições. A barreira de força foi retirada e a Polícia da Cidade ficou incumbida de proteger o isolamento da Vila Sideral. O mais importante de tudo foi que o exame médico tornara-se menos intrusivo.

Agora, pensava Baley, as coisas poderiam seguir o caminho inverso. Se os Siderais pensassem que um terráqueo tinha entrado na Vila Sideral e cometido um assassinato, a barreira de força poderia ser ativada de novo. Seria ruim.

Ele subiu na plataforma da via expressa, passou por aqueles passageiros que ficam de pé, subiu a rampa em espiral que levava ao andar de cima, e lá se sentou. Ele não guardou seu bilhete de classificação até passar o último expresso para as Seções do Hudson. Um C-5 não tinha privilégios para se sentar a leste de Hudson e a oeste de Long Island e, embora houvesse muitos assentos disponíveis no momento, um dos guardas da via o teria tirado dali automaticamente. As pessoas estavam ficando cada vez mais arrogantes quanto aos privilégios de se sentar e, com toda a franqueza, Baley fazia parte desse grupo de "pessoas".

O ar fazia aquele ruído característico quando friccionava contra os para-brisas curvos colocados atrás de cada assento. Esse barulho fazia com que conversas fossem uma tarefa entediante, mas (para quem conseguia abstrair) não ofereciam obstáculos para quem quisesse pensar.

A maioria dos terráqueos eram Medievalistas de um jeito ou de outro. Era fácil ser um Medievalista quando isso significava recordar uma época em que a Terra era *o* mundo, e não apenas um dos 50 mundos. Ainda por cima o desajustado dentre os 50 mundos. Baley virou-se para a direita ao ouvir um grito agudo. Uma mulher tinha deixado cair a bolsa; ele a viu por um instante, um borrão rosa pastel contra o fundo cinza e sem graça das faixas. Um passageiro apressado, vindo da via expressa, deve tê-la chutado inadvertidamente quando ia em direção à faixa lenta e agora a dona estava se afastando de seu pertence.

Um dos cantos da boca de Baley se contorceu. Ela poderia encontrar a bolsa se fosse esperta o bastante para correr para uma faixa ainda mais lenta e se outros pés não a chutassem nessa ou naquela direção. Ele nunca saberia se ela conseguiria ou não. Já tinham passado oitocentos metros do local onde a bolsa caíra.

Era provável que ela não conseguiria. Havia sido calculado que, em média, algo caía nas faixas a cada três minutos em algum lugar da Cidade e não era recuperado. O Departamento de Achados e Perdidos era de vital importância. Era apenas mais uma complicação da vida moderna.

Baley pensou: já foi mais simples um dia. Tudo já foi mais simples. Por isso há Medievalistas.

O Medievalismo se apresentava de diferentes formas. Para pessoas sem imaginação, como Julius Enderby, significava a adoção de arcaísmos. Óculos! Janelas!

Para Baley, era um estudo da história. Em especial, da história dos costumes.

A Cidade de agora! A Cidade de Nova York, onde ele vivia e passava sua existência. Maior do que todas as Cidades, exceto Los Angeles. Mais populosa do que qualquer outra, exceto Xangai. Tinha apenas três séculos de existência.

Certamente havia existido no passado algo que tinha *se chamado* Nova York na mesma área geográfica. O aglomerado primitivo de pessoas tinha existido por 3 mil anos, não por três séculos, mas não era uma *Cidade*.

Não havia Cidades naquela época. Havia apenas agrupamentos de moradias grandes e pequenas, ao ar livre. Eram algo ao estilo das Cúpulas dos Siderais, mas muito diferentes, é claro. Esses agrupamentos (os maiores mal chegavam a 10 milhões de habitantes e a maioria não chegava a um milhão) estavam espalhados por toda a Terra aos milhares. Para os padrões modernos, eles eram economicamente ineficientes.

Com o aumento da população, a eficiência tornara-se imprescindível na Terra. Dois bilhões de pessoas, três bilhões de pessoas, até cinco bilhões de pessoas poderiam ser sustentadas pelo planeta, dada uma redução progressiva do padrão de vida. Quando a população chega a oito bilhões, entretanto, a subalimentação se torna um cenário muito próximo da realidade. Foi necessário que ocorresse uma mudança radical na cultura humana, em especial porque os Mundos Siderais (que tinham sido apenas colônias da Terra mil anos antes) eram extremamente sérios quanto às suas restrições à imigração.

A mudança radical tinha sido a formação gradual das Cidades ao longo de mil anos da história da Terra. Eficiência implica grandeza. Tinham percebido isso mesmo nos tempos Medievais, talvez de forma inconsciente. Indústrias locais deram lugar a fábricas e fábricas a indústrias continentais.

Pense na ineficiência de 100 mil casas para 100 mil famílias em comparação com uma Seção de 100 mil unidades; uma coleção de livro-filmes em cada casa em comparação com a filmoteca de uma Seção; um vídeo independente para cada família em comparação com os sistemas de video-tubos.

Com isso em mente, pense na simples loucura da duplicação infinita de cozinhas e banheiros em comparação com os restaurantes e casas de banho totalmente eficientes que a cultura da Cidade possibilitava.

Cada vez mais, os vilarejos, os povoados e as "cidades" da Terra foram se acabando e foram engolidos pelas Cidades. As antigas perspectivas de uma guerra atômica só retardaram a tendência. Com a invenção dos escudos de força, a tendência se tornou uma corrida precipitada.

A cultura da Cidade significava melhor distribuição de alimentos, aumentando o uso de leveduras e produtos hidropônicos. A Cidade de Nova York ocupava 3 milhões de quilômetros quadrados e, no último censo, sua população estava bem acima dos 20 milhões. Havia umas oitocentas Cidades na Terra, com uma população média de 10 milhões.

Cada Cidade se tornou uma unidade semiautônoma, quase autossuficiente economicamente. Ela podia cobrir-se, cercar-se por todos os lados e cavar um espaço debaixo da terra. Ela se tornou uma caverna metálica, uma enorme e independente caverna de aço e concreto.

Podia-se dissecá-la cientificamente. No centro estava o enorme complexo de escritórios administrativos. Em seguida encontram-se as grandes Seções residenciais, dispostas cuidadosamente em relação a elas mesmas e ao resto, conectadas e entrelaçadas pela via expressa e pelas vias locais. Na periferia estavam as fábricas, as produções de hidropônicas, os tanques de cultivo de levedura, as usinas de energia elétrica. No meio dessa bagunça estavam os canos de água e os dutos de esgoto, as escolas, as prisões e as lojas, as linhas elétricas e os feixes de comunicação.

Não havia dúvida quanto a isso: a Cidade era o apogeu do domínio do homem sobre o meio ambiente. Não era a viagem espacial nem os 50 mundos colonizados que eram agora tão arrogantemente independentes, mas sim a Cidade.

Quase nenhuma pessoa entre os habitantes da Terra vivia fora das Cidades. Do lado de fora, estava a natureza selvagem, o céu aberto que poucos homens tinham disposição de encarar. Claro que esse espaço aberto era necessário. Ele continha a água da qual os homens precisam, o carvão e a madeira, que eram matérias-primas fundamentais para a fabricação de plástico e para o eterno cultivo de levedura. (O petróleo tinha acabado havia muito tempo, mas variedades de levedura ricas em óleo se tornaram um substituto adequado.) A terra entre as Cidades ainda tinha minas e ainda eram usadas para cultivar alimentos e para o gado pastar, ainda que a maioria dos homens nem percebesse. Não era eficiente, mas a carne bovina, a carne suína e os grãos sempre encontraram um mercado de luxo e poderiam ser usados para exportação.

Mas eram necessários poucos humanos para fazer as minas funcionarem, criar gado, explorar as fazendas e canalizar a água, e eles supervisionavam à longa distância. Os robôs faziam o trabalho mais bem feito e consumiam menos recursos.

Robôs! Essa era a grande ironia. Foi na Terra que o cérebro positrônico fora inventado e havia sido na Terra que os robôs foram usados pela primeira vez para fins produtivos.

Não fora nos Mundos Siderais. É claro que os Mundos Siderais sempre agiam como se os robôs tivessem sido criações suas.

De certa forma, é claro, o apogeu da economia baseada nos robôs tinha acontecido nos Mundos Siderais. Aqui na Terra, eles ficaram sempre restritos às minas e às terras cultiváveis. Somente nos últimos 25 anos, com a insistência dos Siderais, é que os robôs se infiltraram aos poucos nas Cidades.

As Cidades eram boas. Todos menos os Medievalistas sabiam que não havia nenhum substituto para elas, nenhum que fosse razoável. O único problema é que elas não continuariam sendo boas no futuro. A população da Terra ainda estava crescendo. Um dia, apesar de tudo o que as Cidades podiam fazer, as calorias disponíveis por pessoa simplesmente ficariam abaixo do nível básico de subsistência.

E tudo piorava ainda mais por causa da existência dos Siderais, os descendentes dos primeiros emigrantes da Terra, vivendo com luxo em seus mundos pouco povoados e abarrotados de robôs no espaço sideral. Eles estavam friamente determinados a manter o conforto que surgiu do vazio de seus mundos e com esse intuito mantiveram as taxas de natalidade baixas e impediram que imigrantes saíssem da Terra aos borbotões. E agora isso...

Vila Sideral à vista!

Um estalo no inconsciente de Baley avisou que ele estava se aproximando da Seção Newark. Se ele continuasse onde estava por muito tempo, acabaria indo em alta velocidade para o sudoeste, em direção à curva que havia na Seção Trenton, passando bem no meio da quente região produtora de levedura e seu cheiro de bolor.

Fora uma questão de tempo. Demorara muito para descer a rampa, para passar espremido por entre os que esperavam de pé e resmungavam, para esgueirar-se pelos trilhos e por uma passagem, para saltar para as faixas de desaceleração.

Quando ele terminou de fazer tudo isso, estava no ponto exato de acesso ao corredor estacionário. Em nenhum momento ele cronometrou conscientemente seus passos. Se tivesse feito isso, teria perdido sua parada.

Baley percebeu que estava quase sozinho, o que não era comum. Apenas um policial estava com ele naquela estação e, exceto pelo zunido da via expressa, o silêncio era quase desconfortável.

O policial se aproximou e Baley exibiu o distintivo de modo impaciente. O policial levantou a mão, dando-lhe permissão para passar.

A passagem se estreitava e tinha três ou quatro curvas acentuadas. Evidentemente, aquilo era intencional. Multidões de terráqueos não poderiam se reunir ali com um mínimo de conforto e ataques diretos seriam impossíveis.

Baley estava grato que o combinado era ele se encontrar com seu parceiro do lado de cá da Vila Sideral. Ele não passara a gostar mais da ideia de um exame médico só porque ele era, supostamente, menos invasivo.

Havia um Sideral no local onde uma série de portas marcavam as aberturas que davam para o ar livre e as Cúpulas da Vila Sideral. Vestia roupas ao estilo da Terra, calça apertada na cintura, solta no tornozelo e com uma risca colorida por cima da costura em cada perna. Usava uma camisa comum de textron, colarinho aberto, camisa fechada com zíper, franzida no punho, mas era um Sideral. Havia algo no modo como ficava parado, no modo como mantinha a cabeça erguida, nas linhas calmas e impassíveis de seu rosto largo, nas maçãs do rosto salientes, no cuidadoso penteado do cabelo curto, liso e em tom acobreado, penteado para trás sem nenhuma repartição, que o distinguia dos terráqueos nativos.

Baley se aproximou de modo desajeitado e disse em tom monótono:

– Sou o investigador Elijah Baley, do Departamento de Polícia, Cidade de Nova York, classificação C-5. – Mostrou as credenciais e continuou: – Fui instruído a encontrar R. Daneel Olivaw na via de acesso à Vila Sideral. – Olhou para o relógio. – Cheguei um pouco cedo. Posso solicitar que a minha presença seja anunciada?

Ele sentia mais do que apenas um friozinho na barriga. Estava acostumado, de certo modo, aos modelos de robôs da Terra. Os modelos dos Siderais provavelmente eram diferentes. Nunca tinha visto um, mas não havia nada mais comum na Terra do que as horrendas histórias sobre os robôs tremendos e formidáveis que trabalhavam de maneira sobre-humana nos longínquos e brilhantes Mundos Siderais. Então percebeu que estava rangendo os dentes.

O Sideral, que tinha ouvido educadamente, falou:

– Não será necessário. Eu o estava esperando.

Baley levantou a mão em um gesto automático, depois abaixou-a. Seu queixo também caiu, o que o fez parecer maior. As palavras sumiram.

– Permita que me apresente – o Sideral disse. – Sou R. Daneel Olivaw.

– Mesmo? Será que estou enganado? Pensei que a primeira inicial...

– Sem dúvida. Eu sou um robô. Não disseram a você?

– Disseram. – Baley colocou a mão úmida no cabelo e o ajeitou sem que houvesse necessidade. Depois, abaixou a mão. – Sinto muito, sr. Olivaw. Não sei o que estava pensando. Bom dia. Sou Elijah Baley, seu parceiro.

— Ótimo. — A mão do robô apertou a sua com uma pressão que foi aumentando de modo suave até alcançar um ponto máximo e confortavelmente amigável, e depois o aperto foi diminuindo. — Ainda assim, parece que estou detectando perturbação. Posso pedir que seja franco comigo? É melhor ter tantos fatos relevantes quanto possível em uma relação como a nossa. É comum, no meu mundo, os parceiros se chamarem pelo primeiro nome. Acredito que isso não contrarie os seus costumes.

— Sabe, é que você não parece um robô — comentou Baley, em desespero.

— E isso o perturba?

— Suponho que não deveria, Da... Daneel. São todos como você no seu mundo?

— Há diferenças individuais, Elijah, como entre os homens.

— Os nossos robôs... Bem, você consegue distinguir que são robôs, entende. Você parece um Sideral.

— Oh, entendo. Você esperava um modelo mais grosseiro e ficou surpreso. Entretanto, é uma questão de lógica que o nosso povo use um robô de características humanoides acentuadas neste caso, se esperamos evitar situações desagradáveis. Não é?

Com certeza era. Um robô que pudesse ser reconhecido como tal por sua aparência ao andar pela Cidade teria problemas em pouco tempo.

— Sim — respondeu Baley.

— Então vamos sair daqui agora, Elijah.

Voltaram para a via expressa. R. Daneel entendeu o propósito das faixas de aceleração e se movia entre elas com grande facilidade. Baley, que tinha começado com uma velocidade moderada, acabou acelerando, contrariado.

O robô acompanhava seu ritmo. Não demonstrava ter nenhuma dificuldade. Baley se perguntava se R. Daneel não estava se movendo mais devagar do que poderia de propósito. Ele alcançou uma das infinitas cabinas da via expressa e entrou em um delas de um modo totalmente imprudente. O robô o seguiu com facilidade.

Baley estava vermelho. Ele engoliu em seco duas vezes e então disse:

– Vou ficar aqui embaixo com você.

– Aqui embaixo? – O robô, que parecia não se dar conta nem do barulho nem da rítmica oscilação da plataforma, continuou: – Por um acaso minha informação está incorreta? Disseram-me que uma classificação de grau C-5 dava direito a um assento no andar superior em certas circunstâncias.

– Você está certo. Eu posso ficar no andar de cima, você não.

– Por que não posso subir com você?

– É preciso ter uma classificação C-5, Daneel.

– Estou ciente disso.

– Você não tem o grau C-5.

Era difícil conversar. O silvo produzido pela fricção do ar era mais alto no andar inferior, que era menos protegido, e Baley estava compreensivelmente preocupado em manter a voz baixa.

– Por que eu não seria um C-5? – retrucou R. Daneel. – Sou seu parceiro e, por conseguinte, tenho o mesmo grau. Recebi essa classificação.

Ele tirou de um bolso interno uma credencial retangular, autêntica. O nome dado era Daneel Olivaw, sem a tão importante inicial. A classificação era C-5.

– Vamos subir – resmungou Baley, inexpressivo.

Uma vez sentado, Baley olhava para a frente, com raiva de si mesmo, e bem consciente de que o robô estava sentado ao seu lado. Ele fora pego de surpresa duas vezes. Em primeiro lugar, não tinha reconhecido R. Daneel como um robô; em segundo lugar, não tinha pensado sobre a lógica que exigia que R. Daneel recebesse uma classificação C-5.

O problema, é claro, era que ele não era o investigador dos mitos populares. Ele era capaz de se surpreender, não tinha uma aparência imperturbável, nem uma adaptabilidade infinita, nem uma percepção apurada. Nunca pensou ser um desses, mas nunca tinha lamentado a falta dessas qualidades antes.

O que o fazia lamentar esse fato era que, aparentemente, R. Daneel Olivaw *encarnava* esse mito.

Tinha que encarnar. Ele era um robô.

Baley começou a arrumar desculpas para si mesmo. Estava acostumado com robôs como R. Sammy no departamento. Esperava uma criatura com a pele feita de um plástico duro e lustroso, com uma coloração branca quase sem vida. Esperava uma expressão fixa em um nível irreal de bom humor oco. Esperava movimentos bruscos e ligeiramente incertos.

R. Daneel não tinha nada disso.

Baley arriscou um rápido olhar de lado. R. Daneel virou-se ao mesmo tempo para olhá-lo de frente e acenar gravemente com a cabeça. Seus lábios se moveram com naturalidade quando ele falara, não tinham ficado abertos como os lábios dos robôs da Terra. De relance, tinha visto uma língua articulada.

Baley pensou: por que ele tem que se sentar de modo tão tranquilo? Isso devia ser algo totalmente novo para ele. Barulho, luzes, multidões!

Baley se levantou, passou apressado por R. Daneel e exclamou:

– Siga-me!

Saíram da via expressa e desceram pelas faixas de desaceleração.

Baley pensou: Meu Deus, o que vou dizer a Jessie, afinal de contas?

A vinda do robô tinha tirado esse pensamento de sua cabeça, mas ele estava voltando com uma urgência que lhe dava náuseas agora que eles estavam se dirigindo à via local que levava direto para a entrada da Seção Lower Bronx.

– Sabe, Daneel – ele apontou –, tudo isso é uma construção só; tudo o que está vendo, a Cidade inteira. Vinte milhões de pessoas vivem nela. As vias expressas funcionam sem parar, noite e dia, a 95 quilômetros por hora. Há cerca de 250 quilômetros de via expressa no total e centenas de quilômetros de vias locais.

A qualquer minuto, Baley pensou, estarei calculando quantas toneladas de produtos à base de levedura são consumidas em Nova York por dia, quantos metros cúbicos de água tomamos e quantos megawatts de energia os reatores nucleares produzem por hora.

Daneel comentou:

– Falaram-me sobre estes e outros dados semelhantes em meu *briefing*.

Baley pensou: "Bem, isso inclui comida, bebida e energia elétrica também, eu suponho. Por que tentar impressionar um robô?".

Eles estavam na East 182nd e em menos de 200 metros estariam na área dos elevadores que abasteciam aquelas camadas de apartamentos de aço e concreto que incluíam seu próprio apartamento.

Ele estava a ponto de dizer "por aqui" quando foi interrompido por um grupo de pessoas que se reunia do lado de fora da barreira de força brilhante que se formara na porta de um dos muitos departamentos de venda ao varejo que cobriam solidamente o nível térreo nesta Seção.

Perguntou para a pessoa que estava mais perto com um tom automático de autoridade:

– O que está acontecendo?

O homem a quem ele tinha se dirigido, que estava nas pontas dos pés, disse:

– Não me pergunte, eu acabei de chegar.

Outra pessoa disse excitadamente:

– Eles têm alguns daqueles R's desprezíveis aí dentro. Acho que talvez eles sejam jogados aqui fora. Cara, eu queria desmontar um deles.

Nervoso, Baley olhou para Daneel, mas, se ele entendeu o significado das palavras ou mesmo se as ouviu, nenhum sinal exterior o demonstrava.

Baley se embrenhou na multidão.

– Deixem-me passar. Deixem-me passar. Polícia!

Abriram caminho. Baley ouviu algumas palavras ditas em meio à multidão: "Desmontá-los. Parafuso por parafuso. Destroçá-los devagar"... E alguém riu.

Baley sentiu um frio na espinha. A Cidade era o auge da eficiência, mas fazia exigências aos seus habitantes. Pedia-se que eles vivessem uma rotina rigorosa e organizassem suas vidas sob um estrito controle científico. Às vezes, inibições acumuladas de modo gradual explodiam.

Ele se lembrava das Revoltas da Barreira.

Motivos para tumultos antirrobôs com certeza existiam. Homens que deparam com a perspectiva do mínimo desesperador resultante de uma desclassificação, depois de passar a metade de uma vida se esforçando, não podiam perceber a sangue-frio que robôs individuais não eram os culpados. Pelo menos, robôs individuais podiam ser atacados.

Não era possível atacar algo chamado "política governamental" ou um slogan como "maior produção com o trabalho dos robôs".

O governo chamava isso de dor do crescimento. Ele chacoalhava sua cabeça coletiva de modo pesaroso e assegurava a todos que, depois de um período necessário de adaptação, haveria uma vida nova e melhor para todos.

Mas o movimento Medievalista se expandiu junto com o processo de desclassificação. Homens se desesperavam e o limite entre frustração amarga e destruição violenta às vezes era facilmente cruzado.

Nesse momento, minutos poderiam estar separando a hostilidade reprimida da multidão de uma orgia exibicionista de sangue e destruição.

Baley abriu caminho espremendo-se desesperadamente até a barreira de força que se formara na porta.

3   INCIDENTE EM UMA SAPATARIA

O interior da loja estava mais vazio do que a rua lá fora. O gerente, com uma intuição louvável, tinha logo ativado a barreira de força da porta de entrada, impedindo que encrenqueiros em potencial entrassem. Também impediu que os principais envolvidos na discussão saíssem, mas isso era o de menos.

Baley passou pela barreira de força usando seu neutralizador. Inesperadamente, notou que R. Daneel ainda estava atrás dele. O robô estava guardando no bolso seu próprio neutralizador, fino, menor e mais elegante que o modelo padrão dos policiais.

O gerente correu para eles de imediato, falando alto:

– Policiais, meus vendedores foram designados a mim pela Cidade. Estou perfeitamente no meu direito.

Havia três robôs imóveis como estátua nos fundos da loja. Seis humanos estavam perto da porta. Seis mulheres.

– Tudo bem – disse Baley, em tom agressivo. – O que está acontecendo? Por que todo esse rebuliço?

Uma das mulheres falou, de modo estridente:

– Vim aqui para comprar sapatos. Por que é que não posso ser atendida por um vendedor decente? Por acaso não mereço respeito?

Seus trajes, em especial seu chapéu, eram exagerados o bastante para que a pergunta fosse mais do que uma pergunta retórica. O fato de ela estar vermelha de raiva mal escondia o excesso de maquiagem.

O gerente disse:

— Eu mesmo vou atendê-la se for necessário, mas não posso atender todos, policial. Não há nada de errado com os meus homens. São vendedores registrados. Tenho os quadros de especificação e as garantias...

— Quadros de especificação — gritou a mulher.

Ela riu de modo estridente, virando-se para os outros.

— Olhem só. Ele chama aquelas coisas de homens! Qual é o problema com você? Eles não são homens. São ro-bôs! — Ela destacou cada sílaba. — E vou te dizer o que eles fazem, caso você não saiba. Eles roubam os empregos dos homens. É por isso que sempre são protegidos pelo governo. Eles trabalham em troca de nada e, por causa disso, famílias têm que morar lá nos abrigos e comer purê de levedura cru. Famílias decentes e trabalhadoras. Nós quebraríamos todos os robôs, se *eu* fosse chefe. Estou te dizendo!

Os outros falavam de modo confuso e, a todo instante, o rumor aumentava do lado de fora da porta, bloqueada pela barreira de força.

Baley tinha consciência, uma consciência brutal, de que R. Daneel estava logo atrás dele. Ele olhou para os vendedores. Eram fabricados na Terra e, mesmo nessa escala, eram modelos relativamente baratos. Eram apenas robôs feitos para saber algumas coisas simples. Eles deviam saber todos os códigos, os preços e os números disponíveis para cada modelo de sapato. Podiam acompanhar as flutuações do estoque, provavelmente melhor que os seres humanos, uma vez que não tinham interesses externos. Podiam calcular os pedidos corretos para a semana seguinte. Podiam medir o pé do cliente.

Por si sós, eram inofensivos. Em grupo, eram perigosos.

Baley conseguia simpatizar com a mulher mais do que acreditaria ser possível um dia antes. Não, duas horas antes. Ele podia sentir que R. Daneel estava perto e se perguntava se R. Daneel não poderia substituir um investigador comum de grau C-5. Ele podia ver as barracas enquanto pensava nisso. Podia sentir o gosto do mingau de levedura. Podia lembrar-se do pai.

Seu pai fora um físico nuclear e sua classificação o colocava no topo entre os moradores da Cidade. Houve um acidente na usina de energia elétrica e seu pai foi considerado culpado. Ele foi desclassificado. Baley não sabia dos detalhes; isso aconteceu quando ele tinha um ano de idade.

Mas ele se lembrava das barracas da sua infância; a dolorosa existência comunitária quase no limite do que era tolerável. Não se lembrava da mãe nem um pouco; ela não sobreviveu por muito tempo. Do pai, ele se lembrava bem, um homem embrutecido, taciturno e perdido, que falava às vezes do passado com frases roucas e fragmentadas.

Seu pai morreu, ainda desclassificado, quando Lije tinha 8 anos. O jovem Baley e suas duas irmãs mais velhas se mudaram para o orfanato da Seção. O Nível das Crianças, eles o chamavam. O irmão de sua mãe, Tio Boris, era pobre demais para impedir que isso acontecesse.

Então, continuou sendo difícil. E o período que passaram na escola também foi difícil, sem privilégios de status herdados do pai para facilitar a trajetória.

E, agora, ele tinha que ficar no meio de um tumulto cada vez maior e conter homens e mulheres que, afinal de contas, apenas temiam a própria desclassificação e daqueles que amavam, como ele próprio temia.

Com uma voz inexpressiva, ele disse para a mulher:

– Não vamos criar nenhum problema, senhora. Os vendedores não estão fazendo nada.

– É claro que eles não me fizeram mal nenhum – disse a mulher, com uma voz aguda. – E nem vão fazer. Você acha que vou deixar eles me tocarem com esses dedos frios e cheios de graxa?

Vim aqui esperando ser tratada como um ser humano. Eu sou uma cidadã. Eu tenho o direito de ser atendida por seres humanos. Escute, tenho dois filhos esperando para jantar. Eles não podem ir à cozinha comunitária sem mim, como se fossem órfãos. Tenho que sair daqui.

— Pois bem — disse Baley, sentindo sua paciência se esgotar —, se você tivesse deixado que a atendessem, já teria saído daqui. Está criando problemas à toa. Vamos!

— Ora — a mulher mostrou-se chocada. — Você acha que pode falar comigo como se eu fosse lixo. Talvez esteja na hora de o governo perceber que os robôs não são a única coisa boa na Terra. Eu sou uma mulher trabalhadora e eu tenho direitos.

Ela continuou falando sem parar.

Baley se sentia cansado e percebia que estava em um beco sem saída. A situação estava fora de controle. Mesmo que as mulheres consentissem em ser atendidas, a coisa estava ficando feia com aquela multidão do lado de fora e tudo podia acontecer.

Devia haver cem pessoas se espremendo diante da vitrine agora. Nos poucos minutos que se sucederam à entrada dos investigadores na loja, a multidão tinha dobrado.

— Qual é o procedimento comum em casos como este? — perguntou R. Daneel Olivaw, de repente.

Baley quase pulou de susto. Ele respondeu:

— Para começar, este não é um caso comum.

— O que diz a lei?

— A loja faz uso devido dos robôs. Eles são vendedores registrados. Não há nada ilegal nisso.

Eles estavam sussurrando. Baley tentava passar um ar de autoridade e ameaça. A expressão de Olivaw, como sempre, não demonstrava nada.

— Neste caso — disse R. Daneel —, solicite à mulher que deixe que a atendam ou que saia.

Baley sorriu com desdém.

AS CAVERNAS DE AÇO

— Temos que lidar com uma multidão, não com uma mulher. Não há nada a fazer exceto chamar a força de intervenção da polícia.

— Não deveria ser necessário mais de um policial para indicar o que deve ser feito — disse Daneel.

Ele voltou seu rosto largo para o gerente da loja.

— Desligue a barreira de força da porta, senhor.

Baley ergueu o braço para pôr a mão no ombro de R. Daneel e fazê-lo virar-se. Ele deteve o movimento. Se, nesse momento, dois agentes da lei discutissem abertamente, isso significaria o fim de qualquer chance de chegar a uma solução pacífica.

O gerente protestou e olhou para Baley. O investigador não olhou para ele.

R. Daneel disse, sem se mexer:

— Em nome da lei, ordeno que faça isso.

O gerente choramingou:

— Vou responsabilizar a Cidade por quaisquer danos às mercadorias ou às instalações. Que conste que recebi ordens para fazer isso.

A barreira de força desapareceu; homens e mulheres se amontoaram dentro da loja. Havia um bulício ruidoso que demonstrava felicidade. Sentiam que a vitória estava próxima.

Baley já tinha ouvido falar sobre tumultos semelhantes. Tinha até presenciado um. Ele tinha visto robôs serem erguidos por uma dúzia de mãos e seus corpos pesados, que não ofereciam resistência, sendo carregados com dificuldade, passados de braço a braço. Os homens arrancaram e retorceram as imitações de seres humanos feitas de metal. Usaram martelos, facas de força, pistolas de agulhas. Por fim, eles reduziram os pobres objetos a fragmentos de metal e fios. Cérebros positrônicos caros, a criação mais complexa da mente humana, foram passados de mão em mão como bolas de futebol americano e esmagados até se tornarem inúteis em pouco tempo.

Depois, com o espírito da destruição tão alegremente à solta, as multidões se voltavam para qualquer outra coisa que pudesse ser alvo de violência.

Os vendedores robôs podiam não ter conhecimento disso, mas produziam ruídos agudos conforme a multidão entrava e erguiam os braços diante do rosto como em uma tentativa primitiva de se esconder. A mulher que tinha começado a confusão, assustada ao ver a massa crescer tão de repente, muito além do que ela esperava, arquejou:

– Calma. Calma.

Seu chapéu escondia o rosto e sua voz se tornou somente um ruído agudo e sem sentido.

O gerente estava gritando:

– Detenha-os, policial. Detenha-os.

R. Daneel falou. Sem nenhum esforço aparente, sua voz estava, de repente, alguns decibéis acima do que seria normal em uma voz humana. É claro, pensou Baley pela décima vez, ele não é...

R. Daneel advertiu:

– O próximo que se mexer será alvejado.

Alguém bem lá no fundo gritou:

– Peguem-no.

Mas, por um momento, ninguém se mexeu.

R. Daneel subiu agilmente em uma cadeira e de lá subiu no alto de um expositor Transtex. A luz colorida e fluorescente que brilhava através das frestas da película molecular polarizada tornava seu rosto frio e suave algo de outro planeta.

De outro planeta, pensou Baley.

O quadro se manteve inalterado enquanto R. Daneel esperava, e parecia uma pessoa formidavelmente tranquila.

R. Daneel falou secamente:

– Vocês estão dizendo: "Este homem têm um chicote neurônico ou um incapacitador. Se todos nós nos atirarmos contra ele, nós o derrubaremos, no máximo um ou dois de nós ficará ferido e mesmo esses se recuperarão. Enquanto isso, vamos fazer só o que quisermos e mandar a lei e a ordem para o espaço".

Sua voz não era nem rude nem colérica, mas estava carregada de autoridade. Ela tinha o tom de uma ordem confiante. Ele continuou:

— Vocês estão enganados. O que eu tenho aqui comigo não é um chicote neurônico, nem um incapacitador. É um desintegrador e ele é letal. Vou usá-lo e não vou atirar para cima. Vou matar vários de vocês antes que me peguem, talvez eu mate a maioria. Estou falando sério. Pareço estar falando sério, não pareço?

Havia movimentação no fundo, mas a multidão parou de crescer. Se alguns recém-chegados ainda paravam por curiosidade, outros saíam apressados. Aqueles que estavam mais próximos a R. Daneel mal respiravam, tentando desesperadamente não inclinar o corpo para a frente devido à pressão da massa de corpos que estava atrás deles.

A mulher do chapéu quebrou o silêncio. Em meio a um turbilhão de soluços, ela gritou:

— Ele vai matar a gente. Eu não fiz nada não. Quero sair daqui.

Ela se virou, mas deu de cara com uma muralha imóvel de homens e mulheres espremidos. Ela caiu de joelhos. O movimento de recuada da multidão silenciosa tornara-se mais acentuado.

R. Daneel pulou do balcão expositor e disse:

— Agora vou caminhar até a porta. Vou atirar em quem tocar em mim. Quando eu chegar à porta, vou atirar em quem não estiver cuidando da própria vida. Esta mulher aqui...

— Não, não — gritou a mulher do chapéu —, eu disse para você que não fiz nada, não. Não quis prejudicar ninguém. Eu não quero sapato nenhum. Só quero ir para casa.

— Esta mulher aqui — continuou Daneel — vai ficar. Ela será atendida.

Ele deu um passo à frente.

A multidão o encarou em silêncio. Baley fechou os olhos. Não era sua culpa, pensou desesperadamente. Vai ocorrer um assassinato e a pior confusão do mundo, mas *eles* me obrigaram a trabalhar com um robô. *Eles* lhe deram o mesmo status.

Não ia dar certo. Nem ele acreditava no que acabara de pensar. Ele poderia ter detido R. Daneel no começo. Ele poderia ter chamado uma viatura a qualquer momento. Ao contrário, ele tinha deixado R. Daneel assumir a responsabilidade e tinha se sentido covardemente aliviado. Quando tentou dizer a si mesmo que a personalidade de R. Daneel simplesmente dominou a situação, sentiu uma repentina aversão por si mesmo. Um *robô* dominando...

Não havia nenhum barulho fora do comum, nenhuma alteração de voz ou palavrão, nenhum gemido, nenhum grito. Ele abriu os olhos.

As pessoas estavam se dispersando.

O gerente da loja estava se acalmando, ajustando o casaco amassado, alisando o cabelo, resmungando ameaças furiosas para a multidão que desaparecia.

O som suave e fraco de uma sirene de viatura foi interrompido bem em frente à loja. Baley pensou: "Claro, quando tudo já terminou".

O gerente agarrou a manga da camisa de Baley.

– Não quero mais problemas, policial.

– Não haverá nenhum problema – Baley resmungou.

Era fácil se livrar dos policiais na viatura. Eles tinham vindo por conta de relatos sobre uma multidão na rua. Eles não sabiam de detalhes e podiam ver por si mesmos que a rua estava vazia. R. Daneel afastou-se e não mostrou nenhum sinal de interesse enquanto Baley explicava o ocorrido aos homens na viatura, minimizando o evento e escondendo totalmente a participação de R. Daneel naquele episódio.

– Ouça – ele explicou –, não estou tentando roubar a cena, entende.

– Roubar a cena? É uma das expressões idiomáticas da Terra?

– Não inclui sua participação no relatório.

– Não conheço todos os seus costumes. No meu mundo, é comum um relatório completo, mas talvez não seja assim no seu mundo. De qualquer forma, a rebelião civil foi evitada. É o que importa, não é?

– Será? Agora preste atenção. – Baley tentou parecer o mais enérgico possível apesar de poder apenas empregar um sussurro raivoso. – Nunca mais faça isso.

– Nunca mais insistir que a lei seja cumprida? Se não devo fazer isso, então qual é o meu propósito?

– Nunca mais ameace um ser humano com um desintegrador.

– Eu não teria atirado sob nenhuma circunstância, Elijah, como você bem sabe. Sou incapaz de ferir um humano. Mas, como pôde ver, não precisei atirar. Não esperava que fosse necessário.

– Foi pura sorte você não precisar atirar. Não corra esse tipo de risco de novo. Eu podia ter dado um show como você fez.

– Dar um show? O que é isso?

– Esqueça. Tente entender o que estou dizendo. Eu mesmo poderia ter apontado um desintegrador para a multidão. Mas não tenho motivos para correr esse tipo de risco, nem você. Era mais seguro chamar viaturas para o local do que tentar fazer uma extravagância dessas sozinho.

R. Daneel pensou sobre isso e meneou a cabeça:

– Acho que você está errado, parceiro Elijah. Meu *briefing* sobre as características humanas aqui entre o povo da Terra incluem a informação que, ao contrário dos homens dos Mundos Siderais, eles são treinados desde o nascimento para aceitar a autoridade. Aparentemente, isso resulta do seu modo de vida. Um homem, demonstrando autoridade com firmeza, era o suficiente, como eu provei. Seu anseio por uma viatura era, na verdade, uma expressão do seu desejo quase instintivo de que uma autoridade superior tirasse a responsabilidade das suas mãos. No meu mundo, admito que o que fiz teria sido bastante injustificável.

O rosto comprido de Baley estava vermelho de raiva.

– Se o tivessem reconhecido como um robô...

– Eu tinha certeza de que não reconheceriam.

– De qualquer forma, lembre-se de que *você* é um robô. Nada mais que um robô. Apenas um robô. Como aqueles vendedores na sapataria.

– Mas isso é óbvio.

– E você *não* é humano. – Baley sentiu-se sendo levado pela crueldade contra a própria vontade.

R. Daneel parecia levar isso em consideração. Ele argumentou:

– A separação entre humano e robô talvez não seja tão significante quanto a divisão entre inteligência e falta de inteligência.

– Talvez no seu mundo – resmungou Baley –, mas não na Terra.

Ele olhou para o relógio e mal conseguia perceber que estava uma hora e quinze minutos atrasado. Sua garganta ficara seca e irritada quando pensou que R. Daneel tinha ganhado o primeiro assalto, tinha ganhado quando ele próprio não tinha feito nada.

Pensou no jovem Vince Barrett, o adolescente que fora substituído por R. Sammy. E pensou em si mesmo, Elijah Baley, a quem R. Daneel *poderia* substituir. Por Josafá, pelo menos seu pai tinha sido dispensado por causa de um acidente que tinha causado danos, que tinha causado a morte de pessoas. Talvez *tivesse sido* culpa dele. Baley não sabia. Pode ser que ele tivesse sido demitido para que seu lugar fosse ocupado por um físico mecânico. Só por isso. Por nenhum outro motivo. Sem que houvesse nada que pudesse ser feito.

Ele disse bruscamente:

– Vamos embora agora. Tenho que levá-lo para casa.

– Veja – insistiu R. Daneel –, não é apropriado fazer qualquer distinção de significado mais restrito do que o fato de que a intel...

Baley alterou a voz.

– Tudo *bem*. Assunto encerrado. Jessie está nos esperando.

Caminhou em direção ao comuno-tubo de intrasseção mais próximo.

– É melhor eu ligar e dizer a ela que estamos subindo.

— Jessie?

— Minha mulher.

"Por Josafá", pensou Baley, "estou com um ótimo humor para encarar Jessie."

④ APRESENTADO A UMA FAMÍLIA

Foi o nome de Jessie que fez com que Elijah Baley prestasse atenção nela pela primeira vez. Ele a tinha conhecido na festa de Natal da Seção no ano '02, perto de uma poncheira. Ele tinha acabado de terminar os estudos, conseguir o primeiro emprego na Cidade e mudar para a Seção. Morava em um dos quartos para rapazes solteiros do Saguão 122A. Nada mal para um quarto para rapazes solteiros.

Ela estava servindo o ponche.

– Sou a Jessie – ela disse. – Jessie Navodny. Eu não conheço você.

– Baley – ele se apresentou –, Lije Baley. Acabei de me mudar para esta Seção.

Ele pegou o copo de ponche e sorriu mecanicamente. Ela tinha passado a impressão de ser uma pessoa alegre e amigável, então ele continuou perto dela. Ele era novo ali e sente-se solidão ao estar em uma festa e observar as pessoas em turmas das quais você não faz parte. Mais tarde, quando tivessem vertido garganta abaixo uma quantidade suficiente de álcool, poderia ficar melhor.

Enquanto isso, ele continuava perto da poncheira, observando as pessoas irem e virem e bebendo um gole pensativamente.

– Ajudei a fazer o ponche – a voz da moça soou de repente. – Posso garantir que está bom. Quer mais?

Baley percebeu que seu copo estava vazio. Ele sorriu e disse:

– Sim.

O rosto da moça era oval e não era precisamente bonito, sobretudo por conta de um nariz um pouco grande. O vestido dela era modesto e usava uma série de cachos no cabelo castanho-claro, presos no alto da cabeça.

Ela o acompanhou, tomando o ponche seguinte, e ele se sentiu melhor.

– Jessie – disse ele, saboreando o nome com a língua. – É bonito. Você se importa se eu chamá-la assim quando estiver falando com você?

– Sem problemas. Se você quiser. Jessie é apelido. Sabe qual é o meu nome?

– Jéssica?

– Você nunca vai adivinhar.

– Não consigo pensar em mais nada.

Ela riu e disse com malícia:

– Meu nome completo é Jezebel.

Foi nesse momento que seu interesse fora despertado. Ele colocou o copo na mesa e disse atentamente:

– É mesmo?

– Sério. Não estou brincando. Jezebel. É meu nome de verdade em todos os meus documentos. Meus pais gostavam do som.

Ela tinha bastante orgulho dele, embora nunca tivesse havido uma Jezebel mais improvável no mundo.

Sério, Baley disse:

– Meu nome é Elijah, sabe. Quero dizer, o nome todo.

Essa informação não dizia nada à moça.

Ele disse:

– Elijah foi o grande inimigo de Jezebel*.

---

* Elijah é o nome do profeta Elias em inglês, que foi perseguido pela rainha Jezebel. [N. de T.]

— Ele foi?

— Sim, é claro. Na *Bíblia*.

— Oh, eu não sabia. Isso não é *engraçado*? Espero que não signifique que você terá que ser meu inimigo na vida real.

Desde o princípio, não havia dúvida de que não seriam. De início, fora a coincidência dos nomes que a tinha tornado mais do que apenas uma moça agradável perto da poncheira. Mas depois começou a achá-la alegre, sensível e, por fim, até bonita. Ele apreciava em particular a alegria de Jessie. Sua própria visão sarcástica da vida precisava de um antídoto.

Mas Jessie nunca pareceu se importar com o rosto comprido e sério de Baley.

— Ah, meu Deus — ela disse —, e se você realmente se parecer com um horrível limão? Eu sei que na verdade você não parece e acho que, se você estivesse sempre sorrindo com a mesma frequência que eu, nós teríamos explodido quando nos encontramos pela primeira vez. Continue do jeito que você é, Lije, e não me deixe ficar à deriva.

E ela impediu que Baley afundasse. Ele solicitou um pequeno apartamento de casal e conseguiu uma admissão condicional, aguardando casamento. Ele mostrou a admissão a ela e disse:

— Será que você pode me ajudar a dar um jeito nisso, para que eu possa sair do quarto para solteiros, Jessie? Não gosto de lá.

Talvez não fosse o pedido mais romântico do mundo, mas Jessie gostou.

Baley conseguia se lembrar de uma única ocasião em que o humor habitual de Jessie a abandonou por completo e isso também envolveu seu nome. Aconteceu no primeiro ano de casamento e o bebê ainda não tinha nascido. Na verdade, aconteceu no exato mês em que Bentley foi concebido. (O índice de Q.I. e o status do valor genético do casal e a sua posição no Departamento de Polícia lhe davam direito a ter dois filhos, dos quais o primogênito poderia ser concebido durante o primeiro ano de união.) Talvez, como pensou

Baley sobre o passado, o início da vida de Bentley pudesse explicar parte de sua irritabilidade incomum.

Jessie estava um pouco desanimada por causa das constantes horas extras de Baley.

– É constrangedor comer sozinha na cozinha comunitária toda noite.

Baley estava cansado e aborrecido. Ele disse:

– Por que seria? Você pode conhecer alguns solteiros simpáticos lá.

E é claro que ela se enfureceu de imediato.

– Acha que não consigo chamar a atenção deles, Lije Baley?

Talvez fosse só porque ele estava cansado; talvez fosse porque Julius Enderby, um colega de classe, tinha subido mais um grau na escala de classificação C, e ele não. Talvez fosse apenas porque ele estava um pouco cansado de vê-la tentando agir de acordo com o nome que tinha, embora ela não fosse e nem pudesse ser nada do tipo.

De qualquer forma, disse ele, sarcástico:

– Suponho que consiga, mas acho que não vai tentar. Gostaria que se esquecesse do seu nome e fosse você mesma.

– Vou fazer o que eu quiser.

– Tentar ser Jezebel não vai levá-la a lugar nenhum. Bem, se quer saber a verdade, o nome não significa o que você pensa que significa. A Jezebel da *Bíblia* era uma esposa fiel, e uma boa esposa, no seu entendimento. Que se saiba, ela não teve amantes, não ficava de brincadeira e, moralmente, não tomava liberdades de maneira alguma.

Jessie olhou para ele com raiva.

– Isso não é verdade. Já ouvi a expressão "uma Jezebel pintada". Sei o que significa.

– Talvez você pense que sabe. Depois que o marido de Jezebel, o rei Acab, morreu, seu filho Jorão tornou-se rei. Um dos comandantes do seu exército, Jeú, rebelou-se contra ele o matou. Jeú então foi a Jezrael, onde residia a velha rainha-mãe, Jezebel. Ela ficou sabendo que ele estava a caminho e sabia que só podia ser com o intuito de matá-la. Em um ato de orgulho e coragem, ela pintou o rosto e vestiu suas melhores roupas para poder encontrá-lo como uma rainha soberba e desafiadora. Ele ordenou que ela fosse jogada da janela e morta, mas ela se foi com dignidade, a meu ver. E é a isso que as pessoas se referem quando falam sobre "uma Jezebel pintada", quer eles saibam ou não.

Na noite seguinte, Jessie disse em voz baixa:

— Estive lendo a *Bíblia*, Lije.

— O quê?

Por um momento, Baley ficou realmente perplexo.

— As partes sobre Jezebel.

— Oh, Jessie! Desculpe-me se feri seus sentimentos. Eu fui infantil.

— Não, não.

Ela tirou a mão dele de sua cintura e se sentou no sofá, impassível e tensa, deixando um espaço bem definido entre eles.

— É bom saber a verdade. Não quero ser enganada por não saber. Então eu li sobre ela. Ela *era* uma mulher cruel, Lije.

— Bem, os inimigos dela escreveram aqueles capítulos. Não conhecemos a versão dela.

— Ela matou todos os profetas do Senhor que conseguiu prender.

— É o que dizem que ela fez.

Baley apalpou o bolso em busca de um chiclete. (Anos depois, ele abandonou esse hábito porque Jessie dissera que, com seu rosto longo e seus olhos castanhos e tristes, fazia-o parecer um velho corvo com um bocado de grama desagradável no bico, que não consegue engolir nem cuspir.) Ele continuou:

— Se quiser conhecer a versão dela, posso pensar em alguns argumentos para você. Ela valorizava a religião dos ancestrais dela, que tinham habitado aquela terra por muito tempo antes da chegada dos hebreus. Os hebreus tinham seu próprio Deus e, mais que isso, um único Deus. Eles não estavam satisfeitos em apenas adorá-Lo eles mesmos; queriam que todos ao seu redor O adorassem também. Jezebel era conservadora e não abandonou as antigas crenças em detrimento das novas. Afinal, se as novas crenças tinham mais conteúdo moral, as antigas eram emocionalmente mais gratificantes. O fato de que ela matou sacerdotes só mostra que ela era fruto de seu tempo. Era o método habitual de proselitismo naquela época. Se você leu o Primeiro Livro dos Reis, deve se lembrar de que Elias (o *meu* xará desta vez) convocou 850 profetas de Baal para uma competição para ver qual deles poderia fazer o fogo descer do céu. Elias ganhou e de pronto ordenou à multidão de curiosos que matasse os 850 baalitas. E mataram.

Jessie mordeu os lábios.

— E quanto às vinhas de Nabot, Lije? Lá estava Nabot, não estava incomodando ninguém, a não ser pelo fato de que se recusou a vender sua vinha ao rei. Então Jezebel ordenou que algumas pessoas cometessem perjúrio e dissessem que Nabot tinha blasfemado ou algo assim.

— Ele teria "blasfemado contra Deus e contra o rei" – disse Baley.

— Sim. Então confiscaram sua propriedade depois de executá-lo.

— Isso foi errado. É claro que, nos dias atuais, teria sido mais fácil lidar com Nabot. Se a Cidade quisesse sua propriedade, ou mesmo se uma das nações Medievais tivesse desejado sua propriedade, os tribunais teriam ordenado que saísse, tê-lo-iam tirado à força, se necessário, e teriam pago a ele o que quer que considerassem um preço justo. O rei Acab não tinha essa opção. Ainda assim, a solução de Jezebel foi errada. A única desculpa para as atitudes dela é que Acab estava doente e descontente com a situação e ela sentiu que o amor pelo marido estava acima do bem-estar de Nabot. Continuo dizendo a você, ela era o modelo de uma esposa fi...

Jessie se afastou dele, com o rosto vermelho e com raiva.

— Eu acho que você é maldoso e desprezível.

Ele olhou para ela totalmente consternado.

— O que eu fiz? Qual é o problema com você?

Ela saiu do apartamento sem responder e passou o fim da tarde e metade da noite nos andares de exibição subetérica de vídeos, passando irritada de exibição a exibição e usando o correspondente a dois meses de sua cota (e a de seu marido também).

Quando ela voltou e encontrou Lije Baley ainda acordado, não tinha mais nada a dizer a ele.

Mais tarde, muito mais tarde, veio à mente de Baley que ele tinha destruído por completo uma parte importante da vida de Jessie. Seu nome tinha significado algo estranhamente cruel para ela. Era um contrapeso maravilhoso para o seu passado puritano e muito respeitável. Ele lhe dava um ar de licenciosidade e ela adorava isso.

Mas tinha acabado. Ela nunca mais mencionou o nome todo, nem para Lije nem para os amigos dela e, talvez, até onde Baley poderia supor, nem para si mesma. Seu nome era Jessie e começou a assinar assim.

Com o passar dos dias, ela voltou a falar com ele e, em cerca de uma semana, seu relacionamento voltou ao que era antes; em todas as brigas seguintes, nenhuma atingiu esse nível de intensidade.

Houve apenas uma vez uma referência indireta ao assunto. Foi no oitavo mês de gravidez. Ela tinha deixado seu cargo como assistente de nutricionista na cozinha da Seção A-23 e, tendo tempo de sobra, entretinha-se com conjeturas e preparativos para o nascimento do bebê.

Uma noite, ela disse:

— Que tal Bentley?

— O que foi, querida? — disse Baley, desviando o olhar do monte da papelada de trabalho que tinha trazido para casa. (Com mais uma boca para alimentar em breve, sem o pagamento de Jessie e com as suas próprias promoções aos graus que não envolviam trabalho burocrático mais distantes, aparentemente, do que nunca, o trabalho extra era necessário.)

— Quero dizer, se for menino. Que tal darmos o nome de Bentley?

Baley deixou os cantos de sua boca caírem.

– Bentley Baley? Você não acha que os dois nomes são muito parecidos?

– Não sei. Tem sonoridade, eu acho. Além disso, a criança sempre tem a possibilidade de escolher nome do meio que o agrade quando crescer.

– Por mim, tudo bem – ele concedeu.

– Tem certeza? Quero dizer... talvez você quisesse chamá-lo de Elijah?

– Para ele ser chamado de Júnior? Não acho que seja uma boa ideia. Ele pode chamar o filho dele de Elijah, se quiser.

E então Jessie disse:

– Só tem uma coisa – e parou.

Depois de um intervalo, ele levantou os olhos.

– Que coisa?

Ela não olhou diretamente nos olhos do marido, mas disse, com firmeza suficiente:

– Bentley não é um nome bíblico, é?

– Não – disse Baley –, tenho certeza de que não é.

– Tudo bem, então. Não quero nenhum nome bíblico.

Essa foi a única vez que o assunto foi mencionado desde aquela época até o dia em que Elijah Baley voltou para casa com o Robô Daneel Olivaw. Fazia mais de 18 anos que estava casado e seu filho Bentley Baley (ainda sem nome do meio) já estava com seus 16 anos.

* * *

Baley parou diante da grande porta dupla onde brilhavam em letras grandes os dizeres PRIVATIVO MASCULINO. Em letras menores, estava escrito SUBSEÇÕES 1A-1E. Em letras menores ainda, bem em cima da ranhura da chave, estava escrito: "Em caso de perda da chave, entre em contato com 27-101-51 imediatamente".

Um homem passou por eles devagar, inseriu um cartão de alumínio na ranhura da chave e entrou. Ele fechou a porta assim que entrou, sem nenhum esforço para mantê-la aberta para Baley. Se ele tivesse feito isso, Baley teria ficado muito ofendido. Por causa de um hábito marcante, os homens ignoravam completamente a presença uns dos outros dentro ou perto da entrada dos Privativos. Baley lembrou que uma das confidências conjugais mais interessantes foi quando Jessie contou que a situação era bem diferente nos Privativos femininos.

Ela costumava dizer:

— Encontrei Josephine Greely no Privativo e ela disse...

Uma das desvantagens do avanço civil se deu quando a família Baley recebeu permissão para ativar um pequeno lavatório no quarto, causando um profundo impacto na vida social de Jessie.

— Por favor, espere aqui fora, Daneel — Baley pediu, sem esconder totalmente seu embaraço.

— Você pretende se lavar? — perguntou R. Daneel.

Constrangido, Baley pensou: "Maldito robô! Se eles forneceram informações sobre tudo o que há em nossa Cidade de aço, por que não lhe ensinaram bons modos? Vou ser responsabilizado se alguma vez ele disser uma coisa dessas para qualquer outra pessoa."

Ele respondeu:

— Vou tomar banho. O Privativo fica lotado à tardezinha. Vou perder tempo se esperar até lá. Se eu tomar banho agora, estaremos livres durante o fim de tarde e o começo da noite.

O rosto de R. Daneel continuava sereno.

— Faz parte do costume social eu esperar aqui fora?

Baley ficou ainda mais constrangido.

— Por que você precisaria entrar? Para nada?

— Ah, entendo você. Sim, claro. Contudo, Elijah, minhas mãos também ficam sujas, e vou lavá-las.

Ele mostrou as palmas das mãos, estendendo-as em sua direção. Elas eram rosadas e roliças e inclusive tinham sulcos na pele. Elas possuíam todos os sinais de excelência e de uma habilidade meticulosa, e estavam tão limpas quanto era necessário.

Baley comentou:

– Temos um lavatório no apartamento, sabe.

Ele disse isso casualmente. Esnobar seria inútil em se tratando de um robô.

– Obrigado pela gentileza. Entretanto, de um modo geral, acho que seria preferível usar este lugar. Se vou viver com os homens da Terra, é melhor adotar o maior número possível de seus costumes e atitudes comuns.

– Então entre.

A iluminação agradável do interior oferecia um forte contraste com o utilitarismo austero da maioria do resto da Cidade; desta vez, entretanto, isso não causou efeito algum na consciência de Baley.

Ele sussurrou para Daneel:

– Pode ser que eu demore mais ou menos meia hora. Espere. – Começou a se afastar, mas voltou para acrescentar: – Preste atenção: não fale com ninguém nem olhe para ninguém. Nenhuma palavra, nenhum olhar! Esse é o nosso hábito.

Ele deu uma olhada rápida ao redor para se certificar de que a conversa que acabara de ter não tinha sido notada nem estava sendo observada por olhares consternados. Felizmente, não havia ninguém no corredor e, afinal de contas, *era* apenas o corredor.

Ele desceu apressado pelo corredor, sentindo-se ligeiramente sujo, passou pelas câmaras comuns até chegar às cabines privativas. Fazia cinco anos agora que uma delas tinha sido concedida a Baley – era grande o suficiente para conter um chuveiro, um pequeno sistema automático de lavagem de roupa e outros benefícios. Tinha até um pequeno projetor que podia ser acionado para mostrar os novos filmes.

"Uma casa longe de casa", gracejou ele quando teve acesso à cabine pela primeira vez. Mas agora ele cogitava imaginar como suportaria ter de se adaptar de novo à vida mais espartana das câmaras comuns se seus privilégios quanto à cabine fossem cancelados algum dia.

Ele apertou o botão que ativava o sistema de lavagem de roupa e a superfície lisa do medidor se acendeu.

R. Daneel estava esperando pacientemente quando Baley voltou com o corpo banhado, as roupas de baixo e a camisa limpas e, no todo, sentindo-se mais confortável.

— Nenhum problema? — perguntou Baley quando tinham saído do Privativo; estavam longe da porta e podiam conversar.

— De forma alguma, Elijah — disse Daneel.

Jessie estava à porta, sorrindo nervosamente. Baley a beijou.

— Jessie — ele murmurou —, este é o meu novo parceiro, Daneel Olivaw.

Jessie estendeu a mão, a qual R. Daneel apertou e logo soltou. Ela se virou para o marido e então olhou timidamente para R. Daneel.

— Não quer se sentar, sr. Olivaw? — Ela ofereceu. — Preciso falar com o meu marido sobre questões familiares. Só por um minuto. Espero que não se importe.

Ela estava segurando a manga da camisa de Baley. Ele a seguiu até o quarto ao lado.

Ela disse, em um sussurro apressado:

— Você não está machucado, está? Fiquei preocupada depois da transmissão da notícia.

— Que notícia?

— Foi transmitida há quase uma hora. Sobre o tumulto na sapataria. Disseram que dois investigadores controlaram o tumulto. Eu sabia que você estava vindo para casa com um parceiro e isso aconteceu bem na nossa subseção, e bem na hora em que você estava voltando para casa, e eu achei que eles estavam escondendo algum detalhe e que você...

— *Por favor*, Jessie. Você está vendo que estou perfeitamente bem.

Com algum esforço, Jessie se controlou. Ela disse, com a voz trêmula:

— Seu parceiro não é da sua divisão, é?

– Não – respondeu Baley com tristeza. – Ele é... um completo estranho.

– Como devo tratá-lo?

– Como qualquer outra pessoa. Ele é meu parceiro, só isso.

Ele disse isso de modo tão pouco convincente que os olhos perspicazes de Jessie se estreitaram:

– Há algo errado?

– Não, nada. Venha, vamos voltar para a sala. Se não, vai começar a ficar estranho.

* * *

Lije Baley se sentia um pouco inseguro quanto ao apartamento agora. Até este exato momento, não tinha tido nenhum receio. Na verdade, sempre teve orgulho dele. Tinha três cômodos grandes; a ampla sala de estar, por exemplo, media quatro metros e meio por cinco metros e meio. Havia um closet em cada quarto. Um dos principais dutos de ventilação passava diretamente pelo apartamento. Significava que, em raras ocasiões, haveria barulho; mas por outro lado, assegurava controle de temperatura e ar condicionado de primeira. Tampouco ficava muito longe do Privativo, o que era muito conveniente.

Mas, com a criatura vinda de mundos do espaço sideral sentada ali, Baley sentiu-se inseguro de repente. O apartamento parecia pobre e apertado.

Jessie perguntou, com uma alegria ligeiramente artificial:

–Você e o sr. Olivaw comeram, Lije?

– Na verdade – Baley respondeu depressa –, Daneel não comerá conosco. Mas eu vou comer.

Jessie aceitou a situação sem problemas. Com as provisões de comida controladas tão de perto e os racionamentos tão rigorosos, era de bom tom recusar a hospitalidade dos outros.

Ela disse:

— Espero que não se importe se fizermos nossa refeição, sr. Olivaw. Lije, Bentley e eu costumamos comer na cozinha comunitária. É muito mais conveniente e há mais variedade, entende, e cá entre nós, maiores porções de comida. Mas Lije e eu *temos* permissão para comer no apartamento três vezes por semana se quisermos... Lije é bem-sucedido no Departamento e nosso status é muito bom... e pensei que, só nesta ocasião, se quisesse se juntar a nós, poderíamos ter um pequeno banquete particular, embora eu ache que as pessoas que abusam dos seus privilégios de privacidade são um pouco antissociais, sabe.

R. Daneel ouviu educadamente.

Disfarçando um sinal para que a mulher ficasse quieta, Baley comentou:

— Jessie, estou com fome.

— Eu estaria contrariando um costume, sra. Baley, se me dirigisse à senhora pelo seu primeiro nome? — perguntou R. Daneel.

— Não, claro que não. — Jessie montou a mesa embutida e conectou o aquecedor de pratos na depressão no centro da mesa. — Fique à vontade e me chame de Jessie sempre que quiser... é... Daneel. — Ela deu uma risadinha.

Baley estava furioso. A situação estava rapidamente se tornando mais desconfortável. Jessie achava que R. Daneel era um homem. Ele seria algo do qual se gabar e algo para comentar no Privativo feminino. Ele também tinha boa aparência, embora inexpressiva, e suas demonstrações de respeito agradavam Jessie. Qualquer um podia ver isso.

Baley imaginava qual seria a impressão de R. Daneel sobre Jessie. Ela não tinha mudado muito em 18 anos, pelo menos não para Lije Baley. Ela tinha engordado um pouco, é claro, e sua aparência tinha perdido muito do viço da juventude. Havia algumas linhas de expressão nos cantos da boca e suas bochechas tinham leves sulcos. Usava um corte de cabelo mais conservador e um tom castanho mais escuro do que já fora um dia.

Mas isso não vem ao caso, pensou Baley, melancólico. Nos Mundos Siderais, as mulheres eram altas e tão magras e majestosas quanto os homens. Ou, pelo menos, os livro-filmes mostravam--nos assim e devia ser com esse tipo de mulher que R. Daneel estava acostumado.

Mas R. Daneel não parecia perturbado com a conversa de Jessie, sua aparência ou com o fato de ela chamá-lo pelo primeiro nome.

— Tem certeza de que isso é apropriado? — ele questionou. — O nome Jessie parece ser um diminutivo. Talvez seu uso seja restrito aos membros do seu círculo mais próximo e fosse mais adequado que eu usasse seu primeiro nome completo.

Jessie, que estava abrindo a embalagem isolante que envolvia uma porção de jantar, baixou a cabeça, concentrando-se de repente na sua tarefa.

— É só Jessie — ela respondeu com firmeza. — Todos me chamam assim. É só isso.

— Muito bem, Jessie.

A porta se abriu e um jovem entrou com cuidado. Seus olhos encontraram R. Daneel quase de imediato.

— Pai? — perguntou o garoto, em um tom indeciso.

— Meu filho, Bentley — murmurou Baley, em voz baixa. — Este é o sr. Daneel Olivaw, Ben.

— Ele é seu parceiro, pai? Tudo certo, sr. Olivaw? — Ben disse, com um brilho nos olhos arregalados — E então, pai, o que aconteceu na sapataria? O noticiário dizia...

— Não faça perguntas agora, Ben — interrompeu Baley de modo brusco.

Bentley ficou desapontado e olhou para a mãe, que fez sinal para que ele se sentasse.

— Você fez o que pedi, Bentley? — ela perguntou quando ele se sentou. Ela passava carinhosamente a mão no cabelo do filho. Seu cabelo era tão escuro quanto o do pai, e ia ficar da altura de Baley, mas o resto tinha puxado a ela. Ele tinha o rosto oval de Jessie, seus olhos castanhos, seu modo sereno de ver a vida.

— Claro, mãe — disse Bentley, erguendo-se um pouco para olhar na travessa de onde vinha um cheiro delicioso. — O que temos para o jantar? Não é zymovitela de novo, não é, mãe? É, mãe?

— Não há nada de errado com a zymovitela — disse Jessie, apertando os lábios. — Agora coma o que está no seu prato, e sem comentários.

Era óbvio que eles *iam* comer zymovitela.

Baley se sentou. Ele também preferiria outro tipo de comida a zymovitela, com um gosto intenso que ficava na boca por horas, mas Jessie tinha explicado o problema antes disso.

— Bem, não posso, Lije — ela dissera. — Eu vivo bem aqui nestes andares o dia todo e não posso fazer inimizades, caso contrário, a vida seria intolerável. Se eles souberem que eu costumava ser nutricionista assistente e que podemos conseguir bife ou frango com facilidade a cada duas semanas quando não há quase nenhuma outra pessoa neste andar que tenha privilégios para comer no apartamento mesmo de domingo, diriam que temos alguma influência ou amigos na sala de preparo dos alimentos. Haveria muito falatório e eu não poderia colocar os pés para fora do apartamento nem ir ao Privativo em paz. De qualquer forma, zymovitela e protovegetal são muito bons. São alimentos balanceados, nos quais nada é desperdiçado e, na realidade, eles têm muitas vitaminas e minerais e tudo o que se pode precisar, e podemos comer quanto frango quisermos quando comermos na cozinha comunitária às terças-feiras em que servirem frango.

Baley cedeu com facilidade. Era como dizia Jessie: o primeiro problema de convivência a resolver é minimizar o atrito com as multidões que cercam uma pessoa por todos os lados. Era um pouco mais difícil convencer Bentley.

Nesta ocasião, ele dissera:

– Puxa, mãe, por que não posso usar o vale do papai e comer sozinho na cozinha comunitária? Eu preferiria fazer isso.

Jessie meneara a cabeça, contrariada, e comentara:

– Você me surpreende, Bentley. O que as pessoas diriam se o vissem comendo sozinho, como se a sua própria família não fosse boa o bastante para você ou o tivesse expulsado do apartamento?

– Caramba, ninguém tem nada a ver com isso.

Baley dissera, com um pouco de nervosismo na voz:

– Faça o que a sua mãe disse, Bentley.

Bentley encolhera os ombros, descontente.

R. Daneel, que estava do outro lado da sala, perguntou de repente:

– A família permite que eu veja esses livro-filmes enquanto faz a refeição?

– Ah, claro – Bentley respondeu escapulindo da mesa, com uma expressão de interesse instantâneo no rosto. – São meus. Eu os peguei na biblioteca com uma autorização especial da escola. Vou pegar o meu visualizador para o senhor. Ele é muito bom. Meu pai me deu de presente no meu último aniversário.

Ele trouxe o visualizador para R. Daneel.

– O senhor se interessa por robôs, sr. Olivaw?

Baley derrubou a colher e inclinou-se para pegá-la.

– Sim, Bentley – R. Daneel respondeu –, eu me interesso bastante.

– Então vai gostar destes. São sobre robôs. Tenho que escrever uma redação sobre eles para a escola, por isso estou pesquisando. É um assunto bem complicado – ele disse, com ar de importância. – Eu sou contra os robôs.

– Sente-se, Bentley – disse Baley, em desespero –, e não aborreça o sr. Olivaw.

– Ele não está me aborrecendo, Elijah. Gostaria de falar com você sobre essa questão, Bentley, outra hora. Seu pai e eu estaremos muito ocupados hoje à noite.

AS CAVERNAS DE AÇO

– Obrigado, sr. Olivaw.

Bentley se sentou e, lançando um olhar de desgosto na direção de sua mãe, cortou um pedaço da zymovitela cor-de-rosa e farelenta com o garfo.

Baley pensou: ocupados hoje à noite?

Então, como se atingido por um raio, ele se lembrou da investigação. Pensou em um Sideral morto na Vila Sideral e percebeu que, por horas, estivera tão envolvido com seu próprio dilema que tinha se esquecido da crua realidade do assassinato.

5   ANÁLISE DE UM ASSASSINATO

Jessie se despediu deles. Estava usando um chapéu formal e uma jaqueta de querato-fibra, dizendo:

— Espero que me dê licença, sr. Olivaw. Sei que tem muito a discutir com Lije.

Ela conduziu o filho até a porta.

— Quando você vai voltar, Jessie?

Ela parou.

— Quando quer que eu volte?

— Bem... Não faz sentido ficar fora a noite toda. Por que você não volta no horário de sempre? Por volta da meia-noite.

Ele lançou um olhar cheio de dúvida para R. Daneel.

R. Daneel acenou com a cabeça, concordando.

— Lamento ter que afastá-la de sua casa.

— Não se preocupe com *isso*, sr. Olivaw. Não está me tirando de casa, de modo algum. De qualquer forma, esta é a noite em que costumo sair com as minhas amigas. Venha, Ben.

O jovem estava rebelde.

— Ah, por que diabos eu tenho que ir? Não vou incomodá-los. Que droga!

— Faça o que eu disse.

— Bom, e por que não posso ir ao salão etérico com você?

– Porque vou com algumas amigas e você tem outras coisas...

A porta se fechou quando eles saíram.

Agora tinha chegado o momento. Baley tinha adiado isso em sua mente. Ele tinha pensado: primeiro, conhecer o robô e ver como ele é. Depois: levá-lo para casa. E então: comer.

Mas agora já tinha terminado tudo isso e não havia motivos para mais atrasos. Por fim, tinham chegado à questão do assassinato, das complicações interestelares, das possíveis promoções de grau, da possível desgraça. E ele não tinha sequer como começar a não ser pedindo ajuda ao robô.

Movia as unhas ao acaso pela mesa, que ainda não tinha sido colocada de volta na reentrância da parede.

– É seguro conversar aqui? – perguntou R. Daneel. – Não podemos ser ouvidos?

Baley levantou os olhos, surpreso.

– Ninguém se prestaria a ouvir o que está se passando no apartamento de outro homem.

– Vocês não têm o costume de escutar atrás da porta?

– Isso não é feito, Daneel. Seria o mesmo que supor que alguém... não sei... que alguém olharia no seu prato enquanto você está comendo.

– Ou que cometeria um assassinato?

– O quê?

– Matar é contra os seus costumes, não é, Elijah?

Baley começou a ficar com raiva.

– Escute, se vamos ser parceiros, não tente imitar a arrogância dos Siderais. Não combina com você, R. Daneel.

Ele não pôde resistir enfatizar o "R.".

– Desculpe-me se feri seus sentimentos, Elijah. Minha intenção era apenas indicar que, uma vez que os seres humanos às vezes são capazes de matar, desafiando o costume, podem ser capazes de violar o costume com um ato impróprio menor, como ouvir atrás da porta.

AS CAVERNAS DE AÇO

– O apartamento é adequadamente isolado – disse Baley, ainda carrancudo. – Você não ouviu nada dos apartamentos de nenhum lado, ouviu? Bem, então eles também não conseguirão nos ouvir. Além disso, por que alguém pensaria que há algo importante acontecendo aqui?

– Não vamos subestimar o inimigo.

Baley encolheu os ombros.

– Vamos começar. Minhas informações são incompletas, então posso facilmente colocar minhas cartas na mesa. Sei que um homem chamado Roj Nemennuh Sarton, cidadão do planeta Aurora e residente na Vila Sideral, foi assassinado por uma pessoa ou por pessoas desconhecidas. Fiquei sabendo que, de acordo com a opinião dos Siderais, esse não é um evento isolado. Estou certo?

– Sim, você está certo, Elijah.

– Eles o relacionam a tentativas recentes de sabotar o projeto patrocinado pelos Siderais de nos converter em uma sociedade que promova a integração humanos/robôs com base no modelo dos Mundos Siderais, e supõem que o assassinato foi cometido por um grupo terrorista bem organizado.

– Sim.

– Tudo bem. Para começar, essa suposição dos Siderais é necessariamente verdadeira? Por que o assassinato não pode ter sido obra de um fanático isolado? Há fortes sentimentos antirrobô na Terra, mas não há grupos organizados defendendo esse tipo de violência.

– Talvez não abertamente. Não.

– Mesmo uma organização secreta dedicada à destruição de robôs e fábricas de robôs teria o bom senso de perceber que a pior coisa que poderia fazer seria assassinar um Sideral. Parece muito mais provável que tenha sido obra de uma mente desequilibrada.

R. Daneel ouviu atentamente, depois disse:

– Acho que o peso da probabilidade está contra a teoria "fanática". A pessoa morta foi muito bem escolhida e o momento do assassinato era apropriado demais para que não fosse um plano deliberado por parte de um grupo organizado.

– Pois bem, você tem mais informação do que eu. Desembuche!

– A fraseologia que você usa é obscura, mas acredito que entendi. Terei que explicar um pouco do contexto a você. Do ponto de vista da Vila Sideral, Elijah, as relações com a Terra são insatisfatórias.

– Difíceis – murmurou Baley.

– Informaram-me que, quando a Vila Sideral foi estabelecida, a maioria do nosso povo tomou como certo que a Terra estaria disposta a adotar a sociedade integrada que tem funcionado tão bem nos Mundos Siderais. Mesmo após as primeiras revoltas, pensávamos que era apenas uma questão de esperar que o seu povo superasse o primeiro impacto causado pela novidade. Mas não foi esse o caso. Mesmo com a cooperação do governo terrestre, a resistência tem sido contínua e o progresso tem sido muito lento. Naturalmente, essa questão tem preocupado muito o nosso povo.

– Por uma questão de altruísmo, imagino – comentou Baley.

– Não de todo – disse R. Daneel –, embora seja louvável que você lhe atribua motivos nobres. Temos a convicção comum de que uma Terra saudável e modernizada seria de grande benefício para toda a Galáxia. Pelo menos, é a convicção comum do nosso povo na Vila Sideral. Devo admitir que há forte oposição a essa ideia nos Mundos Siderais.

– O quê? Desavenças entre os Siderais?

– Com certeza. Há quem acredite que uma Terra modernizada será uma Terra perigosa e imperialista. Isso acontece sobretudo entre as populações daqueles mundos mais antigos, que estão mais próximos da Terra e têm mais motivos para se lembrar dos primeiros séculos de viagens interestelares, quando seus mundos eram controlados, política e economicamente, pela Terra.

Baley suspirou.

– História Antiga. Eles realmente se preocupam com isso? Ainda reclamam de nós por coisas que aconteceram mil anos atrás?

– Os humanos têm uma natureza própria, peculiar – comentou R. Daneel. – Não são tão sensatos, em muitos sentidos, quanto nós, robôs, uma vez que seus circuitos não são pré-programados. Disseram-me que isso também tem suas vantagens.

– Pode ser – murmurou Baley secamente.

–Você está em melhores condições de saber – disse R. Daneel. – De qualquer forma, o contínuo fracasso na Terra fortaleceu os partidos nacionalistas nos Mundos Siderais. Eles dizem que é óbvio que os terráqueos são diferentes dos Siderais e não se pode forçá-los a aceitar as mesmas tradições. Dizem que, se nós impuséssemos o uso dos robôs na Terra à força, estaríamos iniciando a destruição da Galáxia. Uma coisa de que eles não se esquecem, entende, é que a população da Terra é de oito bilhões de pessoas, enquanto a população total dos 50 Mundos Siderais juntos é de pouco mais que cinco bilhões e meio. O nosso povo aqui neste planeta, em especial o dr. Sarton...

– Doutor?

– Ele era doutor em Sociologia, especialista em robôs, e era um homem brilhante.

– Entendo. Continue.

– Como eu disse, o dr. Sarton e os outros perceberam que a Vila Sideral e tudo o que ela significava não existiriam por muito mais tempo se se permitisse o aumento das opiniões contrárias nos Mundos Siderais com base no nosso fracasso contínuo. O dr. Sarton sentiu que tinha chegado a hora de fazer um esforço supremo para entender a psicologia dos terráqueos. É fácil dizer que o conservadorismo é inerente ao povo da Terra e falar de modo banal "da imutável Terra" e "da inescrutável mente terráquea", mas isso é apenas evitar o problema. O dr. Sarton disse que era ignorância falar dessa maneira e que não poderíamos menosprezar os terráqueos por conta de um provérbio ou um clichê. Ele disse que os Siderais que estavam tentando transformar a Terra deviam abandonar o isolamento da Vila Sideral e se misturar com os terráqueos. Deviam viver como eles, pensar como eles, ser como eles.

Baley disse:

– Os Siderais? Impossível.

– Você está certo – disse R. Daneel. – Apesar de seu ponto de vista, o próprio dr. Sarton não teria entrado em nenhuma Cidade, e ele sabia disso. Ele não teria sido capaz de suportar a imensidão e as multidões. Mesmo que apontassem um desintegrador para ele e o obrigassem a entrar, os detalhes externos o teriam sobrecarregado de forma que ele nunca teria sido capaz de vislumbrar as verdades interiores que buscava.

– E quanto ao modo como eles se preocupam sempre com doenças? – inquiriu Baley. – Não se esqueça disso. Acho que nenhum deles se arriscaria a entrar em uma Cidade por esse único motivo.

– Sim, isso também. A doença, da maneira como é conhecida na Terra, não é comum nos Mundos Siderais e o medo do desconhecido é sempre mórbido. O dr. Sarton avaliou tudo isso; no entanto, insistiu na necessidade de começar a conhecer intimamente os terráqueos e seu modo de vida.

– Ele parece ter se colocado em uma situação difícil.

– Nem tanto. As objeções à entrada na Cidade são válidas para os humanos Siderais. Os robôs Siderais são outra coisa.

Baley pensou: "Vivo me esquecendo, droga". Em voz alta, ele disse:

– Ah.

– Sim – disse R. Daneel. – Somos mais flexíveis, é claro. Pelo menos nesse aspecto. Podemos ser projetados para a adaptação a uma vida terráquea. Sendo construídos com uma semelhança particularmente próxima à aparência do ser humano, poderíamos ser aceitos pelos terráqueos e ter a possibilidade de ver suas vidas mais de perto.

– E você mesmo... – começou Baley, tomado por uma súbita compreensão.

– Sou um desses robôs. O dr. Sarton estava trabalhando há um ano no projeto e na construção deles. Eu fui o primeiro de seus robôs e, por enquanto, o único. Infelizmente, minha educação ainda não está completa. Tive que assumir meu papel de modo prematuro em consequência de seu assassinato.

– Então nem todos os robôs Siderais são como você? Quero dizer, alguns se parecem mais com robôs e menos com humanos. Certo?

– Claro. A aparência exterior depende da função do robô. Minha função requer uma aparência muito parecida à dos humanos, o que eu tenho. Outros são diferentes, embora sejam todos humanoides. Com certeza são mais humanoides do que os modelos desoladoramente primitivos que eu vi na sapataria. Todos os seus robôs são daquele jeito?

– Mais ou menos – respondeu Baley. – Você não aprova?

– Claro que não. É difícil aceitar uma paródia grosseira da forma humana como um ser de mesmo nível intelectual. Suas fábricas não conseguem fazer melhor?

– Tenho certeza de que sim, Daneel. Acho que preferimos saber quando estamos lidando com um robô e quando não estamos.

Ele fitou diretamente os olhos do robô quando disse isso. Eles eram brilhantes e úmidos como seriam os de um ser humano, mas Baley tinha a impressão de que o olhar do robô era fixo e seus globos oculares não se mexiam nem de leve, de um ponto a outro, como os de um homem se mexeriam.

R. Daneel disse:

– Espero que, com o passar do tempo, eu consiga entender esse ponto de vista.

Por um momento, Baley pensou que havia sarcasmo na frase, depois descartou a possibilidade.

– De qualquer forma – Daneel continuou –, o dr. Sarton via claramente que se tratava de um caso para C/Fe.

– Cê efe e? O que é isso?

– Apenas os símbolos químicos para os elementos carbono e ferro, Elijah. O carbono é a base da vida humana e o ferro, da vida robô. É fácil falar em C/Fe quando se quer expressar uma cultura que combina as duas em condição de igualdade, porém de modo paralelo.

– Cê efe e. Escreve-se com hífen? Ou como?

– Não, Elijah. Com uma barra diagonal entre os dois é o modo correto. Não simboliza nem um nem o outro, mas uma mistura dos dois, sem primazia de nenhum.

Contra a sua vontade, Baley ficou interessado. A educação formal na Terra não incluía praticamente nenhuma informação sobre a história ou a sociologia dos Mundos Siderais após a Grande Rebelião que os tornou independentes do planeta mãe. Os romances populares em livro-filme com certeza tinham seu repertório de personagens dos Mundos Siderais: o visitante magnata, colérico e excêntrico; a bela herdeira, invariavelmente encantada pelo charme de um terráqueo, engolindo o desprezo quando se apaixona; o arrogante rival Sideral, cruel e sempre derrotado. Essas figuras eram inúteis, já que negavam até as verdades mais elementares e conhecidas: a de que os Siderais nunca entravam nas Cidades e a de que as mulheres Siderais quase nunca visitavam a Terra.

Pela primeira vez na vida, algo despertou em Baley uma curiosidade estranha. Como era, na verdade, a vida de um Sideral?

Com algum esforço, ele voltou a pensar no problema em questão. Ele especulou:

– Acho que entendo para onde isso está indo. O seu dr. Sarton estava tratando o problema da conversão da Terra a uma cultura C/Fe a partir de um ângulo novo e promissor. Nossos grupos conservadores ou Medievalistas, como eles mesmos se denominam, ficaram perturbados. Tinham medo de que ele pudesse obter êxito. Então o mataram. Essa é a motivação que torna o assassinato um complô organizado e não um ato de violência isolado. Certo?

– Sim, Elijah, eu colocaria as coisas dessa forma.

Baley deu um assobio pensativo e silencioso. Ele batia seus longos dedos de leve na mesa. Então meneou a cabeça.

– Essa história não cola. Não cola de jeito nenhum.

– Perdão. Não entendi.

– Estou tentando entender a situação. Um terráqueo entra na Vila Sideral, vai até o dr. Sarton, atira nele com um desintegrador e sai. Não consigo imaginar algo assim. Com certeza, a entrada da Vila Sideral é vigiada.

Daneel confirmou com a cabeça.

– Acho que é seguro afirmar que nenhum terráqueo poderia possivelmente ter passado pela entrada de forma ilegal.

– Então em que posição vocês se encontram nessa situação?

– Nós nos encontraríamos em uma posição desconcertante, Elijah, se a entrada fosse a única maneira de chegar à Vila Sideral a partir da Cidade de Nova York.

Baley observou seu parceiro pensativamente.

– Não entendo você. A entrada é a única conexão entre as duas.

– Sim, a única conexão direta entre as duas. – R. Daneel esperou um momento. – Você não consegue seguir meu raciocínio. Não é?

– *É* isso mesmo. Não entendi nada.

– Bem, se não for ofendê-lo, vou tentar explicar. Pode me emprestar um pedaço de papel e uma caneta? Obrigado. Veja, parceiro Elijah, aqui vou desenhar um grande círculo e escrever "Cidade de Nova York". Agora, tangente a ela, vou desenhar um círculo pequeno e escrever "Vila Sideral". Aqui, onde elas se encontram, vou desenhar a ponta de uma flecha e escrever "barreira de força". Você não vê nenhuma outra conexão?

– Claro que não – Baley retrucou. – Não há nenhuma outra conexão.

– De certa forma – disse o robô –, fico feliz de ouvi-lo dizer isso. Está de acordo com o que me informaram sobre o modo de pensar terrestre. A barreira de força é a única conexão *direta*. Mas tanto a Cidade de Nova York quanto a Vila Sideral são abertas para o campo por todos os lados. Um terráqueo pode sair da Cidade por uma das inúmeras saídas e avançar pelo campo até chegar à Vila Sideral, onde nenhuma barreira de força irá detê-lo.

Baley tocou o lábio superior com a ponta da língua e ficou assim por um momento. Então ele disse:

— Passar pelo campo?

— Sim.

— Passar pelo *campo*! Sozinho?

— Por que não?

— Andando?

— Andando, sem dúvida. Se fosse andando, a chance de ser detectado seria mínima. O assassinato aconteceu cedo em um dia de semana e a viagem foi feita, sem dúvida, durante a madrugada.

— Impossível! Ninguém na Cidade faria isso. Sair da Cidade? Sozinho?

— Em princípio, pareceria improvável, sim. Nós, Siderais, sabemos disso. É por isso que vigiamos apenas a entrada. Mesmo durante a Grande Revolta, o seu povo atacou apenas a barreira de força que protegia a entrada. Ninguém saiu da Cidade.

— E aí?

— Mas agora estamos lidando com uma situação incomum. Não é o ataque cego de uma multidão seguindo o caminho mais simples, mas a tentativa organizada de um grupo pequeno de atacar deliberadamente em um ponto não vigiado. Isso explica de que modo, como você diz, um terráqueo poderia entrar na Vila Sideral, chegar até a vítima, matá-la e ir embora. O homem atacou utilizando-se do nosso ponto fraco.

Baley meneou a cabeça.

— É pouco provável. O seu pessoal tentou verificar essa teoria?

— Sim, tentamos. O seu Comissário de Polícia estava presente quase na hora do assassinato...

— Eu sei. Ele me contou.

AS CAVERNAS DE AÇO

– Isso, Elijah, é outro exemplo de como o crime foi oportuno. O seu Comissário cooperou com o dr. Sarton no passado e era o terráqueo com quem ele planejava fazer os preparativos iniciais referentes à infiltração de robôs como eu na sua Cidade. O encontro daquela manhã era sobre isso. O assassinato certamente interrompeu esses planos, pelo menos por algum tempo, e o fato de que ocorreu quando o seu próprio Comissário de Polícia estava, em realidade, dentro da Vila Sideral tornou a situação toda ainda mais difícil e embaraçosa para a Terra e para o seu povo. Mas não era isso que eu ia dizer. O seu Comissário estava presente. Dissemos a ele que o homem devia ter passado pelo campo. Como você, ele disse "impossível", ou talvez "impensável". Ele estava bastante agitado, o que era natural, e talvez por isso tenha sido difícil para ele entender essa hipótese. Não obstante, nós o forçamos a começar a verificar essa possibilidade quase que de imediato.

Baley pensou nos óculos quebrados do Comissário e, mesmo em meio a pensamentos sombrios, contorceu um dos cantos da boca. Pobre Julius! Sim, ele *estaria* agitado. É claro que Enderby não teria tido como explicar a situação aos altivos Siderais, que consideravam a deficiência física um atributo especialmente desagradável dos terráqueos, os quais não passavam por nenhuma seleção genética. Pelo menos, não seria possível sem perder a reputação, e reputação era algo valioso para o Comissário de Polícia Julius Enderby. Bem, os terráqueos tinham que se manter unidos em certos casos. Baley jamais revelaria ao robô que Enderby era míope.

R. Daneel continuou:

– Um a um, os vários pontos de saída da Cidade foram investigados. Você sabe quantas saídas há, Elijah?

Baley meneou a cabeça e então arriscou uma resposta:

– Vinte?

– Quinhentas e duas.

– O quê? – exclamou Baley.

– No início, havia muitas mais. As que ainda funcionam somam quinhentas e duas. A sua Cidade representa um crescimento lento, Elijah. Em outros tempos, ela ficava a céu aberto e as pessoas iam da Cidade ao campo livremente.

– Claro. Eu sei disso.

– Bem, quando foram colocadas as proteções em torno da Cidade pela primeira vez, havia muitas saídas. Ainda existem quinhentas e duas. Quanto ao resto, algo foi construído por cima ou foram bloqueadas. Não estamos contando, claro, com as entradas de ar.

– E então? E os pontos de saída?

– Foi inútil. Não são vigiados. Não conseguimos encontrar nenhum oficial responsável por eles ou que considerasse que eles estão sob sua jurisdição. Parecia que nem sabiam de sua existência. Um homem poderia ter saído por qualquer um deles a qualquer momento e retornado quando quisesse. Ele nunca teria sido detectado.

– Algo mais? A arma não foi encontrada, eu imagino.

– Ah, sim.

– Alguma pista?

– Nenhuma. Investigamos minuciosamente o solo ao redor da Vila Sideral. Os robôs que trabalham nas hortas eram inúteis como possíveis testemunhas. Não passavam de máquinas agrícolas automáticas, quase não eram humanoides. E não havia humanos.

– Sim, sim. O que mais?

– Como falhamos, por enquanto, do lado da Vila Sideral, trabalharemos do outro, a Cidade de Nova York. Será nosso dever rastrear todos os possíveis grupos subversivos, examinar todas as organizações dissidentes...

– Quanto tempo pretende ficar por aqui?

– O menos possível, mas tanto quanto for necessário.

– Bem – disse Baley, pensativo –, queria que você tivesse outro parceiro nessa confusão.

– Eu não – replicou R. Daneel. – O Comissário falou muito bem da sua lealdade e da sua capacidade.

– Foi gentileza dele – Baley falou de modo sarcástico. Ele pensou: "Pobre Julius. Sou um peso na consciência dele e ele está se esforçando".

– Nós não confiamos de todo nele – confessou R. Daneel. – Verificamos os seus dados. Você se expressou abertamente contra o uso de robôs no seu departamento.

– Oh. Alguma objeção?

– De forma alguma. São suas opiniões pessoais. Mas, por conta disso, fomos forçados a verificar o seu perfil psicológico com muita atenção. Sabemos que, embora você não goste nem um pouco de R's, trabalhará com um se julgar que é o seu dever. Você tem uma tendência extraordinariamente alta à lealdade e respeito pela autoridade legítima. É disso que precisamos. O Comissário Enderby o avaliou bem.

– Você não tem nenhum ressentimento pessoal quanto aos meus sentimentos antirrobô?

R. Daneel respondeu:

– Se não o impedem de trabalhar comigo e me ajudar a fazer o que me foi ordenado, que importância eles têm?

Baley se sentiu paralisado. Ele disse em um tom agressivo:

– Pois bem, se eu passei no teste, e você? O que o torna um detetive?

– Não o compreendo.

– Você foi projetado como uma máquina de coletar informações. Uma imitação de homem para registrar os fatos da vida humana para os Siderais.

– Isso é um bom começo para um investigador, não é? Ser uma máquina de coletar informações?

– Um começo, talvez. Mas não é a única coisa que é necessária, muito longe disso.

– De fato, houve um ajuste final dos meus circuitos.

– Estou curioso para ouvir os detalhes desse ajuste, Daneel.

– É simples. Um forte impulso, particularmente incisivo, foi inserido no meu banco de motivação: desejo de justiça.

– Justiça! – exclamou Baley. A ironia desapareceu do seu rosto e foi substituída por um olhar da mais sincera desconfiança.

Mas R. Daneel virou-se rapidamente na cadeira e olhou para a porta.

– Há alguém lá fora.

Havia alguém. A porta se abriu e Jessie, pálida e apertando os lábios, entrou.

* * *

Baley ficou surpreso.

– Jessie! Algum problema?

Ela ficou parada, sem olhar nos olhos dele.

– Desculpe-me. Eu tinha que... – Sua voz se desvaneceu.

– Onde está Bentley?

– Ele vai passar a noite no Salão da Juventude.

– Por quê? – Baley questionou. – Eu não disse para você fazer isso.

–Você disse que o seu parceiro passaria a noite aqui. Achei que ele ia precisar do quarto do Bentley.

– Não havia necessidade, Jessie. – R. Daneel disse.

Jessie olhou para o rosto de R. Daneel, fitando-o seriamente.

Baley olhou para as pontas dos dedos, aflito com o que poderia acontecer, mas de alguma forma incapaz de intervir. O silêncio momentâneo comprimia fortemente seus tímpanos e então, de longe, como se fosse através de folhas de plastex dobradas, ele ouviu sua esposa dizer:

– Acho que você é um robô, Daneel.

E Daneel Olivaw respondeu, com a voz calma de sempre:

– Eu sou.

(6) SUSSURROS EM UM QUARTO

Nos andares mais altos de algumas das subseções mais ricas da Cidade estavam os Solários naturais, onde uma divisória de quartzo com uma proteção móvel de metal barra a entrada do ar de fora, mas deixa passar a luz do sol. Lá as esposas e as filhas dos administradores e executivos dos graus mais altos podem se bronzear. Lá acontece algo ímpar todos os fins de tarde.

Anoitece.

No resto da Cidade (inclusive nos Solários-UV, onde milhões de pessoas, em uma rigorosa sequência de tempo limitado, podiam se expor de vez em quando às ondas artificiais das lâmpadas de arco voltaico), há apenas os ciclos arbitrários de horas.

As atividades da Cidade poderiam, sem dúvida, continuar em três turnos de oito horas ou quatro turnos de seis horas, tanto de "dia" quanto de "noite". A luz e o trabalho poderiam, com facilidade, continuar indefinidamente. Sempre há reformistas que, de tempos em tempos, sugerem algo assim em prol da economia e da eficiência.

Essa ideia nunca é aceita.

Muitos dos antigos hábitos da sociedade terrestre foram deixados de lado em razão dessa mesma economia e eficiência: espaço, privacidade, e até, em boa parte, o livre-arbítrio. No entanto, eles são resultado da civilização e surgiram há não mais do que 10 mil anos.

A adaptação do sono à noite, todavia, era tão antiga quanto o homem: tinha um milhão de anos. É um hábito do qual não é fácil abrir mão. Embora não se possa ver a noite, as luzes dos apartamentos diminuíam enquanto passavam as horas de escuridão e a pulsação da cidade era mais lenta. Embora ninguém possa distinguir o meio-dia da meia-noite por meio de nenhum fenômeno cósmico ao longo das avenidas cobertas da Cidade, o ser humano segue as silenciosas divisões do ponteiro do relógio.

As vias expressas esvaziam-se, o barulho da vida diminui, o movimento da multidão pelas ruas desaparece; a Cidade de Nova York se encontra despercebida à sombra da Terra, e sua população dorme.

* * *

Elijah Baley não dormia. Estava deitado na cama e as luzes do apartamento estavam apagadas, mas era só isso.

Jessie estava deitada a seu lado, imóvel em meio à escuridão. Ele não tinha sentido nem tinha ouvido sua mulher se mexer.

No outro cômodo, R. Daneel Olivaw estava sentado, de pé, deitado (Baley se perguntava qual deles).

Baley sussurrou:

— Jessie!

Então tentou novamente:

— Jessie!

O vulto escuro ao seu lado mexeu-se um pouco debaixo do lençol.

— O que você quer?

— Jessie, não torne as coisas mais difíceis para mim.

— Você poderia ter me contado.

— Como? Eu pretendia contar, quando conseguisse pensar em uma maneira de fazer isso. Por Josafá, Jessie...

— Shhhh!

Baley voltou a sussurrar.

— Como você descobriu? Não vai me contar?

Jessie virou-se de frente para ele. Ele podia sentir seus olhos fitando-o em meio à escuridão.

— Lije.

Falava com um fio de voz.

— Ele pode nos ouvir? Aquela coisa?

— Não se sussurrarmos.

— Como você sabe? Talvez ele tenha ouvidos especiais para captar os mínimos sons. Os robôs dos Siderais podem fazer todo tipo de coisa.

Baley sabia disso. A propaganda pró-robô estava sempre enfatizando as destrezas miraculosas dos robôs dos Siderais, sua resistência, seus sentidos extras, e suas cem novas maneiras de prestar serviço à humanidade. Pessoalmente, ele achava que essa abordagem pecava pelo excesso. Os terráqueos odiavam os robôs ainda mais por sua superioridade.

Ele murmurou:

— Não Daneel. Eles o fizeram parecido a um humano de propósito. Queriam que fosse aceito como um ser humano, então ele deve ter apenas sentidos humanos.

— Como você sabe?

— Se ele tivesse sentidos extras, haveria grande risco de ele revelar sem querer que não é humano. Ele faria coisas demais, saberia coisas demais.

— Bem, talvez.

Ficaram em silêncio de novo.

Um minuto depois, Baley tentou outra vez.

— Jessie, se você deixar as coisas acontecerem até... até... Escute, querida, não é justo você ficar com raiva.

— Com raiva? Oh, Lije, seu bobo. Eu não estou com raiva. Estou assustada; estou morrendo de medo.

Ela engoliu em seco e agarrou a gola do pijama dele. Ficaram assim por algum tempo, e a mágoa que crescia dentro de Baley desapareceu e transformou-se em preocupação.

– Por que, Jessie? Não há nada com que se preocupar. Ele é inofensivo. Eu juro.

– Você não pode se livrar dele, Lije?

– Você sabe que não posso. Isso é coisa do Departamento. Como eu poderia?

– Que tipo de coisa, Lije? Diga-me.

– Jessie, estou surpreso com você.

Ele procurou o rosto dela no escuro e o acariciou. Estava úmido. Com a manga do pijama, ele enxugou cuidadosamente os olhos dela.

– Agora escute – disse ele com ternura –, você está sendo infantil.

– Diga ao pessoal do Departamento que peça para outra pessoa fazer isso, o que quer que seja. Por favor, Lije.

O tom de voz de Baley endureceu um pouco.

– Jessie, você é mulher de um policial por tempo suficiente para saber que obrigação é obrigação.

– Bem, mas por que tinha que ser você?

– Julius Enderby...

Ela ficou tensa nos braços do marido.

– Você poderia ter me contado. Por que você não pode dizer a Julius Enderby que peça para outra pessoa fazer o trabalho sujo pelo menos uma vez? Você tolera coisas demais, Lije, e isso é...

– Tudo bem, tudo bem – disse ele, procurando acalmá-la.

Ainda tremendo, ela se acalmou.

Julius Enderby tinha sido motivo de briga entre eles desde o noivado. Enderby tinha entrado na Escola de Estudos Administrativos da Cidade dois anos antes de Baley. Eles haviam sido colegas. Quando Baley fez a bateria de exames de aptidão e a análise neurológica e estava apto a entrar na força policial, encontrou Enderby ali, alguns graus à sua frente. Enderby já estava na divisão de detetives.

AS CAVERNAS DE AÇO

Baley seguia o mesmo caminho que Enderby, mas a uma distância cada vez maior. Não era culpa de ninguém. Baley era suficientemente capaz e eficiente, mas lhe faltava algo que o outro tinha. Enderby se encaixava na máquina administrativa com perfeição. Ele era uma dessas pessoas que nasceram para fazer parte de uma hierarquia, que se sentia naturalmente confortável em uma burocracia.

O Comissário não era nenhum gênio, e Baley sabia disso. Ele tinha suas peculiaridades infantis, suas explosões intermitentes e pomposas de Medievalismo, por exemplo. Mas ele era simpático com os outros, não ofendia ninguém, acatava ordens com graciosidade, dava ordens com uma mistura adequada de suavidade e firmeza. Ele até se dava bem com os Siderais. Talvez fosse excessivamente obsequioso com eles (o próprio Baley nunca teria conseguido lidar com eles durante doze horas sem se irritar; ele estava certo disso, embora nunca tivesse falado com um Sideral), mas eles confiavam em Enderby, e isso o tornava muito útil para a Cidade.

Então, em um setor do serviço civil em que um desempenho tranquilo e sociável era mais útil do que a competência individual, Enderby subiu de classificação rapidamente, e estava no grau de Comissário enquanto Baley não passava de um detetive de grau C-5. Baley não se ressentia com o contraste, embora fosse humano o suficiente para lamentá-lo. Enderby não se esquecia da amizade que tinham e, do seu modo estranho, tentava compensar seu próprio êxito fazendo o que podia por Baley.

A incumbência de ser parceiro de R. Daneel era um exemplo disso. Era difícil e desagradável, mas não havia dúvida de que encerrava em si as sementes de um avanço extraordinário. O Comissário poderia ter dado essa chance a outra pessoa. Seu próprio discurso naquela manhã sobre precisar de um favor disfarçava, mas não escondia esse fato.

Jessie nunca via as coisas dessa maneira. Em situações semelhantes no passado, ela tinha dito: "É o seu tolo índice de lealdade.

Estou tão cansada de ouvir elogios ao seu grande senso de dever. Pense em si mesmo de vez em quando. Noto que aqueles que estão no topo não mencionam os *próprios* índices de lealdade".

Baley estava deitado na cama em um tenso estado de insônia, enquanto deixava Jessie se acalmar. Ele tinha que *pensar*. Tinha que ter certeza quanto às suas suspeitas. Pequenos detalhes atraíam uns aos outros e se encaixavam em sua mente. Aos poucos estavam formando um padrão.

Ele sentiu o colchão ceder conforme Jessie se mexeu.

— Lije? — ela sussurrou ao ouvido dele.

— O quê?

— Por que você não pede demissão?

— Ficou maluca?

— Por que não? — ela estava quase ansiosa. — Assim, você pode se livrar desse robô horrível. Apenas entre no Departamento e diga ao Enderby que acabou.

Baley disse friamente:

— Não posso pedir demissão no meio de um caso importante. Não posso deixar a coisa toda escorrer pelo tubo de descarga a hora que eu quiser. Uma brincadeira dessas pode significar desclassificação por justa causa.

— Mesmo assim. Você pode começar de novo. Você pode fazer isso, Lije. Há uma dúzia de lugares onde você poderia trabalhar.

— O serviço civil não aceita homens que foram desclassificados por justa causa. Trabalho braçal seria a única coisa que eu poderia fazer; a única coisa que você poderia fazer. Bentley perderia seu status hereditário. Pelo amor de Deus, Jessie, você não sabe o que é isso.

— Já li sobre isso. Não tenho medo — ela murmurou.

— Você ficou louca. Completamente louca.

Baley percebeu que estava tremendo. Veio à sua memória um lampejo, uma imagem familiar de seu pai. Seu pai, definhando até a morte.

Jessie deu um suspiro profundo.

A mente de Baley desviou-se violentamente de Jessie. Em desespero, seu pensamento voltou ao padrão que estava previamente construindo.

Ele disse com firmeza:

— Jessie, você precisa me dizer uma coisa. Como descobriu que Daneel é um robô? O que a fez chegar a essa conclusão?

Ela começou:

— Bem...

E as palavras se esvaíram. Era a terceira vez que ela tinha começado a explicar e não tinha conseguido.

Ele segurou as mãos dela, incentivando-a a falar.

— Por favor, Jessie. O que a está assustando?

— Apenas deduzi que ele era um robô, Lije — ela respondeu.

— Não havia nada que pudesse fazê-la supor tal coisa, Jessie. Você não achava que ele era um robô antes de sair, não é?

— Não, mas comecei a pensar...

— Vamos lá, Jessie. O que foi?

— Bem... Escute, Lije, as mulheres estavam conversando no Privativo. Você sabe como elas são. Falam sobre tudo.

"Mulheres!", pensou Baley.

— Seja como for — continuou Jessie —, o rumor se espalhou por toda parte. Deve ser isso.

— Por toda parte?

Baley sentiu uma pontada de vitória, ou quase isso. Outra peça se encaixava!

— Foi o que elas deram a entender. Disseram que havia um boato sobre um robô dos Siderais solto pela Cidade. Supostamente, ele pareceria um homem e estaria trabalhando com a polícia. Elas até *me* perguntaram sobre isso. Riram e disseram: "O seu Lije sabe algo sobre isso, Jessie?", e eu ri e disse: "Não sejam bobas!".

— Nós fomos ao salão etérico — ela prosseguiu — e comecei a pensar sobre o seu novo parceiro. Você se lembra daquelas fotos que trouxe para casa, aquelas que Julius Enderby tirou na Vila Sideral, para me mostrar como são os Siderais? Bem, comecei a pensar que o seu parceiro se parecia com um deles. De repente me ocorreu que ele se parecia exatamente com aqueles que vi nas fotos e disse para mim mesma: "Oh, meu Deus, alguém deve tê-lo reconhecido na sapataria e ele está com Lije", e eu disse que estava com dor de cabeça e saí correndo...

— Jessie, pare, pare com isso — falou Baley. — Controle-se. Por que está com medo? Não é de Daneel que tem medo. Você o enfrentou quando voltou para casa. Você o enfrentou sem problemas. Então...

Ele parou de falar. Sentou-se na cama com os olhos inutilmente arregalados na escuridão.

Sentiu sua mulher chegar mais perto. Levantou a mão, encontrou seus lábios e colocou os dedos sobre eles. Ela se esforçou por se soltar, segurando o pulso dele com as mãos e retorcendo-se, mas ele a segurou com mais força.

Então, de repente, ele a soltou. Ela choramingou.

Com a voz rouca, ele disse:

— Desculpe-me, Jessie, eu estava tentando ouvir.

Ele se levantou da cama, cobrindo as solas do pé com plasto-filme.

— Lije, aonde você vai? Não me deixe.

— Está tudo bem. Só vou até a porta.

O plastofilme produzia leves estalidos enquanto ele rodeava a cama. Abriu um pouco a porta que dava para a sala de estar e esperou um tempo. Nada aconteceu. Estava tão quieto que ele podia ouvir a leve respiração de Jessie ali na cama. Ele podia ouvir o ritmo monótono do seu sangue.

Baley passou furtivamente a mão pela abertura da porta, estendendo-a até um ponto que ele não precisava de luz para encontrar. Seus dedos alcançaram o botão que controlava a iluminação do teto. Ele girou o botão o mínimo que pôde e uma luz débil se acendeu, tão fraca que a parte inferior da sala permaneceu na penumbra.

No entanto, ele vira o suficiente. A porta principal estava fechada e a sala de estar estava quieta e sem vida.

Ele apagou a luz e voltou para a cama.

Era tudo o que ele precisava. As peças se encaixavam. O padrão estava completo.

Aflita, Jessie perguntou a ele:

— Lije, há algo errado?

— Não há nada errado, Jessie. Está tudo bem. Ele não está aqui.

— O robô? Quer dizer que ele foi embora? Para sempre?

— Não, não. Ele vai voltar. Antes que ele volte, responda à minha pergunta.

— Que pergunta?

— Do que você tem medo?

Jessie não disse nada.

Baley insistiu.

— Você disse que estava morrendo de medo.

— Dele.

— Não, já falamos sobre isso. Você não estava com medo dele; além disso, você sabe muito bem que um robô não pode ferir um ser humano.

Ela começou a falar lentamente:

— Pensei que, se todos soubessem que ele é um robô, poderia haver algum tumulto. Seríamos mortos.

— Por que nos matariam?

— Você sabe como são esses tumultos.

— Eles nem sabem onde o robô está, sabem?

— Eles podem descobrir.

— E é disso que você tem medo, de um tumulto?

— Bem...

— Shhh!

Ele fez Jessie voltar a se deitar.

Então cochichou no ouvido dela:

– Ele voltou. Agora ouça e não diga nem mais uma palavra. Está tudo bem. Ele vai embora de manhã e não vai voltar. Não haverá nenhum tumulto nem nada.

Ele ficou quase satisfeito quando disse isso, quase completamente feliz. Sentia que podia dormir.

Pensou de novo: sem tumultos nem nada. E sem desclassificação.

E, pouco antes de pegar no sono, ele pensou: nenhuma investigação de assassinato. Nem isso. A coisa toda está resolvida...

Ele dormiu.

7   VISITA À VILA SIDERAL

O Comissário de polícia Julius Enderby limpou os óculos com um esmero primoroso e colocou-os no rosto.

Baley pensou: é um bom truque. Mantém você ocupado enquanto está pensando no que vai dizer, e não custa caro como acender um cachimbo.

Porque esse pensamento passou pela sua cabeça, ele pegou o cachimbo e mergulhou a mão no estoque de fumo. Um dos poucos cultivos de luxo ainda plantados na Terra era o tabaco, e seu fim se aproximava visivelmente. Ao longo da vida de Baley, os preços sempre subiram, nunca baixaram; as cotas baixaram, nunca aumentaram.

Tendo ajustado os óculos, Enderby tateou a parede até encontrar o interruptor em uma das extremidades da mesa e tornou a fechar a porta transparente apenas do lado interior por um momento.

— A propósito, onde está ele agora?

— Ele me disse que queria conhecer o Departamento, e deixei que Jack Tobin fizesse as honras da casa.

Baley acendeu o cachimbo e apertou o abafador com cuidado. O Comissário, como a maioria dos não fumantes, não tolerava fumaça de tabaco.

— Espero que não tenha dito a ele que Daneel é um robô.

— É claro que não.

Isso não deixou o Comissário tranquilo. Uma de suas mãos continuava mexendo ao acaso no calendário automático da mesa.

– Como tem sido? – ele perguntou sem olhar para Baley.

– Meio difícil.

– Sinto muito, Lije.

Baley disse com firmeza:

– Você poderia ter me avisado que ele parecia completamente humano.

O Comissário pareceu surpreso.

– Eu não avisei? – E então, com uma repentina petulância, acrescentou: – Droga, você deveria saber. Eu não teria pedido que o acolhesse na sua casa se ele se parecesse com R. Sammy, teria?

– Eu sei, Comissário, mas nunca tinha visto um robô desses e você já. Eu nem sabia que isso era possível. Só queria que tivesse mencionado, só isso.

– Olhe, Lije, me desculpe. Eu deveria ter contado. Você está certo. É que esse emprego, esse acordo, está me deixando tão tenso que passo metade do tempo descontando nas pessoas sem motivo algum. Ele, quero dizer, essa coisa, é um novo tipo de robô. Ainda está em fase experimental.

– Ele mesmo explicou isso.

– Oh. Bem, então é isso.

Baley ficou um pouco tenso. O momento era agora. Ele disse casualmente, segurando o cabo do cachimbo com os dentes:

– R. Daneel providenciou uma viagem à Vila Sideral para mim.

– À Vila Sideral?

Enderby levantou os olhos com uma indignação instantânea.

– Sim. É a sequência lógica, Comissário. Eu gostaria de ver a cena do crime, fazer algumas perguntas.

Decidido, Enderby negou com a cabeça.

– Não acho que seja uma boa ideia, Lije. Exploramos o local. Duvido que haja algo novo a ser descoberto. E eles são pessoas estranhas. Luvas de pelica! É preciso tratá-los com luvas de pelica. Você não tem experiência nisso.

Ele colocou a mão roliça na testa e acrescentou, com um fervor inesperado:

— Eu os odeio.

— Droga, o robô veio até aqui e vou ter que ir até lá — Baley disse com hostilidade. — Já é difícil ter que dividir a missão com um robô; odeio ficar em segundo plano. Claro, se você acha que não sou capaz de conduzir essa investigação, Comissário...

— Não é isso, Lije. Não é você, são os Siderais. Não sabe como eles são.

Baley franziu ainda mais as sobrancelhas.

— Bem, então, Comissário, suponho que venha conosco. — Sua mão direita repousava sobre o joelho. Cruzou os dedos automaticamente quando disse isso.

O Comissário arregalou os olhos.

— Não, Lije. Eu não vou. Não me peça para ir. — Ele parecia claramente estar tentando segurar palavras que lhe escapavam. Mais calmo, ele disse, com um sorriso pouco convincente: — Há muito trabalho aqui, você sabe. Tenho trabalho acumulado.

Pensativo, Baley o observou.

— Vamos fazer o seguinte: por que não entramos em contato pelo comunicador tridimensional mais tarde? Pelo menos por enquanto, entende. Caso eu precise de ajuda.

— Tudo bem. Acho que posso fazer isso.

Ele não parecia entusiasmado.

— Ótimo.

Baley olhou para o relógio na parede, acenou com a cabeça e se levantou.

— Entrarei em contato.

Baley olhou para trás enquanto saía do escritório, mantendo a porta aberta por um brevíssimo instante. Ele viu o Comissário abaixar a cabeça como se fosse encostá-la próximo ao cotovelo que estava apoiado na mesa. O investigador quase poderia jurar ter ouvido um soluço.

"Por Josafá!", ele pensou, completamente chocado.

Ele parou no salão e sentou-se no canto de uma mesa próxima, ignorando a pessoa que já estava ali, que levantou os olhos, murmurou um cumprimento casual e voltou ao trabalho.

Baley tirou o abafador do fornilho do cachimbo e deu uma baforada. Virou o cachimbo sobre o pequeno coletor de cinzas a vácuo da mesa e deixou a cinza esbranquiçada do tabaco desaparecer. Olhou com pesar para o cachimbo vazio, reajustou o abafador e guardou-o. Outra cachimbada se acabava para sempre!

Reexaminou o que tinha acabado de acontecer. De certa forma, Enderby não o surpreendera. Ele tinha esperado encontrar resistência a qualquer tentativa de sua parte de entrar na Vila Sideral. Tinha ouvido o Comissário falar com bastante frequência sobre as dificuldades em lidar com os Siderais, sobre os perigos de permitir que negociadores inexperientes tivessem algo a ver com eles, mesmo que se tratasse de coisa sem importância.

Entretanto, não esperava que o Comissário cedesse com tanta facilidade. Ele supôs que, no mínimo, Enderby teria insistido em acompanhá-lo. A pressão de outros trabalhos não significava nada em vista da importância desse problema.

Mas não era isso que Baley queria. Ele queria justamente o que conseguira. Queria que o Comissário estivesse presente por meio do holograma projetado pelo comunicador tridimensional, de modo que ele pudesse testemunhar os procedimentos em segurança.

Segurança era a palavra-chave. Baley precisaria de uma testemunha que não pudesse ser eliminada de imediato. Ele precisava disso como garantia mínima de sua própria segurança.

O Comissário tinha concordado com isso sem demora. Baley se lembrou do soluço, ou do que parecia ser um soluço, e pensou: "Por Josafá, o homem está envolvido nisso além de sua capacidade".

Baley ouviu uma voz alegre e arrastada vindo de trás e assustou-se.

– O que diabos você quer? – perguntou, furioso.

R. Sammy continuava estampando no rosto um sorriso ridículo.

– Jack pediu para dizer a você que Daneel está pronto, Lije.

– Tudo bem. Agora saia daqui.

Ele franziu a testa enquanto o robô se virava e partia. Não havia nada tão irritante quanto aquela geringonça de metal desastrada, sempre chamando as pessoas pelo primeiro nome sem cerimônia. Ele reclamara disso quando R. Sammy chegou ao departamento e o Comissário encolhera os ombros e dissera: "Não se pode ter tudo, Lije. O público faz questão de que os robôs da Cidade sejam construídos com um forte circuito de amizade. Então, tudo bem. Ele tem simpatia por você. Ele o chama pelo nome mais amigável que pode".

Circuito de amizade! Nenhum robô, de qualquer tipo, poderia ferir um ser humano. Esta era a Primeira Lei da Robótica:

"Um robô não pode ferir um ser humano nem deixar, por inação, que um ser humano venha a ser ferido".

Nenhum cérebro positrônico jamais fora construído sem essa injunção cravada tão profundamente em seus circuitos básicos que nenhuma avaria imaginável poderia removê-la de lá. Não havia necessidade de circuitos especializados de amizade.

No entanto, o Comissário estava certo. A desconfiança dos terráqueos em relação aos robôs era algo bastante irracional e circuitos de amizade tinham que ser incorporados e, por esse mesmo motivo, todos os robôs tinham que ser feitos com um sorriso. Pelo menos na Terra.

Já R. Daneel nunca sorria.

Suspirando, Baley se levantou. Ele pensou: "Próxima parada: Vila Sideral"... ou, talvez, "última parada"!

* * *

As forças policiais da Cidade, assim como certos oficiais do alto escalão, ainda podiam fazer uso de viaturas policiais individuais pelos corredores da Cidade e mesmo por antigas autoestradas subterrâneas que estavam fechadas ao tráfego de pedestres. Havia reivindicações de longa data por parte dos Liberais para que essas autoestradas fossem transformadas em playgrounds para as crianças, em novas áreas comerciais ou em extensões das vias expressas ou das vias locais.

Os fortes pedidos por "segurança civil", todavia, continuavam invictos. Em caso de incêndios grandes demais para serem controlados por dispositivos locais, em caso de colapso maciço nas linhas de transmissão de eletricidade ou no sistema de ventilação, mas, sobretudo, em caso de um tumulto mais grave, tinha que haver um meio pelo qual as tropas da Cidade pudessem ser rapidamente mobilizadas até o ponto em questão. Não existia nem poderia existir algo que substituísse as autoestradas.

Baley já tinha viajado por uma autoestrada várias vezes, mas o seu vazio indecente sempre o deprimia. Parecia estar a um milhão de quilômetros de distância da pulsação quente e vívida da Cidade. Diante dos controles da viatura, ele via a estrada se estender como uma minhoca cega e oca. Ela continuava se estendendo enquanto ele contornava uma ou outra curva suave. Atrás dele estava, ele nem precisava olhar, outra minhoca cega e oca, continuamente contraída e fechada. A autoestrada era bem iluminada, mas a iluminação não significava nada em meio ao silêncio e ao vazio.

R. Daneel não fez nada para quebrar o silêncio ou preencher esse vazio. Ele olhava sempre em frente, tão indiferente à autoestrada vazia quanto à uma via expressa lotada.

Em um momento ruidoso, ao som frenético de lamúria da sirene da viatura, eles saltaram para fora da autoestrada e, após uma curva, entraram de modo gradual na pista para veículos de um dos corredores da Cidade.

As pistas para veículos continuavam meticulosamente marcadas em cada corredor principal em respeito a um vestígio do passado. Não existiam mais veículos (exceto pelas viaturas, pelos carros de bombeiro e caminhões de manutenção), e os pedestres usavam essas pistas em total segurança. Eles se espalharam, indignados e apressados, antes que o carro de Baley avançasse cantando pneus.

Baley respirou mais tranquilo conforme surgia barulho ao seu redor, mas era apenas um intervalo. Em menos de 200 metros, eles entraram nos corredores escuros que levavam à Vila Sideral.

* * *

Estavam esperando por eles. Os guardas obviamente reconheceram R. Daneel e, embora fossem humanos, acenaram para ele sem nenhum constrangimento.

Um deles se aproximou de Baley e o saudou com uma perfeita, embora fria, cortesia militar. Ele era alto e sério, mas não tinha o tipo físico perfeito de Sideral como R. Daneel.

– Seu cartão de identificação, por favor, senhor – ele solicitou.

O cartão foi inspecionado com rapidez, mas com minúcia. Baley percebeu que o guarda usava luvas cor de pele e filtros quase imperceptíveis em cada narina.

O guarda o saudou de novo, devolveu o cartão e então disse:

– Há um pequeno Privativo masculino aqui, o qual ficaremos felizes que use, caso queira se lavar.

Baley pensou em dizer que não era preciso, mas R. Daneel puxou de leve a manga de sua camisa enquanto o guarda voltava ao seu lugar.

– É de costume, parceiro Elijah, os moradores da Cidade tomarem uma ducha antes de entrar na Vila Sideral – informou R. Daneel. – Digo isso pois sei que não deseja, por falta de informação sobre esse assunto, sentir-se constrangido nem nos constranger. Também é aconselhável que você trate de quaisquer questões de higiene pessoal que considerar necessárias. Não haverá instalações na Vila Sideral para esses fins.

— Nenhuma instalação! — replicou Baley com veemência. — Mas isso é impossível!

— Quero dizer, é claro, nenhuma para o uso de moradores da Cidade — completou R. Daneel.

No rosto de Baley ficou estampada uma perplexidade claramente hostil.

— Lamento essa situação, mas é uma questão de costume — disse R. Daneel.

Sem palavras, Baley entrou no Privativo. Ele não viu, mas percebeu que R. Daneel entrou logo atrás.

Ele pensou: "Está me vigiando? Está se certificando de que eu vá me livrar de toda a poeira da Cidade?".

Por um instante de fúria, ele se divertiu ao pensar no choque que estava preparando para a Vila Sideral. De repente, parecia ter menos importância o fato de que ele poderia, de fato, estar apontando um desintegrador para o próprio peito.

O Privativo era pequeno, mas era bem equipado e antisséptico em sua limpeza. Começava-se a notar um odor acentuado. Perplexo por um momento, Baley aspirou esse ar.

Então ele pensou: "Ozônio! Este lugar está impregnado de radiação ultravioleta".

Um pequeno aviso piscou várias vezes e depois ficou aceso de vez. Ele dizia:

Visitante, favor tirar toda a roupa, inclusive os sapatos, e colocá-los no recipiente abaixo.

Baley aquiesceu. Soltou o desintegrador, desatou a correia do coldre e voltou a ajustá-la em volta da cintura nua. Parecia mais pesada e causava desconforto.

O recipiente se fechou e suas roupas sumiram. O sinal se apagou. Outro aviso acendeu.

Visitante, favor tratar de suas necessidades pessoais. Em seguida, usar o chuveiro indicado pela seta.

Baley se sentia como um aparato sendo moldado por feixes de energia de longo alcance em uma linha de montagem.

A primeira coisa que ele fez ao entrar no pequeno cubículo onde estava o chuveiro foi puxar a aba à prova de umidade sobre o coldre de sua arma e prendê-la bem firme. Ele sabia, por sua vasta experiência, que ainda poderia pegá-la e usá-la em menos de cinco segundos.

Não havia nenhuma maçaneta ou gancho para pendurar o desintegrador. Não havia sequer um chuveiro. Ele a colocou em um canto mais afastado da porta de entrada do cubículo.

Outro sinal se acendeu:

Visitante, por favor, afaste os braços do corpo e fique no círculo central com os pés nas posições indicadas.

Quando ele colocou os pés nas pequenas depressões indicadas, o aviso apagou. Quando o sinal apagou, ele foi atingido por jatos de espuma que ardiam, vindos do teto, do chão e das quatro paredes. Ele sentia a água esguichando até por debaixo da sola dos pés. Isso durou um minuto inteiro. Sua pele foi ficando vermelha pela força combinada da alta temperatura e da pressão, e ele arquejava em busca de ar naquele ambiente quente e úmido. Seguiu-se mais um minuto de jato gelado, de baixa pressão, e então, finalmente, um minuto de ar quente que o deixou seco e o refrescou.

Ele pegou sua pistola e a correia, percebendo que elas também estavam secas e quentes. Ajustou-as ao corpo e saiu do cubículo a tempo para ver R. Daneel saindo de um dos chuveiros ao lado.

Claro! R. Daneel não era um morador da Cidade, mas tinha acumulado a poeira de lá.

Automaticamente, Baley desviou o olhar. Então, pensando que, afinal de contas, os costumes de R. Daneel não eram os costumes da cidade, forçou-se, apesar de relutante, a olhar de novo. Esboçou um sorriso sem graça. A semelhança de R. Daneel com os humanos não estava restrita ao seu rosto e às suas mãos: ela tinha sido executada com uma exatidão minuciosa em todo o corpo.

Baley deu um passo à frente na direção que ele vinha seguindo continuamente desde que entrara no Privativo. Encontrou suas roupas à sua espera, limpas e dobradas. Estavam quentes e exalavam um cheiro de limpeza.

Um aviso dizia:

Visitante, por favor, pegue suas roupas e coloque sua mão na cavidade indicada.

Baley fez isso. Sentiu nitidamente um comichão na parte interna do dedo médio quando o colocou sobre aquela superfície limpa e leitosa. Ergueu a mão depressa e viu uma gota de sangue escorrendo. Enquanto ele a observava, o sangue parou de escorrer.

Ele chacoalhou aquela gota e apertou o dedo. Mesmo assim, não escorreu mais nada.

Era evidente que estavam analisando seu sangue. Sentiu uma clara pontada de ansiedade. Baley estava certo de que os exames de rotina feitos pelos médicos do Departamento não eram realizados com a meticulosidade ou, talvez, com o conhecimento desses frios criadores de robôs do espaço sideral. Ele não tinha certeza se queria uma investigação tão detalhada do seu estado de saúde.

O tempo de espera pareceu longo para Baley, mas, quando a luz se acendeu de novo, apenas informava:

Visitante, prossiga.

Baley respirou com grande alívio. Ele seguiu em frente e passou por uma entrada em arco. Duas hastes de metal bloquearam o caminho e, escritas no ar com letras luminosas, estavam as palavras:

Advertência ao visitante: não prossiga.

— Que diabos... — gritou Baley, esquecendo, naquele momento de raiva, o fato de que ainda estava no Privativo.

R. Daneel sussurrou:

— Imagino que os analisadores tenham detectado um desintegrador. Está carregando o seu, Elijah?

Bailey virou-se para o outro lado, sentindo o rosto corar profundamente. Tentou falar duas vezes, depois conseguiu resmungar:

— Um policial carrega seu desintegrador consigo ou o deixa ao alcance o tempo todo, esteja ele de plantão ou não.

Era a primeira vez que ele falava *dentro* de um Privativo desde que tinha 10 anos. Isso tinha acontecido na presença do seu tio Boris e tinha sido apenas uma reclamação automática quando ele bateu o dedo do pé. Tio Boris tinha batido nele quando chegaram em casa e deu-lhe um longo sermão sobre a necessidade da decência em público.

— Nenhum visitante pode estar armado — explicou R. Daneel. — É nosso costume, Elijah. Mesmo o seu Comissário deixa sua arma para trás em todas as visitas.

Em quase qualquer outra circunstância, Baley teria dado meia-volta e ido embora para longe da Vila Sideral e para longe daquele robô. Agora, no entanto, ele estava louco de vontade de seguir seu plano com exatidão e assim conseguir uma vingança completa.

Esse, pensou ele, era o exame médico discreto que tinha substituído o exame mais detalhado de outros tempos. Ele podia entender muito bem, podia entender o excesso, a indignação e a raiva que tinham levado às Revoltas da Barreira quando era jovem.

Morrendo de raiva, Baley desatou a correia do coldre. R. Daneel a pegou e a colocou em um vão na parede. Uma fina placa de metal deslizou pelo vão.

– Se você puser seu polegar nessa cavidade – disse R. Daneel –, apenas a sua digital poderá abri-lo mais tarde.

Baley sentia-se nu; na verdade, sentia-se mais nu do que tinha se sentido debaixo do chuveiro. Passou pelo ponto onde as hastes tinham bloqueado seu caminho e, por fim, saiu do Privativo.

Estava de novo em um corredor, mas havia algo estranho nele. A luz no alto tinha alguma característica desconhecida. Sentiu um sopro de ar no rosto e, automaticamente, pensou que uma viatura tinha passado por ele.

R. Daneel devia ter percebido a inquietação estampada em seu rosto.

– Você está ao ar livre agora, Elijah – ele comentou. – O ar não é condicionado.

Baley se sentiu um pouco enjoado. Como os Siderais podiam ser de uma cautela tão rigorosa quanto ao corpo humano, só porque veio da Cidade, mas ainda assim respirar o ar sujo dos espaços abertos? Ele apertou as narinas como se, juntando-as, ele pudesse filtrar o ar que respirava de maneira mais eficiente.

R. Daneel disse:

– Acredito que você vai perceber que o ar aberto não é nocivo à saúde humana.

– Certo – concordou Baley, de modo vago.

As correntes de ar batiam irritantemente no seu rosto. Elas eram bastante suaves, mas irregulares. Isso o incomodava.

As coisas só pioraram. O corredor dava para a imensidão azul e, conforme eles se aproximavam da saída, uma forte luz branca inundava tudo. Baley já tinha visto a luz do sol. Ele tinha ido a um Solário natural uma vez no exercício de suas funções. Mas lá, vidros de proteção tinham encoberto o lugar e a imagem do sol em si fora refratada em um brilho generalizado. Aqui era tudo aberto.

Automaticamente, ele olhou para cima para ver o sol e depois desviou o olhar. Seus olhos ofuscados piscaram e se encheram de água.

Um Sideral estava se aproximando. Por um momento, Baley ficou apreensivo.

Entretanto, R. Daneel deu um passo à frente para cumprimentar o homem que se aproximava com um aperto de mão. O Sideral voltou-se para Baley e disse:

— Poderia vir comigo, senhor? Sou o dr. Han Fastolfe.

As coisas eram melhores dentro de uma das Cúpulas. Baley olhou com espanto o tamanho das salas e o modo negligente como o espaço era distribuído, mas estava grato por sentir o ar condicionado.

— Presumo que o senhor prefira ambientes condicionados ao ar livre — comentou Fastolfe, sentando-se e cruzando as longas pernas.

Ele parecia suficientemente amigável. Tinha algumas rugas finas na testa e a pele debaixo dos olhos e do queixo era um pouco flácida. O cabelo estava rareando, mas não estava ficando grisalho. Tinha orelhas grandes e abertas, o que lhe dava uma aparência engraçada e comum que reconfortava Baley.

Naquela manhã, Baley tinha visto mais uma vez aquelas fotos da Vila Sideral que Enderby tinha tirado. R. Daneel tinha acabado de agendar aquele compromisso na Vila Sideral e Baley estava assimilando a ideia de que ia conhecer Siderais pessoalmente. De algum modo, isso era bem diferente de falar com eles a quilômetros de distância, por intermédio de uma onda portadora, como ele tinha feito antes em várias ocasiões.

Os Siderais daquelas fotos eram, de modo geral, como aqueles apresentados, às vezes, nos livro-filmes: altos, ruivos, sérios, de beleza glacial. Assim como R. Daneel Olivaw, por exemplo.

R. Daneel dissera a Baley os nomes dos Siderais. Subitamente, o investigador apontara uma foto e exclamara, surpreso:

— Este não é você, é?

R. Daneel respondera:

— Não, Elijah, este é o homem que me projetou, o dr. Sarton.

Ele disse isso sem demonstrar nenhuma emoção.

— Você foi feito à imagem do seu criador? — perguntara Baley com sarcasmo, mas não houvera resposta e, na verdade, o detetive mal esperava uma. Ele sabia que a *Bíblia* só circulava em um grau limitado nos Mundos Siderais.

E agora Baley olhava para Han Fastolfe, um homem que se diferenciava visivelmente da aparência convencional dos Siderais, e o terráqueo sentiu uma nítida gratidão por esse fato.

— Aceita algo para comer? — perguntou Fastolfe.

Ele indicou a mesa que separava o terráqueo dele e de R. Daneel. Não havia nada a não ser um recipiente com objetos esferoides multicoloridos. Baley ficou ligeiramente perplexo. Tinha pensado que se tratava de objetos para decorar a mesa.

R. Daneel explicou:

— Estas são frutas de plantas naturais cultivadas em Aurora — explicou R. Daneel. — Sugiro que experimente esta. Chama-se maçã e tem fama de ser agradável.

Fastolfe sorriu.

— R. Daneel não sabe disso por experiência pessoal, é claro, mas ele está certo.

Baley levou uma maçã à boca. Sua superfície era vermelha e verde. Era fria ao toque e tinha um aroma fraco, porém agradável. Com algum esforço, ele a mordeu e a inesperada acidez da polpa carnuda provocou sensibilidade em seus dentes.

Ele a mastigou com cautela. Os moradores da Cidade consumiam comida natural, é claro, sempre que as rações o permitiam. Ele mesmo comia carne e pão naturais com frequência. Mas esse tipo de comida sempre tinha sido processado de alguma forma. Tinha sido cozido ou moído, batido ou misturado. As frutas, propriamente ditas, vinham em forma de geleia ou conserva. Aquilo que ele estava segurando agora deveria ter vindo direto da terra que cobria a superfície de um planeta.

Ele pensou: "Espero que a tenham lavado, pelo menos".

De novo pensou sobre como eram imperfeitas as noções dos Siderais quanto à higiene.

– Deixe eu me apresentar melhor – prosseguiu Fastolfe. – Sou responsável pela investigação do assassinato do dr. Sarton aqui na Vila Sideral, do mesmo modo como o Comissário Enderby é o responsável na Cidade. Se eu puder ajudá-lo de alguma forma, estou disposto a fazê-lo. Ansiamos tanto por uma solução sem alardes para a questão e pela prevenção de futuros incidentes do tipo quanto qualquer pessoa da Cidade.

– Obrigado, dr. Fastolfe – disse Baley. – Apreciamos sua atitude.

"Agora, acabaram-se as delicadezas", pensou ele. Ele mordeu o centro da maçã e pequenos discos escuros e ovoides foram parar em sua boca. Ele cuspiu de maneira automática. Eles foram arremessados para fora e caíram no chão. Um deles teria acertado a perna de Fastolfe, não fosse por um movimento rápido do Sideral.

Baley ficou vermelho e começou a se curvar.

Fastolfe disse, em um tom agradável:

– Tudo bem, sr. Baley. Deixe aí, por favor.

Baley se levantou de novo. Ele colocou a maçã de volta na mesa com cautela. Tinha uma desconfortável sensação de que, quando tivesse ido embora, esses pequenos objetos perdidos seriam encontrados e recolhidos por sucção; a fruteira seria queimada ou descartada em algum lugar longe da Vila Sideral; a própria sala onde estavam sentados seria pulverizada com virucida.

Ele disfarçou seu constrangimento agindo de maneira brusca. Disse:

– Gostaria de pedir permissão para que o Comissário se junte à nossa conferência por meio do holograma tridimensional.

Fastolfe ergueu as sobrancelhas.

– Com certeza, se o senhor quiser. Daneel, você poderia iniciar a conexão?

Baley sentiu um certo desconforto até que a superfície brilhante de um grande paralelepípedo em um canto da sala desapareceu, dando lugar ao Comissário Julius Enderby e parte de sua mesa. Naquele momento, a sensação de desconforto diminuiu e Baley sentiu algo muito próximo a amor por aquela figura familiar e desejo de voltar a salvo para aquele departamento com ele ou para qualquer parte da Cidade; na verdade, até mesmo a parte menos agradável dos distritos, onde ficavam os tanques de leveduras.

Agora que tinha sua testemunha, Baley não via motivos para atrasos. Ele disse:

– Acredito que desvendei o mistério em torno da morte do dr. Sarton.

Com o canto dos olhos, ele viu Enderby pondo-se em pé de repente e pegando violentamente (e com êxito) seus óculos, que estavam caindo. Ao ficar de pé, a cabeça do Comissário ficou fora do alcance do receptor tridimensional e ele teve que se sentar de novo, com o rosto vermelho e sem fala.

De modo muito mais silencioso, o dr. Fastolfe, com a cabeça inclinada para um lado, estava surpreso. Apenas R. Daneel não se mexia.

– Quer dizer – perguntou Fastolfe – que sabe quem é o assassino?

– Não – respondeu Baley –, quero dizer que não houve assassinato.

– O quê? – gritou Enderby.

– Um momento, Comissário Enderby – interrompeu Fastolfe, levantando a mão. Ele olhou para Baley e continuou: – Quer dizer que o dr. Sarton está vivo?

– Sim, senhor, e acredito que sei onde ele está.

– Onde?

– Bem aqui – Baley apontou firmemente para R. Daneel Olivaw.

8 DISCUSSÃO SOBRE UM ROBÔ

No momento, Baley estava mais consciente do ritmo do seu próprio batimento cardíaco. Ele parecia estar vivendo um instante de tempo em suspensão. A expressão de R. Daneel era, como sempre, desprovida de emoção. Han Fastolfe tinha no rosto uma expressão de refinada perplexidade, nada mais.

Entretanto, era a reação do Comissário Julius Enderby que mais o preocupava. O receptor tridimensional através do qual ele olhava não permitia uma reprodução perfeita. A imagem sempre tremeluzia um pouco e apresentava uma resolução que não chegava a ser ideal. Devido a essa imperfeição e com o disfarce adicional dos óculos do Comissário, não era possível ler a expressão nos olhos de Enderby.

Baley pensou: "Não perca o controle, Julius. Preciso de você".

Ele realmente não pensou que Fastolfe agiria de modo precipitado ou movido por um impulso emocional. Tinha lido em algum lugar uma vez que os Siderais não tinham religião; em seu lugar, adotaram um intelectualismo frio e impassível, elevado à condição de filosofia. Ele acreditava nisso e contava com isso. Eles fariam questão de agir lentamente e apenas com base na razão.

Se ele estivesse sozinho entre eles e tivesse dito o que tinha dito, estava certo de que nunca teria retornado à Cidade. O âmbito frio da razão teria imposto esse desfecho. Os planos dos Siderais significavam mais para eles, muitas vezes mais, do que a vida de um morador da Cidade. Dariam alguma desculpa a Julius Enderby. Talvez apresentassem seu cadáver ao Comissário, chacoalhassem a cabeça e dissessem que uma conspiração terráquea tinha atacado de novo. O Comissário acreditaria neles. Essa era a natureza dele. Se odiava os Siderais, era um ódio baseado no medo. Ele não ousaria duvidar deles.

Era por isso que ele tinha que ser uma testemunha real dos eventos, uma testemunha, além do mais, que estivesse fora de perigo e do alcance das calculadas medidas de segurança dos Siderais.

O Comissário disse, engasgado:

— Lije, você está completamente enganado. Eu vi o cadáver do dr. Sarton.

— Você viu os restos carbonizados de algo que disseram a você que era o cadáver do dr. Sarton — replicou Baley, de modo audacioso.

Ele pensou nos óculos quebrados do Comissário de maneira sombria. Aquilo tinha sido um favor inesperado aos Siderais.

— Não, não, Lije. Eu conhecia bem o dr. Sarton e seu rosto estava intacto. Era ele.

O Comissário colocou a mão nos óculos, um tanto constrangido, como se ele também se lembrasse, e acrescentou:

— Eu o vi de perto, bem de perto.

— E quanto a este aqui, Comissário? — perguntou Baley, apontando para R. Daneel de novo. — Ele não se parece com o dr. Sarton?

— Sim, da mesma forma que uma estátua se pareceria.

— Pode-se adotar uma postura sem expressão, Comissário. Suponha que o que viu morto por um desintegrador foi um robô. Você diz que olhou de perto. Você olhou suficientemente de perto para ver se a superfície carbonizada nas extremidades da região atingida era, na verdade, tecido orgânico em decomposição ou uma camada carbonizada colocada de propósito sobre metal fundido?

O Comissário parecia indignado. Ele disse:

— Não seja ridículo.

Baley voltou-se para o Sideral.

— Está disposto a exumar o cadáver para verificação, dr. Fastolfe?

O dr. Fastolfe sorriu.

— Em geral, eu não teria nenhuma objeção, sr. Baley, mas infelizmente não enterramos nossos mortos. A cremação é um costume universal entre nós.

— Muito conveniente — murmurou Baley.

— Diga-me, sr. Baley — perguntou o dr. Fastolfe —, como chegou a essa conclusão extraordinária?

Baley pensou: ele não vai desistir. Ele vai levar isso adiante e não vai dar o braço a torcer, se puder. Então respondeu:

— Não foi difícil. Para imitar um robô, é preciso mais do que simular uma expressão rígida e adotar um estilo de conversa artificial. O problema com os homens dos Mundos Siderais é que vocês se acostumaram demais com os robôs. Vocês chegaram a aceitá-los quase como seres humanos. Não conseguem mais enxergar as diferenças. Na Terra é diferente. Sabemos muito bem o que é um robô.

— Para começar — continuou Baley —, R. Daneel é um humano perfeito demais para ser um robô. A primeira impressão que tive quando o vi foi a de que era um Sideral. Tive que fazer um esforço para me acostumar à ideia de que ele era um robô. Claro que a razão para isso era que ele *era* um Sideral, e *não* um robô.

R. Daneel interrompeu, sem nenhum sinal de constrangimento por ser ele mesmo o assunto da discussão, dizendo:

— Como eu havia dito a você, parceiro Elijah, fui projetado para assumir um lugar temporário em uma sociedade humana. A semelhança com os humanos é proposital.

— Até mesmo — perguntou Baley — a reprodução meticulosa daquelas partes do corpo que, no decurso normal dos eventos, sempre estariam cobertas pela roupa? Até mesmo a reprodução de órgãos que, em um robô, não teriam nenhuma função imaginável?

Subitamente, Enderby interrompeu:

— Como você descobriu isso?

Baley enrubesceu.

— Não pude deixar de notar... no Privativo.

Enderby parecia chocado.

— Com certeza — comentou Fastolfe —, o senhor entende que a semelhança deve ser completa, para que ela seja convincente. Para os nossos objetivos, fazer algo pela metade é tão ruim quanto não fazer nada.

Baley perguntou, abruptamente:

— Posso fumar?

Três cachimbadas em um dia era uma extravagância ridícula, mas o que ele ia fazer era de um atrevimento tamanho e precisava fumar para relaxar. Afinal de contas, ele estava fazendo frente aos Siderais. Ia fazê-los engolir as mentiras que tinham contado.

— Desculpe-me, mas prefiro que não fume — Fastolfe respondeu.

Era uma "preferência" que tinha a força de um comando. Baley percebeu isso. Já estava com o fornilho na mão, na expectativa de uma permissão automática, mas guardou o cachimbo.

"É claro que não", pensou ele asperamente. "Enderby não me avisou sobre isso porque ele não fuma, mas é óbvio. Faz sentido. Eles não fumavam em seus higiênicos Mundos Siderais, nem bebiam, nem tinham nenhum vício humano. Não é de admirar que eles aceitem os robôs em sua maldita... como R. Daneel chamara aquilo? Sociedade C/Fe? Não é de admirar que R. Daneel possa fazer-se passar por um robô como faz. Todos eles lá fora são robôs, para começar."

Então Baley retomou o assunto:

— Uma semelhança perfeita demais é apenas uma entre várias questões. Quase houve um tumulto na minha seção quando eu estava levando-o para casa. — Ele teve que apontá-lo. Não conseguiu dizer nem R. Daneel nem dr. Sarton. — Foi ele que resolveu o problema e fez isso apontando um desintegrador contra os agitadores em potencial.

— Meu Deus — exclamou Enderby, de modo enérgico. — O relatório declarava que foi você...

— Eu sei, Comissário — interviu Baley. — O relatório foi baseado nas informações que eu passei. Não quis que saísse no relatório que um robô tinha ameaçado atirar em homens e mulheres.

— Não, não. Claro que não.

Era óbvio que Enderby estava horrorizado. Ele se inclinou para a frente para olhar para algo que estava fora do alcance do receptor tridimensional.

Baley podia adivinhar o que era. O Comissário estava verificando o medidor de energia para ver se havia alguma escuta no transmissor.

— Isso faz parte da sua argumentação? — perguntou Fastolfe.

— Com certeza. A Primeira Lei da Robótica declara que um robô não pode ferir um ser humano.

— Mas R. Daneel não feriu ninguém.

— É verdade. Ele até disse depois que não teria atirado sob nenhuma circunstância. Ainda assim, nunca ouvi falar de nenhum robô que pudesse ter violado o espírito da Primeira Lei a ponto de ameaçar desintegrar um homem, mesmo que não tivesse realmente intenção de fazê-lo.

— Entendo. O senhor é especialista em robótica, sr. Baley?

— Não, senhor. Mas fiz uma disciplina de robótica geral e uma de análise positrônica. Sei algo sobre o assunto.

— Ótimo — disse Fastolfe, em um tom agradável. — Mas veja, *eu* sou especialista em robótica, e asseguro a você que a essência da mente de um robô está em uma interpretação totalmente literal do universo. Ela não reconhece o espírito da Primeira Lei, apenas o que ela diz. Os modelos simples usados na Terra podem ter a Primeira Lei tão coberta de salvaguardas adicionais que, com certeza, devem ser incapazes de ameaçar um humano. Um modelo avançado como R. Daneel é outra coisa. Se eu entendi a situação de forma correta, a ameaça de R. Daneel foi necessária para evitar um tumulto. Sendo assim, sua intenção era evitar que seres humanos se machucassem. Ele estava obedecendo à Primeira Lei, não a estava desafiando.

Baley se contorceu por dentro, mas manteve sua calma aparente. As coisas iam ficar mais difíceis, mas ele faria o Sideral provar do próprio remédio. Ele disse:

— O senhor pode contestar cada ponto separadamente, mas eles fazem sentido do mesmo jeito. Na noite passada, durante a nossa discussão sobre o suposto assassinato, esse pretenso robô alegou que tinha sido convertido em um detetive com a instalação de um novo impulso nos seus circuitos positrônicos. Um impulso que lhe assegura um verdadeiro desejo por justiça.

— Posso confirmar isso — disse Fastolfe. — O procedimento foi feito três dias atrás, sob minha supervisão.

— Um impulso que suscita desejo por *justiça*? Justiça, dr. Fastolfe, é algo abstrato. Apenas um humano pode usar esse termo.

— Se o senhor definir "justiça" de um modo abstrato, se disser que é dar a cada homem o que é seu, que é seguir o que é certo, ou qualquer coisa do tipo, então concordo com o seu raciocínio. Uma compreensão humana de abstrações não pode ser incorporada a um cérebro positrônico no atual patamar do nosso conhecimento.

— O senhor admite isso, então? Como especialista em robótica?

— Com certeza. A questão é: o que R. Daneel quis dizer quando usou o termo "justiça"?

— A partir do contexto da sua conversa, ele quis dizer o que você e eu e qualquer ser humano quereria dizer, mas que nenhum robô seria capaz.

— Por que não pede a ele, sr. Baley, que defina o termo?

Baley sentiu certa perda de confiança. Ele se voltou para R. Daneel:

— E então?

— Sim, Elijah?

— Qual é a sua definição de justiça?

— Justiça, Elijah, é o que existe quando todas as leis são cumpridas.

Fastolfe assentiu com a cabeça e comentou:

— Uma boa definição, sr. Baley, para um robô. O desejo de ver todas as leis cumpridas foi incorporado a R. Daneel. Justiça é um termo muito concreto para ele, uma vez que é baseado no cumprimento da lei, que é baseado, por sua vez, na existência de leis específicas e definitivas. Não há nada abstrato nisso. Um ser humano pode reconhecer o fato de que, com base em um código moral abstrato, algumas leis podem ser ruins e pode ser injusto cumpri-las. O que você diz sobre isso, R. Daneel?

— Uma lei injusta é uma contradição — argumentou R. Daneel.

— Para um robô assim é, sr. Baley. Então veja, o senhor não deve confundir a sua justiça com a de R. Daneel.

Baley se virou bruscamente para R. Daneel e disse:

— Você saiu do meu apartamento ontem à noite.

— Sim — respondeu R. Daneel. — Se a minha saída perturbou o seu sono, eu sinto muito.

— Aonde você foi?

— Ao Privativo masculino.

Baley ficou abismado. Ele já tinha decidido que essa era a resposta verdadeira, mas não esperava que R. Daneel fosse confessar. Sentiu mais um pouco da sua certeza se esvaindo; no entanto, ele continuou com seu plano. O Comissário estava assistindo e, por trás das lentes, olhava para um e para outro enquanto falavam. Baley *não* podia voltar atrás agora, independentemente dos subterfúgios que usassem contra ele. Ele tinha que se manter fiel ao seu objetivo.

— Ao chegar à minha seção, *ele* insistiu em entrar no Privativo comigo — explicou Baley. — Deu uma desculpa esfarrapada. Durante a noite, ele saiu para ir ao Privativo novamente, como acabou de admitir. Se ele fosse um homem, eu diria que tinha todos os motivos para tal e todo o direito de fazê-lo. É óbvio. No entanto, como robô, não faria sentido. A conclusão só pode ser a de que ele é um homem.

Fastolfe meneou a cabeça. Ele não parecia estar nem um pouco desconcertado.

– Isso é muito interessante – comentou o Sideral. – Que tal se perguntarmos a Daneel por que ele foi ao Privativo ontem à noite?

O Comissário Enderby se inclinou para a frente.

– Por favor, dr. Fastolfe – ele murmurou –, não é apropriado...

– Não precisa se preocupar, Comissário – disse Fastolfe, com os lábios formando uma curva de um jeito que parecia, mas não era, um sorriso. – Tenho certeza de que a resposta de Daneel não ofenderá suas sensibilidades nem as do sr. Baley. Por que não nos conta o que foi fazer, Daneel?

– Quando a mulher de Elijah, Jessie, saiu do apartamento ontem à noite, nós dois tínhamos uma relação amigável – respondeu R. Daneel. – Era bastante óbvio que ela não tinha motivos para pensar que eu não era humano. Quando ela voltou ao apartamento, sabia que eu era um robô. Isso leva à conclusão óbvia de que a informação que causou tal efeito estava fora do apartamento. Era lógico pensar que a minha conversa com Elijah tinha sido ouvida. De nenhuma outra maneira poderia o segredo da minha verdadeira natureza ter se tornado conhecido de todos. Elijah disse que os apartamentos tinham isolamento adequado. Conversamos em voz baixa. Ouvir atrás da porta seria inútil. No entanto, todos sabiam que Elijah era um policial. Se existe uma conspiração dentro da Cidade suficientemente bem organizada para ter planejado o assassinato do dr. Sarton, é possível que soubessem que Elijah era o responsável pela investigação do assassinato. Seria possível, então, e até mesmo provável, que houvesse feixes-espiões no apartamento dele.

– Vasculhei o apartamento o melhor que pude depois que Elijah e Jessie foram dormir – continuou –, mas não consegui encontrar nenhum transmissor. Isso complicava as coisas. Um mecanismo com um feixe-duplo concentrado poderia servir mesmo sem um

AS CAVERNAS DE AÇO

transmissor, mas isso exigiria um equipamento mais elaborado. A análise da situação levou à seguinte conclusão: o único lugar onde um morador da Cidade pode fazer quase qualquer coisa sem ser perturbado ou questionado é o Privativo. Poderia até instalar um desses mecanismos. O costume de ter privacidade absoluta no Privativo é muito forte e outros homens sequer olhariam para ele. O Privativo da seção está bem próximo do apartamento de Elijah, de forma que o fator distância não é importante. Um modelo portátil poderia ter sido usado. Eu fui ao Privativo para investigar.

– E o que encontrou? – perguntou rapidamente Baley.

– Nada, Elijah. Nenhum sinal de um mecanismo de feixe--duplo.

– Bem, sr. Baley, isso lhe parece razoável? – questionou dr. Fastolfe.

Mas agora a incerteza de Baley tinha desaparecido. Ele argumentou:

– Razoável até certo ponto, talvez, mas muito longe de ser perfeita. O que *ele* não sabe é que minha mulher me contou onde e *quando* conseguiu a informação. Ela descobriu que ele era um robô pouco depois de sair de casa. Mesmo naquele momento, o rumor já estava circulando havia horas. Então, o fato de que ele era um robô não poderia ter vazado porque um espião ouviu nossa última conversa da noite.

– Contudo – disse o dr. Fastolfe –, acredito que a ida ao Privativo ontem à noite fica explicada.

– Mas surgiu algo que *não* ficou explicado – replicou Baley veementemente. – Quando, onde e como essa informação vazou? Como circulou a notícia de que havia um robô Sideral na Cidade? Que eu saiba, apenas duas pessoas tinham conhecimento sobre esse acordo, o Comissário Enderby e eu, e não contamos a ninguém. Comissário, alguém mais no Departamento sabia?

– Não – anuiu Enderby, ansioso. – Nem mesmo o Prefeito. Só nós e o dr. Fastolfe.

– E *ele* – acrescentou Baley, apontando para o robô.

– Eu? – perguntou R. Daneel.

– Por que não?

– Eu estava com você o tempo todo, Elijah.

– *Não* estava – gritou Baley impetuosamente. – Eu fiquei no Privativo por meia hora ou mais antes de irmos ao meu apartamento. Durante esse tempo, não tivemos qualquer contato um com o outro. Foi nesse momento que você contatou o seu grupo na Cidade.

– Que grupo? – perguntou o dr. Fastolfe.

Baley se levantou da cadeira e se virou para o receptor tridimensional.

– Comissário, quero que ouça atentamente o que vou dizer. Diga-me se tudo isso não segue um padrão. Há uma denúncia de assassinato e, por uma curiosa coincidência, ele acontece bem no momento em que você está entrando na Vila Sideral para se encontrar com o homem em questão. Mostram a você o cadáver de algo que supostamente é um homem, mas o corpo já foi eliminado e não é possível examiná-lo melhor. Os Siderais insistem que um terráqueo cometeu o assassinato, embora a única maneira que eles tenham de sustentar uma acusação dessas é supor que um homem saiu da Cidade e atravessou o campo até a Vila Sideral sozinho e à noite. Você sabe muito bem que isso é pouco provável. Em seguida, mandam um suposto robô para a Cidade; na verdade, eles *insistem* em mandá-lo. A primeira coisa que o robô faz é ameaçar uma multidão formada por seres humanos com um desintegrador. A segunda é espalhar o rumor de que há um robô Sideral na Cidade. Na verdade, esse rumor é tão específico que Jessie me disse que todos sabiam que ele estava trabalhando com a polícia. Isso significa que em breve saberão que era o robô que estava com a arma na mão. Talvez, neste exato momento, esteja se espalhando pelas regiões de cultivo de levedura e pelas plantações de produtos hidropônicos em Long Island o rumor de que há um robô assassino à solta.

AS CAVERNAS DE AÇO

– Isso é impossível. Impossível! – gemeu Enderby.

– Não, não é. É exatamente isso que está acontecendo, Comissário. Você não vê? Há uma conspiração na Cidade, é verdade, mas é organizada a partir da Vila Sideral. Os Siderais *querem* denunciar um assassinato. Eles *querem* as revoltas. Eles *querem* um ataque contra a Vila Sideral. Quanto pior ficam as coisas, melhor o incidente... assim as espaçonaves Siderais descem e ocupam as Cidades da Terra.

Fastolfe disse em um tom ameno:

– Tivemos uma desculpa para isso quando ocorreram as Revoltas da Barreira 25 anos atrás.

– Não estavam prontos naquela época. Agora estão.

O coração de Baley tinha disparado.

– É uma trama bastante complicada, essa que o senhor atribui a nós, sr. Baley. Se quiséssemos ocupar a Terra, poderíamos fazê-lo de uma forma bem mais simples.

– Talvez não, dr. Fastolfe. O seu pretenso robô me disse que a opinião pública quanto à Terra diverge muito nos seus Mundos Siderais. Pelo menos, acho que ele estava falando a verdade nesse aspecto. Talvez uma ocupação imediata não pegasse bem com o pessoal lá das terras natais. Talvez um incidente seja uma necessidade absoluta. Um bom incidente chocante.

– Como um assassinato, não é? Não é isso? O senhor admite que teria que ser um assassinato falso. O senhor não está sugerindo, assim espero, que nós realmente mataríamos um dos nossos para causar um incidente.

– O senhor construiu um robô parecido com o dr. Sarton, atirou no robô e mostrou os restos para o Comissário Enderby.

– E então, tendo usado R. Daneel para se passar por dr. Sarton no falso assassinato, temos que usar o dr. Sarton para se passar por R. Daneel na falsa investigação sobre o falso assassinato.

– Exatamente. Estou lhe dizendo isso na presença de uma testemunha que não está aqui em pessoa e a quem o senhor não pode varrer do planeta com um desintegrador e que é importante o su-

131

ficiente para que o governo da Cidade e mesmo Washington acreditem nele. Estaremos preparados para quando vierem e sabemos quais são as suas intenções. Se necessário, o nosso governo apresentará um relatório diretamente ao seu pessoal e exporá a situação tal qual ela é. Duvido que tolerem esse abuso interestelar.

Fastolfe meneou a cabeça.

— Por favor, sr. Baley, está sendo insensato. Realmente, o senhor tem ideias espantosas. Agora suponha, por um momento suponha, que R. Daneel seja de fato R. Daneel. Suponha que ele é mesmo um robô. Não seria lógico dizer que o cadáver que o Comissário Enderby viu era, na verdade, o dr. Sarton? Seria insensato acreditar que o cadáver era outro robô. O Comissário Enderby presenciou a construção de R. Daneel e pode assegurar que só existiu um.

— Se as coisas levarem a essa conclusão – disse Baley, obstinado –, mas o Comissário não é especialista em robótica. Pode ser que vocês tenham uma dúzia desses robôs.

— Atenha-se ao assunto em questão, sr. Baley. E se R. Daneel for de fato R. Daneel? Toda a estrutura do seu raciocínio cairia por terra, não é? Não teria mais em que basear sua crença nessa trama interestelar completamente melodramática e implausível que o senhor construiu, teria?

— *Se* ele for um robô! Eu digo que ele é humano.

— No entanto, o senhor não investigou de verdade o problema, sr. Baley – disse Fastolfe. – Para distinguir um robô, mesmo que seja um robô com uma forma bastante humanoide, de um ser humano, não é necessário fazer inferências elaboradas e duvidosas baseadas em pequenas coisas que ele diz e faz. Por exemplo, o senhor tentou espetar R. Daneel com um alfinete?

— O quê? – Baley ficou de boca aberta.

— É um experimento simples. Há outros talvez não tão simples. Sua pele e seu cabelo parecem reais, mas tentou observá-los adequadamente ampliados? Além disso, ele parece respirar, em especial quando está usando ar para falar, mas o senhor notou que a respiração dele é irregular, que podem se passar minutos sem que ele tenha respirado? O senhor poderia ter colhido um pouco do ar que ele expirava e medido a quantidade de dióxido de carbono. O senhor poderia ter tentado colher uma amostra de sangue. O senhor poderia ter tentado sentir o pulso ou ouvir as batidas do coração. Entende o que quero dizer, sr. Baley?

– Isso é conversa – replicou Baley, constrangido. – Não vou me deixar enganar por um blefe. Eu poderia ter tentado qualquer uma dessas coisas, mas o senhor acha que esse pretenso robô teria me deixado usar uma seringa, ou um estetoscópio, ou um microscópio nele?

– É claro. Entendo o seu ponto de vista – murmurou Fastolfe.

Ele olhou para R. Daneel e fez um gesto discreto.

R. Daneel tocou o punho da manga direita da camisa e a costura diamagnética se desfez ao longo do braço todo. Um membro macio, forte e que aparentava ser totalmente humano ficou exposto. Seus pelos acobreados e curtos eram, tanto em termos de quantidade quanto de distribuição, exatamente o que se esperaria de um ser humano.

– E então? – Baley insistiu.

R. Daneel beliscou a parte de dentro do dedo médio da mão direita com o polegar e o indicador da mão esquerda. Baley não pôde ver os detalhes exatos do que foi feito na sequência.

Mas, do mesmo modo que o tecido da manga tinha se aberto em dois quando o campo diamagnético da costura fora interrompido, agora era o braço que se abria em dois.

Lá, por baixo de uma fina camada de um material que parecia carne, estava o cinza-azulado opaco das hastes, dos cabos e das juntas de aço inoxidável.

–Você se importaria de examinar os mecanismos de R. Daneel mais de perto, sr. Baley? – perguntou o dr. Fastolfe educadamente.

Baley mal pôde ouvir o comentário devido ao zumbido em seu ouvido e ao som áspero da risada estridente e histérica do Comissário.

9   ESCLARECIMENTOS DE UM SIDERAL

Dez minutos se passaram e o zumbido ficou mais alto, abafando a risada. A Cúpula e tudo o que ela continha tremia e a noção de tempo de Baley também ficou abalada.

Por fim, percebeu que estava sentado na mesma posição, mas com uma sensação definitiva de tempo perdido. O Comissário não estava mais lá; a tela do receptor tridimensional estava branca e opaca; e R. Daneel estava sentado do seu lado, beliscando a pele da parte superior do seu braço, que estava despido. Baley pôde ver, na camada mais superficial da pele, uma mancha escura e fina, como um hipofragmento. Ela sumiu enquanto ele observava, sendo absorvida e espalhando-se no fluido intercelular, e daí passando para a corrente sanguínea e para as células vizinhas, e então para todas as células do seu corpo.

Ele estava recuperando a noção de realidade.

—Você se sente melhor, parceiro Elijah? – perguntou R. Daneel.

Baley se sentia. Ele fez um movimento com o braço e o robô o deixou recolher o braço. Ele desenrolou a manga e olhou ao redor. O dr. Fastolfe continuava sentado no mesmo lugar, e um leve sorriso suavizava a feição sem graça do seu rosto.

— Eu desmaiei? – Baley questionou.

— De certa forma, sim — respondeu o dr. Fastolfe. — Receio que tenha levado um choque considerável.

Baley se lembrou com bastante clareza. Ele agarrou rapidamente o braço de R. Daneel que estava mais próximo de si, levantando a manga até onde conseguiu e expondo o pulso. A pele do robô parecia macia ao toque dos seus dedos, mas por baixo sentia-se a solidez de algo mais que ossos.

R. Daneel deixou o investigador pegar o seu braço sem nenhuma resistência. Baley olhou para o braço, beliscando a pele ao longo da linha no meio do braço. Havia uma leve emenda?

Claro, era lógico que deveria haver. Um robô, coberto por uma pele sintética e feito propositalmente para parecer humano, não poderia ser consertado do modo habitual. A placa de metal que protegia seu peito não poderia simplesmente ser desparafusada. O crânio não poderia ser fixo, abrindo como uma tampa com uma dobradiça. Ao contrário, as várias partes do corpo mecânico teriam que ser unidas por uma linha de campos micromagnéticos. Um braço, uma cabeça, um corpo inteiro, devem se abrir em duas partes com um toque adequado, e depois se unir de novo com outro toque.

Baley levantou a cabeça.

— Onde está o Comissário? — ele murmurou, morto de aflição.

— Assuntos urgentes — disse o dr. Fastolfe. — Receio que eu o tenha encorajado a desligar. Assegurei a ele que cuidaríamos do senhor.

— Cuidaram muito bem de mim, obrigado — disse Baley, em tom sombrio. — Acho que não temos mais nada a tratar.

Cansado, ele se levantou. De repente, sentia-se velho. Velho demais para começar de novo. Ele não precisava ser muito perspicaz para prever seu futuro.

O Comissário estaria meio assustado e meio furioso. Pálido, ele olharia para Baley, tirando os óculos para limpá-los a cada 15 segundos. Sua voz suave (Julius Enderby quase nunca gritava) explicaria com cuidado que os Siderais tinham ficado profundamente ofendidos.

"Você *não pode* falar assim com os Siderais, Lije. Eles não vão aceitar." (Baley podia ouvir claramente a voz de Enderby até a nuance mais sutil de entonação.) "Eu avisei você. Nem é preciso dizer quanto estrago que você causou. Consigo entender seu ponto de vista, veja bem. Entendo o que você estava tentando fazer. Se eles fossem terráqueos, seria diferente. Eu diria, tudo bem, tente. Corra o risco. Desmascare-os. Mas *Siderais!* Você podia ter me contado, Lije. Podia ter me consultado. Eu os conheço. Eu os conheço por dentro e por fora."

E o que Baley poderia dizer? Que Enderby era exatamente o homem a quem ele não poderia ter contado? Que o projeto era muito arriscado e que Enderby era um homem muito cauteloso? Que o próprio Enderby tinha apontado os perigos extremos tanto de um fracasso total quanto do tipo errado de êxito. A única maneira de evitar a desclassificação era mostrar que a culpa estava na Vila Sideral...

Enderby diria: "Haverá um relatório sobre isso, Lije. Haverá todo tipo de repercussão. Eu conheço os Siderais. Eles exigirão a sua retirada do caso, e terá que ser assim. Você entende isso, não entende, Lije? Vou tentar suavizar as coisas para você. Pode contar com isso. Vou protegê-lo tanto quanto for possível, Lije".

Baley sabia que isso era a mais pura verdade. O Comissário o protegeria, mas só até onde fosse possível, não a ponto, por exemplo, de deixar um Prefeito enfurecido ainda mais irado.

Ele também podia imaginar o que o Prefeito diria. "Droga, Enderby, o que *é* isso? Por que não fui consultado? Quem administra a Cidade? Por que um robô não autorizado teve permissão para entrar na Cidade? E o que diabos esse tal de Baley..."

Se fosse necessário escolher entre o futuro de Baley no Departamento e o futuro do Comissário, que resultado Baley poderia esperar? Ele não conseguia encontrar uma forma razoável de culpar Enderby por isso.

O mínimo que ele podia esperar era o rebaixamento, e isso já era ruim o bastante. O simples fato de morar em uma Cidade moderna assegurava as mínimas condições de subsistência, até mesmo para os que fossem completamente desclassificados. Essa era uma possibilidade que ele conhecia bem demais.

Era o acréscimo de status que trazia as pequenas coisas: um assento mais confortável aqui, um corte melhor de carne ali, uma espera menor na fila em outro lugar. Para uma mente filosófica, a aquisição desses itens parecia não valer muito a pena.

No entanto, por mais filosófico que fosse, ninguém poderia desistir daqueles privilégios, *depois de adquiridos*, sem uma pontinha de dor. Era essa a questão.

Que acréscimo superficial à conveniência do apartamento era ter um lavatório quando, nos trinta anos anteriores, as idas ao Privativo tinham sido automáticas e passado despercebidas. Como esse objeto era inútil mesmo para demonstrar "status", uma vez que ostentar "status" era considerado o cúmulo da indelicadeza. No entanto, se o lavatório fosse desativado, quão humilhante e insuportável seria cada ida ao Privativo! Quão saudosa e tentadora a lembrança de quando fazia a barba no quarto! Repleta da sensação de luxo perdido!

Estava em voga os atuais escritores políticos recordarem o passado, reprovando presunçosamente o "fiscalismo" dos tempos Medievais, quando a economia se baseava em dinheiro. A luta competitiva pela existência, dizem, era brutal. Nenhuma sociedade verdadeiramente complexa podia ser mantida por conta da pressão ocasionada pela eterna "luta pelo trocado". (Os estudiosos tinham variadas interpretações para a palavra "trocado", mas não havia dúvida quanto ao significado como um todo.)

Em contrapartida, o "civismo" moderno foi muito exaltado por ser eficiente e liberal.

AS CAVERNAS DE AÇO

Talvez. Havia romances históricos tanto na tradição romântica quanto na sensacional, e os Medievalistas pensavam que o "fiscalismo" tinha dado origem a coisas como o individualismo e a iniciativa.

Baley não se envolvia nessas questões, mas agora se perguntava, de um modo doentio, se alguma vez algum homem tinha lutado mais por esse trocado, o que quer que fosse, ou sentido a sua perda mais profundamente, do que um morador da Cidade que lutava para não perder sua opção de domingo à noite de comer coxa de frango; uma coxa de frango de verdade, de um animal que um dia esteve vivo.

Baley pensou: "Não tanto por mim. Mas por Jessie e Ben".

A voz do dr. Fastolfe interrompeu seus pensamentos.

— Sr. Baley, está me ouvindo?

Baley piscou.

— Sim?

Quanto tempo ele tinha ficado ali parado como uma estátua?

— Não quer se sentar? Uma vez que já refletiu sobre o assunto, talvez agora esteja interessado em alguns slides que fizemos com as fotos que tiramos da cena do crime e do que aconteceu em seguida.

— Não, obrigado. Tenho coisas a tratar na Cidade.

— Com certeza o caso do dr. Sarton vem em primeiro lugar.

— Não mais. Imagino que eu já deva estar fora do caso. — De repente, ele perdeu o controle. — Droga, se o senhor podia provar que R. Daneel era um robô, por que não fez isso de uma vez? Por que toda essa palhaçada?

— Meu caro sr. Baley, eu estava muito interessado nas suas deduções. Quanto a estar fora do caso, eu duvido. Antes que o Comissário desligasse o transmissor, fiz questão absoluta de pedir que o senhor permanecesse no caso. Acredito que ele vai cooperar.

Baley se sentou, em um ato não de todo voluntário.

— Por quê? — ele perguntou bruscamente.

O dr. Fastolfe cruzou as pernas e suspirou.

— Sr. Baley, em geral, conheci dois tipos de moradores da Cidade, os revoltosos e os políticos. O seu Comissário é útil para nós, mas ele é um político. Ele nos dirá o que queremos ouvir. Ele *lida* conosco, se é que me entende. Já o senhor veio aqui e audaciosamente nos acusou de crimes medonhos e tentou mostrar que estava certo. Gostei desse processo. Achei que foi um acontecimento promissor.

– Quão promissor? – perguntou Baley com ironia.

– Promissor o bastante. O senhor é alguém com quem posso tratar com franqueza. Ontem à noite, sr. Baley, R. Daneel falou comigo por meio de uma comunicação subetérica protegida. Algumas coisas sobre o senhor me interessaram muito. Por exemplo, no que se refere à natureza dos livro-filmes no seu apartamento.

– O que têm eles?

– Muitos deles tratavam de temas históricos e arqueológicos. Isso faz parecer que o senhor se interessa pela sociedade humana e sabe um pouco sobre a sua evolução.

– Até os policiais podem ver livro-filmes no seu tempo livre, se quiserem.

– Concordo. Fico feliz com a sua escolha quanto aos livro-filmes. Vai me ajudar no que estou tentando fazer. Para começar, quero explicar, ou tentar explicar, o exclusivismo dos homens dos Mundos Siderais. Nós vivemos aqui na Vila Sideral; não entramos nas Cidades; nosso contato com os moradores da Cidade é feito apenas de modo rigidamente estrito. Respiramos o ar a céu aberto, mas, quando o fazemos, usamos filtros. Neste momento, estou sentado aqui, usando filtros nas narinas, luvas nas mãos e com uma firme determinação de me aproximar o menos possível do senhor. Por que acha que é assim?

– Não faz sentido fazer suposições – Baley respondeu.

Vamos ouvir o que *ele* tem a dizer agora.

– Se o senhor fizesse suposições, como a maior parte do seu povo faz, diria que é porque nós desprezamos os homens da Terra e nos recusamos a nos rebaixarmos permitindo o contato com uma casta mais baixa. Não é nada disso. De fato, a verdadeira resposta é bastante óbvia. O exame médico pelo qual o senhor passou, assim como os procedimentos de higiene, não era uma questão de ritual. Era uma questão de necessidade.

— Doenças?

— Sim, doenças. Meu caro sr. Baley, os terráqueos que colonizaram os Mundos Siderais se encontraram em planetas sem nenhuma bactéria ou vírus terrestre. Eles trouxeram alguns consigo, é claro, mas também trouxeram consigo as técnicas médicas e microbiológicas mais avançadas. Eles tinham que lidar com uma pequena comunidade de micro-organismos e não havia nenhum hospedeiro intermediário. Não havia mosquitos para propagar a malária, nem caramujos para propagar a esquistossomose. Os agentes da doença foram eliminados e permitiu-se que as bactérias simbióticas se desenvolvessem. Aos poucos, os Mundos Siderais ficaram livres de doenças. Naturalmente, com o passar do tempo, os requisitos de acesso para os imigrantes terráqueos se tornaram cada vez mais rigorosos, já que os Mundos Siderais podiam suportar cada vez menos uma possível introdução de doenças.

— O senhor nunca ficou doente, dr. Fastolfe?

— Nunca tive uma doença parasitária, sr. Baley. Todos somos suscetíveis a doenças degenerativas como a aterosclerose, é claro, mas nunca tive o que vocês chamariam de resfriado. Se contraísse um resfriado, eu poderia morrer. Não tenho nenhuma resistência a essa doença. É isso que há de errado conosco aqui na Vila Sideral. Aqueles de nós que vêm para cá correm riscos, indiscutivelmente. A Terra está repleta de doenças contra as quais não temos nenhuma defesa, nenhuma defesa *natural*. O senhor mesmo está carregando os germes de quase todas as doenças conhecidas. O senhor não tem consciência disso, já que os mantém sob controle o tempo todo devido aos anticorpos que o seu organismo desenvolveu ao longo dos anos. Eu não tenho esses anticorpos. Não se perguntou por que não chego mais perto do senhor? Acredite em mim, sr. Baley, eu me comporto como um esnobe apenas para me defender.

— Se isso é verdade — Baley retrucou —, por que não revelam esse fato na Terra? Quero dizer, que não é apenas exagero da sua parte, mas uma defesa contra um perigo físico real?

O Sideral meneou a cabeça:

— Somos poucos, sr. Baley, e, de qualquer forma, não gostam de nós por sermos estrangeiros. Mantemos nossa segurança com base em um prestígio um tanto duvidoso como uma classe superior de seres humanos. Não podemos nos dar ao luxo de perder o respeito admitindo que temos *medo* de nos aproximarmos dos terráqueos. Pelo menos não até que haja um melhor entendimento entre os terráqueos e os Siderais.

— Nas condições atuais, não haverá. É por causa da sua superioridade que nós... eles os odeiam.

— É um dilema. Não pense que não estamos conscientes disso.

— O Comissário sabe sobre isso?

— Nunca explicamos a ele diretamente, como acabei de fazer com o senhor. Entretanto, ele pode ter presumido. Ele é um homem bastante inteligente.

— Se ele tivesse presumido, pode ser que tivesse me contado — disse Baley, ponderadamente.

O dr. Fastolfe ergueu as sobrancelhas.

— Se ele tivesse presumido, então o senhor não teria considerado a possibilidade de R. Daneel ser um humano Sideral. Não é isso?

Baley encolheu os ombros de leve, deixando essa questão de lado. Mas o dr. Fastolfe continuou:

— Isso é bem verdade, sabe. Deixando de lado as dificuldades psicológicas, o terrível efeito do barulho e das multidões em nós, o fato é que, para nós, entrar na Cidade equivale a uma sentença de morte. É por isso que o dr. Sarton iniciou o projeto de construção de robôs humanoides. Eles eram substitutos para os homens, projetados para entrar na Cidade em vez de nós...

— Sim, R. Daneel me explicou.

— Você não aprova?

— Olhe — disse Baley —, já que estamos falando um com o outro tão abertamente, deixe-me fazer uma pergunta simples. Por que os Siderais vieram para a Terra, afinal de contas? Por que não nos deixam em paz?

O dr. Fastolfe indagou, obviamente surpreso:

— O senhor está *satisfeito* com a vida na Terra?

—Vivemos bem.

— Sim, mas por quanto tempo continuará assim? Sua população cresce sem parar; as calorias disponíveis só satisfazem as necessidades devido a um esforço cada vez maior. A Terra está em um beco sem saída, meu caro.

— Nós vivemos bem — repetiu Baley, inflexível.

— Mal dá para viver. Uma Cidade como Nova York tem que fazer todo o esforço para trazer água limpa e se livrar dos resíduos. As usinas de energia nuclear são mantidas em funcionamento por provisões de urânio que estão cada vez mais difíceis de obter mesmo dos outros planetas do sistema, e a quantia necessária continua aumentando de forma gradual. A vida da Cidade depende, a cada momento, da chegada de pasta de celulose para os tanques de levedura e de minerais para as plantações de produtos hidropônicos. O ar deve circular incessantemente. O equilíbrio é muito delicado por onde quer que se olhe, e está ficando mais delicado a cada ano. O que aconteceria a Nova York se o imenso fluxo de entrada e saída fosse interrompido, mesmo que por uma hora apenas?

— Isso nunca aconteceu.

— O que não representa nenhuma segurança para o futuro. Nos tempos primitivos, os distintos centros populacionais eram virtualmente autossuficientes, vivendo da produção das fazendas próximas. Nada, exceto uma catástrofe imediata, uma inundação ou uma peste ou quebra de safra, podia prejudicá-los. Conforme os centros cresceram e a tecnologia avançou, catástrofes localizadas podiam ser superadas valendo-se da ajuda de centros distantes, mas à custa de tornar interdependentes áreas cada vez maiores. Nos tempos Medievais, as cidades a céu aberto, até as maiores, podiam subsistir com provisões de alimento e suprimentos de emergência de todos os tipos por pelo menos uma semana. Quando Nova York se tornou uma Cidade, podia sustentar a si mesma por um dia. Agora, não consegue fazer isso nem por uma hora. Uma catástrofe que teria sido incômoda há 10 mil anos, grave há mil anos e crítica há cem anos, agora com certeza seria fatal.

Baley revirava-se na cadeira, inquieto.

– Já ouvi tudo isso antes. Os Medievalistas querem o fim das Cidades. Querem que voltemos ao chão e à agricultura natural. Bem, eles estão loucos; não dá para voltar. Somos muitos e não se pode voltar no tempo, apenas seguir em frente. Claro, se a emigração para os Mundos Siderais não fosse restrita...

– O senhor sabe por que deve ser restrita.

– Então o que se pode fazer? O senhor está chovendo no molhado.

– Que tal a emigração para novos mundos? Há cem bilhões de estrelas na Galáxia. Estima-se que haja 100 milhões de planetas habitáveis ou que podem se tornar habitáveis.

– Isso é ridículo.

– Por quê? – perguntou o dr. Fastolfe, com veemência. – Por que a sugestão é ridícula? Os terráqueos colonizaram planetas no passado. Mais de 30 dos 50 Mundos Siderais, incluindo meu planeta natal, Aurora, foram diretamente colonizados por terráqueos. Não é mais possível colonizar?

– Bom...

– Sem resposta? Permita-me sugerir que, se não *é* mais possível, é devido ao desenvolvimento da cultura da Cidade na Terra. Antes das Cidades, a vida humana na Terra não era tão especializada que não pudessem soltar as amarras e começar tudo de novo em um planeta intocado. Eles fizeram isso 30 vezes. Mas agora os terráqueos estão tão mimados, tão fechados em suas enclausurantes cavernas de aço, que estão presos para sempre. O senhor não acredita, sr. Baley, que um morador da Cidade é capaz de atravessar o campo para chegar à Vila Sideral. Atravessar o espaço para chegar a um mundo novo deve representar algo absurdamente impossível para o senhor. O civismo está arruinando a Terra, senhor.

– E se for isso mesmo? – Baley explodiu. – O que os Siderais têm a ver com isso? É problema nosso. Nós o resolveremos. Se não resolvermos, será a nossa própria descida ao inferno.

– É melhor seguir o próprio caminho para o inferno do que alcançar o céu pelo caminho dos outros, não é? Imagino como deve se sentir. É desagradável ouvir o sermão de um estranho. No entanto, gostaria que o seu povo pudesse nos passar um sermão, pois nós também temos um problema, um problema análogo ao seu.

Baley deu um meio sorriso.

– Superpopulação?

– Análogo, não idêntico. O nosso problema é o declínio populacional. Quantos anos o senhor acha que eu tenho?

O terráqueo pensou um momento e então superestimou a idade propositalmente.

– Sessenta, eu diria.

– Deveria dizer 160.

– O quê?

– Vou fazer 163, para ser mais exato. Não é nenhum truque. Estou usando a unidade de ano padrão da Terra. Se eu tiver sorte, se me cuidar e, sobretudo, se não pegar nenhuma doença na Terra, posso chegar a ter o dobro dessa idade. Os homens em Aurora vivem mais de 350 anos. E a expectativa de vida continua aumentando.

Baley olhou para R. Daneel (que, ao longo da conversa, tinha estado imperturbavelmente em silêncio), como se estivesse procurando uma confirmação.

– Como isso é possível? – ele perguntou.

– Em uma sociedade pouco populosa – prosseguiu o dr. Fastolfe –, é mais prático concentrar os estudos na gerontologia e fazer pesquisas sobre o processo de envelhecimento. Em um mundo como o seu, uma expectativa de vida longa seria desastrosa. Vocês não poderiam arcar com o consequente aumento populacional. Em Aurora, é possível haver tricentenários. Por isso, é claro, uma vida longa é dupla ou triplamente preciosa. Se o senhor morresse agora, perderia uns quarenta anos da sua vida, talvez menos. Se eu morresse, eu perderia cento e cinquenta anos, talvez mais. Então, em uma cultura como a nossa, a vida de um único indivíduo é de importância primordial. Nossa taxa de natalidade é baixa e o aumento da população é rigidamente controlado. Nós mantemos uma taxa definitiva robô/homem destinada a manter o indivíduo com maior conforto. É óbvio que as crianças passam por cuidadosos exames em busca de defeitos físicos e mentais antes que se permita que se desenvolvam.

Baley interrompeu-o.

— Quer dizer que elas são mortas se não...

— Se elas não atenderem às expectativas. É indolor, eu lhe asseguro. A ideia o choca, do mesmo modo que a reprodução descontrolada dos terráqueos nos choca.

— Nós temos controle, dr. Fastolfe. Cada família tem permissão para ter certo número de filhos.

O dr. Fastolfe sorriu, tolerante.

— Certo número de qualquer tipo de filhos, não certo número de filhos *saudáveis*. E, mesmo assim, há muitos filhos ilegítimos e a sua população aumenta.

— Quem pode julgar quais crianças devem viver?

— Isso é bem complicado e não se pode responder em uma frase. Um dia desses, podemos conversar sobre isso em detalhes.

— Bem, e onde está o seu problema? O senhor parece satisfeito com a sua sociedade.

— É estável. Este é o problema. É estável demais.

— Nada os agrada — Baley disse. — A nossa civilização está à beira do caos, segundo o senhor, e a sua própria civilização é estável demais.

— É possível ser estável demais. Nenhum Mundo Sideral colonizou um novo planeta em dois séculos e meio. Não há nenhuma perspectiva de colonização no futuro. Nossas vidas nos Mundos Siderais são longas demais para nos arriscarmos e confortáveis demais para nos incomodar.

— Não sei quanto a isso, dr. Fastolfe. O senhor veio à Terra. O senhor está correndo o risco de ficar doente.

— Sim, estou. Alguns de nós, sr. Baley, sentem que o futuro da raça humana vale a possível perda de uma vida longa. Muito poucos de nós, lamento dizer.

— Tudo bem. Estamos chegando ao que interessa. Em que a Vila Sideral está ajudando?

— Ao tentar introduzir robôs aqui na Terra, estamos fazendo o melhor que podemos para desestabilizar o equilíbrio da economia da sua Cidade.

— Esse é o seu jeito de ajudar? — disse Baley, com os lábios trêmulos. — Quer dizer que estão criando um grupo cada vez maior de homens desalojados e desclassificados de propósito?

— Não é por crueldade nem por falta de sensibilidade, acredite em mim. Um grupo de homens desalojados, como o senhor os chama, é o que precisamos para servir como núcleo para a colonização. A antiga América foi descoberta por navios cheios de homens tirados das prisões. Não vê que a Cidade falhou com os desalojados? Eles não têm nada a perder e mundos a ganhar ao deixar a Terra.

— Mas não está funcionando.

— Não, não está — disse o dr. Fastolfe com tristeza. — Há algo errado. O ressentimento dos terráqueos quanto aos robôs atrapalha as coisas. Entretanto, esses mesmos robôs podem acompanhar os humanos, diminuir as dificuldades do ajuste inicial a um mundo intocado e tornar a colonização possível.

— E depois? Mais Mundos Siderais?

– Não. Os Mundos Siderais foram estabelecidos antes que o Civismo se espalhasse pela Terra, antes das Cidades. As novas colônias serão construídas por humanos que passaram pela experiência de viver na Cidade, juntamente com o começo de uma cultura C/Fe. Será uma síntese, um híbrido. Se deixada como está, a própria estrutura da Terra deve entrar em declínio em um futuro próximo, os Mundos Siderais vão deteriorar e se acabar em um futuro um pouco mais distante, mas as novas colônias serão uma linhagem nova e saudável, combinando o melhor das duas culturas. Nós podemos ganhar nova vida com a reação desses humanos contra os mundos antigos, inclusive contra a Terra.

– Não sei. É tudo nebuloso, dr. Fastolfe.

– Sim, é um sonho. Pense no assunto. – O Sideral levantou-se abruptamente. – Passei mais tempo com o senhor do que pretendia. Na verdade, mais tempo do que as nossas regulamentações quanto à saúde permitem. Com licença.

* * *

Baley e R. Daneel saíram da Cúpula. A luz do sol, em um ângulo diferente, um pouco mais amarelo, banhava-os de novo. Baley se perguntava vagamente se a luz do sol não seria diferente em outro planeta. Menos inclemente e com uma coloração menos brônzea, talvez. Mais aceitável.

Outro mundo? O Sideral feioso com orelhas proeminentes tinha enchido sua cabeça de pensamentos estranhos. Será que os médicos de Aurora algum dia olharam para a criança Fastolfe e se perguntaram se deveriam permitir que ele se desenvolvesse? Ele não era feio demais? Será que seus critérios incluíam a aparência física? Quando a feiura se tornou uma deformidade e quais deformidades...

Mas quando a luz do sol desapareceu e eles entraram pela primeira porta que levava ao Privativo, ficou mais difícil manter aquele estado de espírito.

AS CAVERNAS DE AÇO

Baley chacoalhou a cabeça, irritado. Aquilo era ridículo. Forçar terráqueos a emigrarem, a estabelecer uma nova sociedade! Era um absurdo! O que esses Siderais *realmente* tinham em mente?

Ele pensou sobre isso, mas não chegou a nenhuma conclusão.

Lentamente, sua viatura descia pela pista para veículos. A realidade se intensificava ao redor de Baley. Seu desintegrador pesava, quente e confortável, contra o seu quadril. Do mesmo modo, o barulho e a vida vibrante da Cidade eram quentes e confortáveis.

Por um momento, à medida que a Cidade se aproximava, seu nariz ardeu por conta de um odor pungente, leve e fugidio.

Ele pensou com espanto: "A Cidade tem cheiro".

Ele pensou nos 20 milhões de pessoas espremidas em meio àquelas paredes de aço da grande caverna e, pela primeira vez na vida, sentiu o cheiro delas com narinas que tinham sido purificadas pelo ar livre.

Ele pensou: "Seria diferente em outro planeta? Menos pessoas e mais ar... ar mais puro?".

Mas o ruído característico de uma tarde na Cidade os cercava, o odor diminuiu e sumiu, e ele sentiu um pouco de vergonha de si mesmo.

Ele acionou, de forma lenta, a barra de tração e aumentou a potência do feixe energético. A viatura acelerou bruscamente enquanto descia para a estrada.

— Daneel? — ele disse.

— Sim, Elijah.

— Por que o dr. Fastolfe me contou tudo isso?

— Parece-me provável, Elijah, que ele queria impressioná-lo com a importância da investigação. Não estamos aqui apenas para solucionar um caso de assassinato, mas para salvar a Vila Sideral e, com ela, o futuro da raça humana.

— Acho que teria sido melhor se ele tivesse me deixado ver a cena do crime e interrogar os homens que encontraram o corpo — Baley comentou, secamente.

– Duvido que você pudesse ter acrescentado algo, Elijah. Fomos bastante minuciosos.

– Foram? Vocês não têm nada. Nenhuma pista. Nenhum suspeito.

– Não, você tem razão. A resposta deve estar na Cidade. No entanto, para ser mais exato, nós tínhamos um suspeito.

– O quê? Você não disse nada sobre isso antes.

– Não achei que fosse necessário, Elijah. Deve ser óbvio para você que havia automaticamente um suspeito.

– Quem? Quem diabos poderia ser?

– O único terráqueo que estava no local. O Comissário Julius Enderby.

10   A TARDE DE UM INVESTIGADOR

A viatura deu uma guinada e parou na parede de concreto da auto-estrada. Com o ronco do motor interrompido, eles ficaram imersos em um silêncio pesado e profundo.

Baley olhou para o robô ao seu lado e disse, com uma voz incongruentemente baixa:

– O quê?

Passou-se um tempo enquanto Baley esperava uma resposta. Uma pequena e solitária vibração despontou, sem atingir um nível muito alto, e depois desapareceu. Era o som de outra viatura, abrindo caminho e passando por eles para cumprir alguma missão desconhecida, talvez a um quilômetro e meio de distância. Ou talvez fosse um caminhão dos bombeiros apressado, correndo em direção ao local de algum incêndio.

Uma parte isolada da mente de Baley se perguntava se algum homem ainda conhecia todas as autoestradas que serpenteavam pelas entranhas da Cidade de Nova York. Em nenhum momento do dia ou da noite o sistema de autoestradas inteiro poderia se encontrar completamente vazio e, no entanto, deveria haver passagens individuais nas quais nenhum homem entrara durante anos. Com uma súbita e devastadora clareza, ele se lembrou de uma história que vira quando era jovem.

Tinha a ver com as autoestradas de Londres e começava, sem grande alarde, com um assassinato. O criminoso fugiu para um esconderijo arranjado de antemão em um canto de uma autoestrada; suas pegadas na poeira eram a única alteração que a estrada sofrera em um século. Naquele buraco abandonado, ele poderia esperar em total segurança até que a busca por ele cessasse.

Mas ele tomou um caminho errado e, no silêncio e na solidão daqueles corredores sinuosos, proferiu uma blasfêmia insensata dizendo que, mesmo contra a vontade da Santa Trindade e de todos os santos, ele ainda encontraria seu refúgio.

A partir daquele momento, nenhum caminho estava certo. Ele vagou por um labirinto interminável, desde o Setor de Brighton, no Canal, até Norwich, e a partir de Coventry até Canterbury. Ele se embrenhou continuamente por baixo da Grande Londres de uma extremidade a outra, até o ponto onde a Cidade se estendia ao longo da região sudeste da Inglaterra Medieval. O assassino vestia farrapos e mal tinha o que calçar; suas forças esmoreciam, mas nunca o abandonavam. Ele ficava muito cansado, mas não conseguia parar. A única coisa que conseguia fazer era seguir adiante, tendo apenas caminhos errados à sua frente.

Às vezes, ele ouvia sons de carros passando, mas eles estavam sempre no corredor ao lado e, por mais rápido que ele corresse (pois, àquela altura, ele teria se entregado de bom grado), os corredores aonde chegava sempre estavam vazios. Às vezes, ele via uma saída a certa distância, que levaria à vida e à essência da Cidade, mas ela sempre parecia estar mais longe conforme o bandido se aproximava, até ele virar e ela desaparecer.

Ocasionalmente, londrinos que passavam pelo subsolo devido a assuntos oficiais viam uma figura indistinta mancando em sua direção, com um braço semitransparente levantado em um ato de súplica, mexendo a boca aberta sem emitir nenhum som. À medida que se aproximava, essa figura oscilava e se desvanecia.

Era uma história que tinha perdido seus atributos de uma ficção comum e passado a pertencer ao domínio do folclore. O "Andarilho de Londres" tornou-se uma expressão conhecida em todo o mundo. Nas profundezas da Cidade de Nova York, Baley se lembrou dessa história e ficou inquieto e apreensivo.

R. Daneel falou e sua voz fez um pouco de eco. Ele questionou:

— Nós podemos ser ouvidos?

— Aqui embaixo? Sem chance. Agora, sobre aquilo que você disse sobre o Comissário?

— Ele estava na cena do crime, Elijah. Ele é um morador da Cidade. Era inevitável que ele fosse um suspeito.

— Que ele fosse! Ele ainda é um suspeito?

— Não. Em pouco tempo, comprovou-se que ele era inocente. Para começar, não havia nenhum desintegrador com ele. Nem poderia haver. Ele entrou na Vila Sideral do modo habitual, isso é certo; e, como você sabe, os desintegradores são retidos, sem exceção.

— Não encontraram mesmo a arma do crime?

— Não, Elijah. Todos os desintegradores na Vila Sideral foram verificados e nenhum deles tinha sido usado durante semanas. Uma verificação feita nas câmaras de radiação foi bastante conclusiva.

— Então, quem quer que tenha cometido o assassinato escondeu a arma muito bem ou...

— Não poderia ter sido escondida em nenhum lugar na Vila Sideral. Fizemos uma busca minuciosa.

Baley explicou, impaciente:

— Estou tentando levar em consideração todas as possibilidades. Ou ela foi escondida ou o assassino a levou embora quando saiu.

— Exatamente.

— E se você admite apenas a segunda possibilidade, então fica comprovada a inocência do Comissário.

— Sim. Ainda assim, por precaução, ele passou por uma análise cerebral.

— O quê?

— Por análise cerebral, refiro-me à interpretação dos campos eletromagnéticos dos neurônios vivos.

— Ah — murmurou Baley, sem entender. — E para que serve essa análise?

— Ela nos dá informações relativas à constituição temperamental e emocional de um indivíduo. No caso do Comissário Enderby, ela mostrou que ele era incapaz de matar o dr. Sarton. Absolutamente incapaz.

— Não — concordou Baley. — Ele não é do tipo que faz isso. Eu poderia ter lhe dito isso.

— É melhor ter uma informação objetiva. Naturalmente, todo o nosso povo na Vila Sideral passou por uma análise cerebral também.

— Todos eram incapazes, eu imagino.

— Sem dúvida. É por isso que sabemos que o assassino deve ser um morador da Cidade.

— Pois bem, tudo o que precisamos é fazer a Cidade inteira passar por essa gracinha de procedimento.

— Seria impraticável, Elijah. Poderia haver milhões de pessoas que seriam capazes de tal ato por conta de seu temperamento.

— Milhões — resmungou Baley, pensando nas multidões daqueles tempos longínquos que tinham gritado com os Siderais sujos e na multidão que ameaçara e espumara de raiva do lado de fora da sapataria na noite anterior.

Ele pensou: "Pobre Julius. Um suspeito!"

Podia ouvir a voz do Comissário descrevendo o período após a descoberta do corpo: "Foi muito brutal". Não é de espantar que ele tivesse quebrado os óculos por estar consternado e em choque. Não surpreende que ele não quisesse voltar à Vila Sideral. "Eu os odeio", ele resmungara por entre os dentes.

Pobre Julius. O homem que sabia lidar com os Siderais. O homem cujo valor maior para a Cidade estava na capacidade de se dar bem com eles. Quanto teria contribuído essa capacidade para as suas rápidas promoções?

Não é de estranhar que o Comissário tivesse desejado que Baley assumisse o caso. O bom e velho Baley, leal e discreto. Amigo da faculdade! Ele poderia ficar de boca fechada se ficasse sabendo daquele pequeno incidente. Baley se perguntava como a análise cerebral era feita. Ele imaginava eletrodos enormes, pantógrafos desenhando linhas a tinta sem parar em um papel quadriculado, com suas hastes autoajustáveis voltando ao lugar de quando em quando.

Pobre Julius. Se ele estivesse em um estado de espírito quase tão consternado quanto seria de se esperar, talvez já estivesse vendo o fim de sua carreira, sendo forçado a entregar uma carta de demissão para o Prefeito.

A viatura dirigiu-se ao subnível da Prefeitura.

* * *

Eram 14h30 quando Baley voltou à sua mesa. O Comissário tinha saído. R. Sammy, sorrindo, não sabia onde o Comissário estava.

Baley passou algum tempo pensando. Ele nem percebeu que estava com fome.

Às 15h20, R. Sammy veio à sua mesa e disse:

– O Comissário está aqui agora, Lije.

– Obrigado – resmungou Baley.

Para variar, ele ouviu a voz de R. Sammy sem ficar irritado. Afinal de contas, R. Sammy tinha algum tipo de relação com R. Daneel, e R. Daneel obviamente não era uma pessoa – ou melhor, coisa – com que se irritar. Baley imaginava como seria estar em um novo planeta com homens e robôs começando como iguais, em uma cultura semelhante à de uma Cidade. Ele pensou sobre essa situação sem entusiasmo.

O Comissário estava examinando alguns documentos quando Baley entrou, parando vez por outra para fazer anotações.

Ele disse:

–Você deu uma mancada daquelas na Vila Sideral.

As lembranças invadiram sua mente. O duelo verbal com Fastolfe...

Seu rosto comprido ficou com uma expressão lúgubre de desapontamento.

— Sim, eu admito que dei, Comissário. Sinto muito.

Enderby levantou o olhar. Através dos óculos, via-se uma expressão aguda. Ele parecia ser mais ele mesmo naquele momento do que em qualquer outro nas últimas 30 horas. Ele disse:

— Não tem problema algum. Fastolfe pareceu não se importar, então vamos esquecer o que aconteceu. Imprevisíveis, esses Siderais. Você não merece a sorte que tem, Lije. Da próxima vez, discuta o assunto comigo antes de bancar o herói solitário dos filmes subetéricos.

Baley assentiu com a cabeça. Um peso saiu de sua consciência. Tinha tentado fazer uma grande proeza e não tinha dado certo. Tudo bem. Ele estava um pouco surpreso que o chefe pudesse tratar isso de um modo tão casual, mas foi o que aconteceu.

— Escute, Comissário — falou Baley. — Quero que designem um apartamento para dois homens para Daneel e para mim. Não vou levá-lo para casa hoje à noite.

— Por que tudo isso?

— Há boatos de que ele é um robô. Lembra-se? Talvez não aconteça nada, mas se houver algum tumulto, não quero a minha família no meio disso.

— Bobagem, Lije. Pedi que verificassem essa história. Não há rumor nenhum se espalhando pela Cidade.

— Jessie ouviu essa história em algum lugar, Comissário.

— Bem, não há nenhum rumor organizado. Nada perigoso. Comecei a verificar isso desde que encerrei a minha comunicação tridimensional com a Cúpula do dr. Fastolfe. Foi por isso que desliguei. Naturalmente, eu tinha que investigar essa história, e rápido. De qualquer forma, aqui estão os relatórios. Veja por si mesmo. Há o relatório de Doris Gillid. Ela foi a uma dúzia de Privativos femininos em diferentes partes da Cidade. Você conhece Doris. Ela é uma moça competente. Bem, nada foi encontrado. Não encontraram nada em lugar nenhum.

– Então como Jessie ficou sabendo desse rumor, Comissário?

– Isso pode ser explicado. R. Daneel fez alarde na sapataria. Ele pegou mesmo um desintegrador, Lije, ou você estava exagerando um pouco?

– Ele pegou mesmo uma arma. E a apontou para as pessoas também.

O Comissário Enderby meneou a cabeça.

– Tudo bem. Alguém o reconheceu. Como um robô, eu quero dizer.

– Espere aí – disse Baley com indignação. – Não dá para distingui-lo como robô.

– Por que não?

– Você conseguiria? Eu não.

– E o que isso prova? Nós não somos especialistas. Suponha que houvesse um técnico das fábricas de robôs de Westchester no meio da multidão. Um profissional. Alguém que passou a vida construindo e projetando robôs. Ele percebe algo estranho em R. Daneel. Talvez no modo como ele fala ou como se porta. Ele faz suposições a respeito disso. Talvez conte para a mulher. Ela conta a algumas amigas. Então a conversa morre ali. É tudo muito pouco provável. As pessoas não acreditam. Só que a história chega aos ouvidos de Jessie antes de esse boato morrer.

– Talvez – murmurou Baley, hesitante. – Mas, e quanto a designarem um quarto de solteiro para dois, afinal?

O Comissário encolheu os ombros e pegou o intercomunicador. Depois de um instante, ele disse:

– Seção Q-27 é o máximo que podem fazer. A vizinhança não é muito boa.

– Vai servir – resmungou Baley.

– A propósito, onde está R. Daneel agora?

– Está nos nossos arquivos de registros. Está tentando coletar informações sobre agitadores Medievalistas.

– Meu Deus, há milhões deles.

– Eu sei, mas isso o deixa feliz.

Baley estava quase na porta quando se voltou, meio por impulso, e perguntou:

– Comissário, o dr. Sarton falou alguma vez com você sobre o programa da Vila Sideral? Quero dizer, ele falou sobre a introdução de uma cultura C/Fe?

– Uma o quê?

– A introdução de robôs.

– Às vezes.

O tom de voz do Comissário não demonstrava nenhum interesse particular.

– Ele alguma vez explicou qual é o objetivo da Vila Sideral?

– Ah, melhorar a saúde e o padrão de vida. A conversa de sempre; não me impressionou. Eu concordei com ele. Afirmei com a cabeça e tudo o mais. O que eu podia fazer? É só uma questão de não contrariá-los e esperar que eles não passem dos limites quanto aos seus caprichos. Talvez algum dia...

Baley esperou, mas ele não disse o que talvez algum dia pudesse ocorrer.

Baley insistiu:

– Em algum momento ele mencionou algo sobre emigração?

– Emigração? Nunca. Permitir que um terráqueo vá aos Mundos Siderais é como encontrar um asteroide de diamante nos anéis de Saturno.

– Quero dizer, sobre emigração para novos mundos.

Mas o Comissário respondeu a essa pergunta com um simples olhar de incredulidade.

Baley pensou nisso por um momento e então questionou, de supetão:

– O que é análise cerebral, Comissário? Já ouviu falar?

O Comissário não franziu o rosto nem piscou os olhos. Ele disse, tranquilamente:

— Não, o que é isso?

— Nada. Eu apenas entreouvi esse termo.

Ele saiu do escritório do chefe e continuou pensando quando chegou à sua mesa. Com certeza, o Comissário não era um ator *tão* bom assim. Então...

Às 16h05, Baley ligou para Jessie e falou que não iria para casa aquela noite e provavelmente nem nos próximos dias. Depois de dizer isso, levou um tempo para conseguir desligar.

— Algum problema, Lije? Você está em perigo?

— Um policial sempre corre um pouco de perigo — ele explicou sem entrar em detalhes.

Ela não se deu por satisfeita.

— Onde você vai ficar?

Ele não contou a ela.

— Se você for ficar sozinha hoje à noite — Baley adicionou —, vá para o apartamento da sua mãe.

Ele encerrou a conexão de modo abrupto. Melhor assim.

* * *

Às 16h20 ele fez uma ligação para Washington. Demorou certo tempo para encontrar o homem que ele queria e quase a mesma quantidade de tempo para convencê-lo de que ele devia fazer uma viagem a Nova York no dia seguinte. Em torno das 16h40, ele tinha conseguido.

* * *

Às 16h55, o Comissário saiu e passou por ele com um sorriso incerto. Os funcionários do turno do dia saíram em massa. A população mais escassa que ocupava as salas no fim de tarde e durante a noite chegou e o cumprimentou com variados tons de surpresa.

R. Daneel veio à sua mesa com um monte de papéis.

– O que é isso? – perguntou Baley.

– Uma lista de homens e mulheres que talvez pertençam a uma organização Medievalista.

– Quantas pessoas estão incluídas na lista?

– Mais de um milhão – disse R. Daneel. – Esses são apenas alguns deles.

– Você pretende averiguar todos eles, Daneel?

– Obviamente, isso não seria nada prático, Elijah.

– Veja bem, Daneel, quase todos os terráqueos são Medievalistas de uma forma ou de outra. O Comissário, Jessie, eu. Veja os... – (ele quase disse "óculos de grau", e então se lembrou de que os terráqueos devem se manter unidos e de que ele devia livrar a cara do Comissário tanto no sentido figurado quanto no literal.) Ele concluiu de um modo pouco convincente: – Os adornos para os olhos que o Comissário usa.

– Sim – disse R. Daneel –, eu tinha reparado neles, mas achei que talvez fosse indelicado mencioná-los. Não vi esses adornos em outros moradores da cidade.

– É algo muito antiquado.

– Serve para algum propósito?

Abruptamente, Baley desconversou:

– Como conseguiu essa lista?

– Uma máquina fez isso por mim. Aparentemente, escolhe-se um tipo específico de infração a ser procurado e ela faz o resto. Deixei que a máquina rastreasse todos os casos de conduta contrária à ordem pública envolvendo robôs nos últimos 25 anos. Outra máquina examinou todos os jornais da Cidade pelo mesmo período de tempo em busca dos nomes de pessoas que fizeram declarações desfavoráveis em relação aos robôs ou aos homens dos Mundos Siderais. É impressionante o que pode ser feito em três horas. A máquina até eliminou, entre os nomes das listas, os que já tinham falecido.

AS CAVERNAS DE AÇO

—Você está impressionado? Com certeza, vocês têm computadores nos Mundos Siderais.

— De vários tipos, sem dúvida. Computadores muito avançados. No entanto, nenhum deles tem tal amplitude ou é tão complexo quanto os daqui. Você deve se lembrar, é claro, que mesmo o maior dos Mundos Siderais não chega a ter a população de uma das suas Cidades. Não precisamos de complexidade extrema.

Baley questionou:

—Você já esteve em Aurora?

— Não — disse R. Daneel —, eu fui construído aqui na Terra.

— Então como sabe sobre os computadores dos Mundos Siderais?

— Mas isso é óbvio, parceiro Elijah. Minha base de dados é proveniente da base do falecido dr. Sarton. Pode ter certeza, ela é rica em materiais relativos aos Mundos Siderais.

— Entendo. Você pode comer, Daneel?

— Sou movido a energia nuclear. Pensei que você soubesse.

— Sei muito bem disso. Não perguntei se você precisa comer. Perguntei se *poderia* comer. Se poderia colocar comida na boca, mastigar e engolir. Penso que esse deve ser um item importante para parecer um homem.

— Entendo aonde quer chegar. Sim, eu posso realizar essas operações mecânicas. É claro que minha capacidade é um tanto limitada, e eu teria que remover o material ingerido daquilo que você poderia chamar de meu estômago mais cedo ou mais tarde.

—Tudo bem. Você pode regurgitar, ou fazer o que quer que você faça, no silêncio do quarto hoje à noite. A questão é que estou com fome. Não almocei, droga, e quero que você esteja comigo enquanto eu comer. E você não pode se sentar lá e *não* comer; isso chamaria a atenção. Então, se você pode comer, é isso que eu quero ouvir. Vamos!

* * *

As cozinhas comunitárias eram iguais em toda a Cidade. Além disso, Baley tinha estado em Washington, Toronto, Los Angeles, Londres e Budapeste a trabalho, e elas eram iguais em todas essas Cidades também. Talvez tivesse sido diferente nos tempos Medievais, quando as línguas e a alimentação eram variadas. Hoje em dia, os produtos à base de levedura são exatamente os mesmos de Xangai a Tashkent e de Winnipeg a Buenos Aires; e o inglês podia não ser o "inglês" de Shakespeare e Churchill, mas a miscelânea definitiva que era corrente em todos os continentes e, com algumas modificações, nos Mundos Siderais também.

Mas, línguas e alimentação à parte, havia semelhanças mais profundas. Havia sempre aquele cheiro particular, indefinível, mas totalmente característico da "cozinha". Havia a tripla fila de espera movendo-se devagar, convergindo na porta e se dividindo de novo, uma à direita, uma à esquerda e uma no centro. Havia o burburinho dos seres humanos, conversando e se movendo, e o estrépito mais agudo do plástico chocando-se contra o plástico. Havia o brilho dos objetos que imitavam madeira, muito polidos, detalhes nos vidros, mesas longas, um toque de vapor no ar.

Baley avançava devagar conforme a fila andava (com toda a lentidão possível nos horários das refeições, uma espera de no mínimo dez minutos era quase inevitável) e perguntou a R. Daneel, com uma súbita curiosidade:

—Você consegue sorrir?

R. Daneel, que olhava friamente absorto para o interior da cozinha, disse:

— Perdão, Elijah?

— Eu só estava pensando, Daneel. Você consegue sorrir? — sussurrou ele de modo casual.

R. Daneel sorriu. O gesto foi repentino e inesperado. Seus lábios se moveram e a pele em volta dos cantos formou pequenos vincos. Entretanto, apenas a boca sorria. O resto da face do robô permanecia imóvel.

AS CAVERNAS DE AÇO

Baley meneou a cabeça.

– Desista, Daneel. O resultado não te favorece em absolutamente nada.

Eles estavam na entrada. Uma pessoa após a outra passava seu cartão alimentação de metal na ranhura apropriada e esperava que fosse feita a leitura. Bip... bip... bip.

Alguém uma vez calculou que uma cozinha funcionando sem percalços poderia permitir a entrada de 200 pessoas por minuto, fazendo uma leitura completa do cartão de cada uma delas para evitar que alguém comesse em outra cozinha que não a que lhe fora designada, que comesse mais de uma vez ou que se excedesse na ração. Também calcularam quanto tempo na fila era necessário para manter uma eficiência máxima e quanto tempo perdiam quando uma pessoa qualquer requeria tratamento especial.

Era, portanto, sempre uma calamidade interromper aquele bip bip constante aproximando-se do guichê manual, como Baley e R. Daneel fizeram, e entregando uma autorização especial para o funcionário encarregado.

Jessie, tendo o conhecimento de uma nutricionista assistente, certa vez explicou para Baley como funcionam essas coisas.

– Atrapalha totalmente o funcionamento das coisas – ela dissera. – Bagunça os cálculos de consumo e as estimativas do inventário. Significa que será necessário fazer verificações especiais. É preciso comparar os dados com todas as cozinhas das diversas Seções para se certificar de que não haja um desequilíbrio muito grande, se é que você me entende. É preciso fazer um balanço separado toda semana. Se algo der errado e der alguma diferença, é sempre culpa sua. Nunca é culpa do governo da Cidade por distribuir autorizações especiais a Deus e o mundo. Ah, isso não. E quando temos que dizer que as opções de livre escolha do cardápio estão suspensas durante aquela refeição, que estardalhaço as pessoas na fila fazem. É sempre culpa de alguém que está atrás do balcão...

163

Baley conhecia a história nos mínimos detalhes, então ele entendia bem o olhar severo e cheio de veneno que recebeu da mulher que estava atrás do guichê. Ela fez algumas anotações às pressas. Seção de origem, profissão, motivo para a mudança de cozinha ("assuntos oficiais", um motivo muito irritante, é verdade, mas irrefutável). Então ela dobrou o bilhete movimentando os dedos com firmeza e o inseriu em uma ranhura. Um computador o reteve, devorou seu conteúdo e digeriu a informação.

Ela se virou para R. Daneel.

Então veio a pior parte. Baley informou:

– Meu amigo não é da Cidade.

Por fim, a mulher parecia completamente indignada. Ela disse:

– Cidade de origem, por favor?

Baley desarmou a jogada, salvando Daneel outra vez.

– Todos os cadastros devem ser atribuídos ao Departamento de Polícia. Não são necessários mais detalhes. Assuntos oficiais.

A mulher pegou um bloco de papel com um movimento de braço e preencheu o campo necessário com um código claro-escuro com movimentos hábeis dos dois primeiros dedos da mão direita.

Ela perguntou:

– Por quanto tempo vai comer aqui?

– Até nova ordem – disse Baley.

– Pressionem os dedos aqui – disse ela, virando o papel com a lacuna.

Baley ficou um pouco apreensivo quando os dedos idênticos de R. Daneel, com suas unhas lustrosas, pressionaram o lugar indicado. Certamente, não teriam se esquecido de dar digitais a ele.

A mulher pegou o papel e o colocou na máquina devoradora de bilhetes que estava perto do braço dela. A máquina não devolveu o bilhete e Baley respirou mais aliviado.

Ela entregou a eles pequenos cartões de metal em um tom vermelho-claro, que significavam "temporários".

— Não há opções de livre escolha no cardápio — ela disse. — Estão em falta esta semana. Peguem a mesa DF.

Eles caminharam em direção à mesa DF.

R. Daneel observou:

— Estou com a impressão de que a maioria do seu povo come em cozinhas como esta com frequência.

— Sim. É claro que é horrível comer em uma cozinha estranha. Não há ninguém por perto que você conheça. Na sua própria cozinha, é bem diferente. Você tem seu próprio lugar, o qual ocupa o tempo todo. Está com a sua família, com os seus amigos. Sobretudo quando se é jovem, os horários de refeição são a melhor parte do dia.

Baley sorriu em um breve momento de recordações.

Aparentemente, a mesa DF estava entre as mesas reservadas para os que estavam de passagem. Os que já estavam sentados olhavam constrangidos para seus pratos e não conversavam uns com os outros. Eles olhavam com uma inveja oculta para as multidões que riam nas outras mesas.

"Não existe ninguém que se sinta tão incômodo", pensou Baley, "quanto o homem que come fora de sua Seção. Por mais humilde que seja, dizia o velho ditado, nada como a cozinha da nossa Seção. Até o sabor da comida é melhor, não importa quantos químicos estejam prontos para jurar que ela não é diferente da comida de Johannesburgo."

Ele se sentou em um banco e R. Daneel se sentou perto dele.

— Sem opções de livre escolha no cardápio — instruiu Baley, demonstrando insatisfação —, então apenas aperte aquele botão ali e espere.

Demorou dois minutos. Um disco ressurgiu no centro da mesa com o prato.

— Purê de batata, molho de zymovitela e damascos cozidos. Pois bem — contentou-se Baley.

Um garfo e duas fatias de pão de levedura integral surgiram em uma reentrância bem à frente da estrutura que descia pelo longo centro da mesa.

R. Daneel comentou, em voz baixa:

– Você pode se servir da minha porção, se quiser.

Por um instante, Baley ficou escandalizado. Então ele se lembrou e murmurou:

– Isso é falta de educação. Continue. Coma.

Baley comeu diligentemente, mas sem relaxar a ponto de saborear a refeição. Com cautela, olhou de relance para R. Daneel. O robô comia com movimentos precisos dos maxilares. Precisos demais. Não parecia natural.

Estranho! Agora que Baley tinha certeza de que R. Daneel era mesmo um robô, vários detalhes tornavam-se evidentes. Por exemplo, o pomo de Adão não se mexia quando R. Daneel engolia.

No entanto, ele não se importava muito. Será que estava se acostumando com a criatura? Imagine se as pessoas recomeçassem em um novo mundo (esse pensamento não saía de sua cabeça desde que o dr. Fastolfe o colocara ali); imagine se Bentley, por exemplo, fosse deixar a Terra; será que ele se importaria de trabalhar e viver ao lado de robôs? Por que não? Os próprios Siderais faziam isso.

– Elijah, pode-se considerar maus modos observar outro homem enquanto ele come? – perguntou R. Daneel.

– Se você quer dizer olhar diretamente para ele, sim, é claro. É uma questão de bom senso, não é? Um homem tem direito à privacidade. Uma conversa comum está de acordo com as regras sociais, mas não se olha para um homem quando ele está engolindo.

– Entendo. Por que então consigo contar oito pessoas nos observando de perto, com muita atenção?

Baley abaixou o garfo. Ele olhou ao redor como se estivesse procurando o saleiro.

– Não vejo nada fora do comum.

Mas disse isso sem convicção. Para ele, a multidão que estava na cozinha era apenas um vasto conglomerado de caos. E quando R. Daneel pousou os olhos castanhos e frios sobre ele, Baley teve a incômoda suspeita de que não eram olhos que ele via, mas leitores ópticos capazes de observar, com precisão fotográfica e em uma fração de segundos, todo o ambiente.

— Eu tenho certeza — insistiu R. Daneel, calmamente.

— Bem, mas e daí? É uma grosseria, mas o que isso prova?

— Não sei dizer, Elijah, mas será coincidência que seis delas estavam na multidão que se aglomerava do lado de fora da sapataria na noite passada?

(11) FUGA PELAS FAIXAS

Baley segurou o garfo convulsivamente.

– Você tem certeza? – perguntou ele em uma reação automática e, enquanto fazia a pergunta, percebeu sua inutilidade. Não se pergunta a um computador se ele tem certeza da resposta que vomita, nem mesmo a um computador com braços e pernas.

R. Daneel respondeu:

– Tenho!

– Eles estão perto de nós?

– Não muito. Estão espalhados.

– Tudo bem, então. – Baley voltou a comer, mexendo o garfo de um modo mecânico. Por trás da carranca estampada em seu rosto comprido, sua mente trabalhava intensamente.

Imagine que o incidente de ontem à noite tenha sido organizado por um grupo de fanáticos de tendência antirrobô, que não tenha sido o incidente espontâneo que aparentava ser. Esse grupo de agitadores poderia, com facilidade, incluir homens que tinham estudado os robôs com a intensidade que surge de uma oposição extrema. Um deles poderia ter percebido que R. Daneel era um robô. (O Comissário tinha sugerido isso, de certa forma. Droga, aquele homem tinha níveis de perspicácia surpreendentes.)

Isso colocava a situação de uma maneira lógica. Supondo que eles não tivessem conseguido agir de forma organizada no impulso do momento, na noite anterior, ainda poderiam fazer planos para o futuro. Se podiam reconhecer um robô como R. Daneel, com certeza eram capazes de perceber que o próprio Baley era um policial. É muito provável que um policial, na estranha companhia de um robô humanoide, fosse um homem de responsabilidades dentro da organização. (Com a sabedoria oferecida por uma análise em retrocesso, Baley seguiu essa linha de raciocínio sem dificuldade nenhuma.)

Fazia sentido então que observadores na Prefeitura (ou talvez agentes dentro da Prefeitura) fossem fatalmente identificar Baley, R. Daneel, ou até mesmo os dois, sem que demorasse muito tempo. Que eles tivessem feito isso em 24 horas não era de surpreender. Poderiam ter feito isso em menos tempo se Baley não tivesse passado a maior parte do dia na Vila Sideral e na autoestrada.

R. Daneel tinha terminado de comer. Estava sentado em silêncio, com as mãos perfeitas apoiadas de leve na extremidade da mesa.

— Não seria melhor fazermos alguma coisa? — ele perguntou.

— Estamos seguros aqui na cozinha — explicou Baley. — Deixe isso comigo. Por favor.

Baley olhou ao redor com cautela e foi como se visse uma cozinha pela primeira vez.

Pessoas! Milhares delas. Quantas pessoas cabiam, em média, em uma cozinha? Ele tinha visto o cálculo uma vez. Duas mil e duzentas, ele achava. Esta era maior que a média.

Imagine se alguém gritasse "robô" alto o suficiente. Imagine se este aviso se espalhasse por entre esses milhares de pessoas como...

Ele não tinha um termo de comparação, mas não importava. Não poderia acontecer assim.

Um tumulto espontâneo poderia surgir em qualquer lugar e com a mesma facilidade nas cozinhas como nos corredores ou até mesmo nos elevadores. Talvez com mais facilidade ainda. As pessoas se sentiam menos inibidas nos horários das refeições; uma brinca-

AS CAVERNAS DE AÇO

deira estúpida poderia se transformar em algo mais sério por conta de um mero mal-entendido.

Mas um tumulto planejado seria diferente. Aqui na cozinha, os próprios líderes ficariam presos em um salão grande e cheio de gente. Quando os pratos começassem a voar e o povo começasse a quebrar as mesas, não seria fácil fugir. Centenas de pessoas morreriam, com certeza, e eles mesmos poderiam perfeitamente estar entre os mortos.

Não, um tumulto seguro teria que ser planejado nas avenidas da Cidade, em alguma passagem relativamente estreita. O pânico e a histeria se espalhariam devagar por aquele espaço apertado e haveria tempo para um sumiço rápido e preparado usando uma passagem lateral ou acessando de maneira discreta uma via local ascendente que os levaria a um andar mais acima para simplesmente desaparecer.

Baley se sentia encurralado. Provavelmente, havia outros esperando lá fora. Baley e R. Daneel seriam seguidos até um local apropriado e o estopim seria aceso.

R. Daneel questionou:

— Por que não prendê-los?

— Isso apenas anteciparia o início da confusão. Você conhece os rostos deles, não conhece? Não vai esquecer?

— Não sou capaz de esquecer.

— Então nós os pegamos outra hora. Por enquanto, vamos fugir daqui. Siga-me. Faça exatamente como eu fizer.

Ele se levantou, virou o prato de cabeça para baixo com cuidado, colocando-o no centro do disco móvel de onde ele tinha surgido. Ele devolveu o garfo para a cavidade de onde o havia retirado. R. Daneel, que observava, fez o mesmo. Os pratos e utensílios sumiram de vista.

R. Daneel informou:

— Eles também estão se levantando.

— Tudo bem. Tenho a sensação de que não vão chegar muito perto. Não aqui.

171

Os dois foram para a fila, dirigindo-se a uma saída onde o bip bip bip dos cartões produzia um som ritualístico, cada bip gravando o uso de uma unidade de refeição.

Baley olhou para trás, através da nuvem de vapor e do barulho e, com uma agudeza incongruente, lembrou-se de um passeio ao zoológico com Ben, 6 ou 7 anos antes. Não, 8, porque Ben tinha acabado de fazer 8 anos naquela época. (Por Josafá! Como o tempo passou!)

Tinha sido o primeiro passeio de Ben ao zoológico e ele estava entusiasmado. Afinal de contas, ele nunca tinha visto um gato ou um cachorro antes. E, além disso, havia o viveiro dos pássaros! Nem Baley, que o tinha visto umas dez vezes, estava imune ao fascínio que causava.

Há algo na experiência de ver pela primeira vez objetos vivos esvoaçando pelo ar que é incomparavelmente extraordinário. Era a hora de alimentar os pardais e um funcionário estava colocando grãos de aveia partidos em um cocho comprido (os seres humanos tinham se acostumado com os alimentos substitutos feitos de levedura, mas os animais, mais conservadores quanto aos seus hábitos, insistiam em comer o grão de verdade).

Os pardais revoaram em direção à comida em bandos que pareciam contar centenas deles. Lado a lado, com um gorjeio ensurdecedor, eles se alinharam ao longo do cocho.

Era isso; essa era a imagem que veio à mente de Baley quando ele olhou para a cozinha ao sair. Pardais ao redor do cocho. O pensamento lhe causou repugnância.

Ele pensou: "Por Josafá, deve haver uma maneira melhor".

Mas que maneira melhor? O que havia de errado com aquela maneira? Ela nunca o tinha incomodado antes.

Ele virou-se abruptamente para R. Daneel:

– Pronto, Daneel?

– Estou pronto, Elijah.

Eles saíram da cozinha e estava claro que a fuga agora dependia totalmente de Baley.

AS CAVERNAS DE AÇO

* * *

Há um jogo conhecido entre os jovens como "correr pelas faixas". Detalhes triviais de suas regras variam de Cidade para Cidade, mas as regras básicas são sempre as mesmas. Um menino de San Francisco pode entrar nesse jogo no Cairo sem nenhuma dificuldade.

Seu objetivo é ir de um ponto A a um ponto B utilizando o sistema de trânsito rápido da Cidade de tal forma que o "líder" consiga despistar tantos seguidores quanto possível. Um líder que chega ao destino sozinho é realmente habilidoso, da mesma forma que é habilidoso um seguidor que se recusa a deixar que o líder se livre dele.

O jogo costuma acontecer durante a hora do rush, no período da tarde, quando o aumento no número de transeuntes o torna, ao mesmo tempo, mais arriscado e mais complicado. O líder começa subindo e descendo pelas faixas rápidas em alta velocidade. Ele dá o melhor de si para fazer algo inesperado, permanecendo na mesma faixa pelo maior período de tempo possível, depois passando de repente para outra faixa em qualquer direção, e então voltando a esperar outra vez.

Pobre do seguidor que imprudentemente passa a uma faixa além daquela que deveria. Antes que ele perceba o erro, a não ser que seja de uma extrema agilidade, já terá ultrapassado o líder ou ficado para trás. Um líder inteligente agrava o erro do seguidor movendo-se com rapidez na direção adequada.

Um movimento planejado para aumentar em dez vezes a complexidade de uma tarefa envolve passar também para as vias locais ou para as vias expressas e precipitar-se para o outro lado. É ruim evitá-las de todo e é igualmente ruim demorar-se nelas.

Não é fácil para um adulto entender o atrativo do jogo, em especial para um adulto que nunca o jogou na adolescência. Os jogadores são tratados de forma rude pelos que viajam de fato a outras partes pelas faixas porque os participantes, inevitavelmente, passam em alta velocidade pelo caminho dos transeuntes. São perseguidos de modo implacável pela polícia e castigados pelos pais. São denunciados nas escolas ou nos centros subetéricos. Não passa um ano sem que quatro ou cinco adolescentes morram por conta desse jogo, sem que algumas dezenas se machuquem, sem que ocorram tragédias de níveis variados de gravidade com transeuntes que não tinham nenhuma relação com a corrida.

No entanto, não há nada que se possa fazer para erradicar as gangues que correm pelas faixas. Quanto maior o perigo, mais os jogadores conseguem o mais valioso dos prêmios: respeito aos olhos dos companheiros. Um jogador bem-sucedido pode se vangloriar; um líder amplamente conhecido pode ser chamado de "o cara das faixas".

Elijah Baley, por exemplo, ainda hoje se lembrava com satisfação de que um dia tinha sido um desses corredores. Ele tinha liderado uma gangue de vinte adolescentes desde o Setor Concourse até os limites do Queens, atravessando três vias expressas. Em duas incansáveis e implacáveis horas, ele tinha se livrado de alguns dos seguidores mais ágeis do Bronx e chegado ao local de destino sozinho. Aquela corrida fora assunto por meses.

Agora, Baley estava na casa dos 40 anos de idade. Fazia mais de duas décadas que não corria pelas faixas, mas se lembrava de alguns truques. O que ele tinha perdido em agilidade, tinha compensado em outro aspecto. Ele era um policial. Ninguém, exceto outro policial tão experiente quanto ele, poderia conhecer a Cidade tão bem, saber onde começava e acabava cada beco com suas divisas de metal.

Ele saiu da cozinha de modo abrupto, mas não rápido demais. A cada instante, ele esperava ressoarem os gritos de "robô, robô". Esse primeiro momento era o mais arriscado. Ele contou os passos até sentir a primeira faixa rápida se movendo sob seus pés.

Ele parou um pouco, enquanto R. Daneel o seguia sem dificuldades.

– Eles ainda estão atrás de nós, Daneel? – perguntou Baley, sussurrando.

– Sim. Estão se aproximando.

– Não por muito tempo – retrucou Baley, confiante. Ele olhou para as faixas que se estendiam dos dois lados, carregadas de pessoas; elas passavam cada vez mais rápido conforme se distanciavam dele. Ele tinha sentido as faixas sob seus pés muitas vezes por dia quase todos os dias de sua vida, mas não dobrava os joelhos para se preparar para correr há mais de 7 mil dias. Ele sentiu a velha emoção e sua respiração ficou mais ofegante.

Ele havia se esquecido da única vez em que pegou Ben em um desses jogos. Ele deu ao filho um sermão interminável e ameaçou colocá-lo sob vigilância policial.

Com agilidade e rapidez, e ao dobro da velocidade "segura", ele seguiu pelas faixas. Inclinou-se bruscamente contra a direção da aceleração da faixa. Uma via local estava passando por eles. Por um instante, parecia que era para lá que ele ia, mas, de repente, ele sumiu, movimentando-se para trás, recuando, esquivando-se da multidão à direita e à esquerda conforme ela aumentava nas faixas mais lentas.

Ele parou e se deixou levar a uma velocidade de meros 25 quilômetros por hora.

– Quantos estão nos seguindo, Daneel?

– Apenas um, Elijah.

O robô estava ao lado dele, sereno e sem respirar.

– Ele também deve ter sido um bom jogador em sua própria época, mas nem ele vai conseguir nos acompanhar.

Cheio de autoconfiança, ele teve uma vaga lembrança da sensação que tinha na juventude. Consistia, em parte, do sentimento de imersão em um rito místico do qual os outros não compartilhavam, em parte, da sensação puramente física do vento no cabelo e no rosto e, em parte, da tênue noção de perigo.

– Eles chamam isso de manobra lateral – ele explicou em voz baixa para R. Daneel.

Dando passadas largas, percorria longas distâncias, mas se deslocava por uma única faixa, desviando com um esforço mínimo da multidão que fazia um uso legítimo daquele meio de transporte. Ele continuou avançando, sempre se aproximando da borda da faixa, até que o movimento invariável de sua cabeça em meio à multidão se tornasse hipnótico por conta de sua velocidade constante – exatamente como ele queria que fosse.

E então, sem nenhuma quebra de ritmo, moveu-se cinco centímetros para o lado e estava na faixa contígua. Ele sentia dor nos músculos da coxa conforme procurava manter o equilíbrio.

Ele passou rapidamente por um grupo de transeuntes e estava na faixa que se movia a 70 quilômetros por hora.

– E agora, Daneel? – perguntou ele.

– Ele ainda está atrás de nós – foi a calma resposta.

Baley apertou os lábios. Não havia outro jeito senão usar as próprias plataformas móveis, e isso realmente exigia coordenação; mais coordenação, talvez, do que ele ainda tinha.

Ele deu uma olhada rápida ao redor. Onde exatamente estavam agora? A placa da rua B-22d passou por eles como um raio. Fez alguns cálculos rápidos e saiu da faixa onde estava. Subiu pelas faixas que restavam, tranquila e gradualmente, e, com um giro, passou para a plataforma da via local.

Os rostos impessoais de homens e mulheres, marcados pelo tédio das idas e vindas pelas faixas, alteraram-se, olhando com um ar como que de indignação quando Baley e R. Daneel entraram na plataforma e passaram espremidos junto à grade.

– Ei, você – gritou uma mulher em um tom agudo e agarrando o chapéu.

– Desculpe-me – disse Baley, esbaforido.

Ele forçou sua passagem entre os passageiros que estavam de pé e, serpenteando por entre eles, saiu do outro lado. No último instante, um passageiro que fora empurrado golpeou com raiva as costas de Baley. O investigador cambaleou.

Em desespero, ele tentou recuperar o equilíbrio. Deu uma guinada para o lado, na direção da borda da faixa, e a súbita mudança de velocidade o fez ajoelhar-se e pender para o lado.

De repente, ele viu um cenário assustador, em que homens colidiam com ele e caíam e em que uma confusão se alastrava pelas faixas, um desses horríveis "engavetamentos humanos" que encheriam os hospitais com dezenas de pessoas com braços e pernas quebrados.

Mas o braço de R. Daneel o amparou. Ele sentiu que foi levantado por uma força maior do que a de um ser humano.

– Obrigado – disse Baley, ofegante, e não houve tempo para mais do que isso.

Ele saiu daquela faixa e passou para uma lenta, seguindo um padrão complicado, planejado de forma que seus pés alcançaram as faixas do eixo de ligação em V de uma via expressa no ponto exato em que se cruzavam. Sem perder o ritmo, ele acelerou de novo, e então passou para a via expressa.

– Ele está conosco, Daneel?

– Não há ninguém à vista, Elijah.

– Ótimo. Mas como você teria sido bom nesse jogo, Daneel! Opa, agora, agora!

Desceram até outra via local e, com um estrépito, pegando as faixas, chegaram a uma porta grande, que aparentava ser de algum departamento oficial. Um guarda se levantou.

Baley mostrou a identificação.

– Assuntos oficiais.

Eles entraram.

– Usina de energia elétrica – Baley informou bruscamente. – Isso apaga o nosso rastro por completo.

Ele já tinha estado em usinas de energia antes, inclusive nessa. A familiaridade com o lugar não diminuía sua sensação de assombro e desconforto. Essa sensação aumentava por conta do pensamento perturbador de que certa vez seu pai tinha ocupado uma alta posição na hierarquia de uma usina como essa. Isso é, antes que...

Ouvia-se, ao redor, o zumbido de geradores enormes escondidos no compartimento central da usina, o cheiro levemente penetrante de ozônio no ar, a ameaça sinistra e silenciosa das linhas vermelhas que marcavam os limites para além dos quais ninguém podia passar sem roupas de proteção.

Em algum lugar da usina (Baley não fazia ideia de exatamente onde), era consumido meio quilo de material fissionável por dia. De vez em quando, os produtos da fissão radioativa, as chamadas partículas quentes, eram jogadas por tubos de chumbo, utilizando a pressão do ar, em cavernas a 16 quilômetros de distância oceano adentro e quase um quilômetro abaixo do leito do oceano. Baley às vezes se perguntava o que aconteceria quando as cavernas estivessem cheias.

Ele virou-se para R. Daneel de súbito:

— Fique longe das linhas vermelhas. — Então, ele refletiu e acrescentou, acanhado: — Mas imagino que isso não tem importância para você.

— É por conta da radioatividade? — perguntou Daneel.

— Sim.

— Então tem importância para mim sim. A radiação gama destrói o delicado equilíbrio de um cérebro positrônico. Ela me afetaria muito mais rápido que a você.

— Quer dizer que ela o *mataria*?

— Eu precisaria de um novo cérebro positrônico. Como não pode haver dois iguais, eu seria um novo indivíduo. O Daneel com quem você fala agora estaria, de certa maneira, morto.

Baley olhou para ele, hesitante.

— Eu nunca soube disso... Por aqui, pelas rampas.

— Essa questão não é divulgada. A Vila Sideral deseja convencer os terráqueos da utilidade de robôs como eu, não da utilidade da nossa fraqueza.

AS CAVERNAS DE AÇO

– Então por que está me contando isso?

Daneel olhou diretamente para seu companheiro humano.

– Você é meu parceiro, Elijah. É bom que conheça as minhas fraquezas e defeitos.

Baley pigarreou e não disse mais nada sobre o assunto.

– Nesta direção – ele comentou um instante depois – e estaremos a pouco menos de 500 metros do apartamento.

* * *

Era um apartamento lúgubre e simples. Uma sala pequena e dois quartos. Duas cadeiras dobráveis e um armário. Uma tela subetérica embutida que não permitia nenhum ajuste manual e que funcionaria apenas em certos horários, mas que *funcionaria*. Não havia um lavatório, nem mesmo um desativado, nem local para cozinhar ou ferver água. Havia um pequeno tubo de descarte de lixo, um objeto feio, simples e desagradavelmente funcional, em um canto da sala.

Baley encolheu os ombros.

– É aqui. Acho que dá para o gasto.

R. Daneel caminhou até o tubo de descarte de lixo. A camisa dele se abriu com um toque, revelando uma pele lisa e um peito aparentemente musculoso.

– O que você está fazendo? – perguntou Baley.

– Estou me livrando da comida que ingeri. Se eu a deixasse onde está, ela apodreceria e eu causaria repugnância.

R. Daneel colocou dois dedos debaixo de um dos mamilos com cuidado e pressionou o local com um padrão predefinido. O peito dele se abriu no sentido longitudinal. R. Daneel tirou com a mão, do meio de uma confusão de peças de metal brilhantes, um receptáculo translúcido parcialmente distendido. Ele o abriu enquanto Baley observava, um tanto horrorizado.

R. Daneel vacilou. Ele comentou:

– A comida está perfeitamente limpa. Eu não salivo nem mastigo. Ela passa pela garganta por um sistema de sucção, sabe. É comestível.

– Tudo bem – declinou Baley em um tom brando. – Não estou com fome. Pode jogar fora.

Baley chegou à conclusão de que o receptáculo de comida de R. Daneel era de plástico de carbono fluorado. Pelo menos, a comida não estava grudada nele. Ela saiu com facilidade e foi colocada pouco a pouco no tubo. "Está aí um desperdício de boa comida", pensou ele.

Ele se sentou em uma cama e tirou a camisa. Então disse:

– Sugiro que comecemos cedo amanhã.

– Por algum motivo específico?

– Nossos amigos não sabem a localização desse apartamento ainda. Pelo menos espero que não saibam. Se sairmos cedo, estaremos mais seguros. Quando estivermos na Prefeitura, teremos que decidir se a nossa parceria continua sendo viável.

– Você acha que talvez não seja?

Baley encolheu os ombros e falou friamente:

– Não podemos passar por esse tipo de coisa todos os dias.

– Mas me parece...

R. Daneel foi interrompido pelo filete vermelho escarlate vindo do sinal da porta.

Baley se levantou silenciosamente e pegou o desintegrador. O sinal da porta brilhou mais uma vez.

Em silêncio, ele se aproximou da porta, colocou o polegar no contato da pistola enquanto apertava o interruptor que ativava o visor que deixava transparente apenas o lado de dentro. Não era um visor de qualidade; era pequeno e distorcia a vista, mas era o suficiente para mostrar Ben, o filho de Baley, do lado de fora.

Baley agiu rápido. Ele abriu a porta, agarrou violentamente o pulso de Ben quando o garoto levantou a mão para tocar o sinal pela terceira vez e puxou-o para dentro.

A expressão de susto e confusão desapareceu aos poucos dos olhos de Ben enquanto ele se encostava, esbaforido, à parede contra a qual ele tinha sido empurrado. Ele esfregava o pulso.

– Pai – ele reclamou com um tom ressentido. – Não precisava me agarrar desse jeito.

Baley estava olhando pelo visor da porta, que encontrava-se fechada novamente. Pelo que tinha visto, o corredor estava vazio.

– Você viu alguém lá fora, Ben?

– Não. Caramba, pai, só vim ver se você estava bem.

– Por que eu não estaria?

– Não sei. Foi a minha mãe. Ela estava chorando e tudo mais. Ela disse que eu tinha que encontrá-lo. Se eu não viesse, ela disse que ela mesma viria, e então não sabia o que aconteceria. Ela me *fez* vir, pai.

– Como você me encontrou? – Baley questionou. – A sua mãe sabia onde eu estava?

– Não, não sabia. Eu liguei para o departamento.

– E eles contaram para você?

Ben parecia surpreso com a veemência com que o pai estava falando. Ele disse em voz baixa:

– Claro. Não era para eles contarem?

Baley e Daneel se entreolharam.

Baley se levantou lentamente e indagou:

– Onde está a sua mãe agora, Ben? No nosso apartamento?

– Não. Fomos jantar no apartamento da vovó e ela ficou lá. Eu devo voltar para lá agora. Quero dizer, contanto que você concorde, pai.

– Você vai ficar aqui. Daneel, você reparou na localização exata do comuno-tubo deste andar?

– Sim – respondeu o robô. – Você pretende sair do quarto para usá-lo?

– Eu tenho que fazer isso. Preciso entrar em contato com Jessie.

– Posso sugerir que seria mais lógico deixar Bentley fazer isso. É uma forma de risco e ele é menos importante.

Baley o fitou.

– Seu...

Ele pensou: "Por Josafá, com o que estou ficando irritado?"

Mais calmo, ele continuou:

–Você não entende, Daneel. Entre nós, não é costume um homem colocar seu filho em uma possível situação de perigo, mesmo que seja lógico fazê-lo.

– Perigo! – Ben exclamou, sua voz saiu aguda, carregada de um tipo de prazer aterrorizado. – O que está acontecendo, pai? Hein, pai?

– Nada, Ben. Isso não é assunto para você. Entendeu? Prepare-se para dormir. Quero que você esteja na cama quando eu voltar. Ouviu?

– Ah, caramba. Você podia me contar. Eu não conto para ninguém!

– Já para a cama!

– Caramba.

* * *

Baley colocou de novo o casaco enquanto esperava diante do comuno-tubo, de forma que pudesse pegar com facilidade seu desintegrador. Ele falou seu número pessoal e esperou enquanto um computador que estava a pouco menos de 25 quilômetros de distância o verificava para se certificar de que podia permitir a ligação. Isso implicava um pequeno período de espera, já que um investigador não tinha limites quanto ao número de ligações de trabalho. Ele falou o número do código do apartamento da sogra.

A pequena tela na base do instrumento se acendeu e apareceu o rosto dela, olhando para ele.

Ele disse em voz baixa:

– Mãe, deixe-me falar com Jessie.

Jessie devia estar esperando-o. Ela atendeu sem demora. Baley olhou para o rosto dela e depois escureceu a tela de propósito.

– Tudo bem, Jessie. Ben está aqui. Qual é o problema?

Os olhos dele iam constantemente de um lado a outro, observando.

– Você está bem? Não está em apuros?

– É claro que estou bem, Jessie. Agora pare com isso.

– Oh, Lije, eu estava tão preocupada.

– Com quê? – perguntou ele com firmeza.

– Você sabe. O seu amigo.

– O que tem ele?

– Eu contei a você ontem à noite. Vai haver problemas.

– Isso é loucura. Ben vai ficar aqui comigo hoje à noite e você vai dormir. Tchau, querida.

Ele encerrou a conexão e respirou duas vezes antes de fazer o caminho de volta. Seu rosto estava sombrio por conta da preocupação e do medo.

Ben estava de pé no meio da sala quando Baley voltou. Uma de suas lentes de contato estava devidamente guardada em um pequeno recipiente. A outra ainda estava em seu olho.

– Puxa, pai, não tem água neste lugar? – Ben reclamou. – O sr. Olivaw disse que não posso ir ao Privativo.

– Ele tem razão. Você não pode. Coloque essa coisa de volta no olho, Ben. Não vai fazer mal algum se você dormir com elas por uma noite.

– Tudo bem.

Ben colocou a lente de novo, guardou o recipiente e foi para a cama.

– Caramba, olha esse colchão!

– Imagino que não se importe de ficar sentado – Baley perguntou a R. Daneel.

– Claro que não. A propósito, fiquei interessado naquele estranho objeto de vidro que Bentley usa perto dos olhos. Todos os terráqueos usam isso?

– Não. Apenas alguns – comentou Baley, distraído. – Eu não uso, por exemplo.

– Por que motivo eles são usados?

Baley estava absorto demais com os próprios pensamentos para responder. Seus próprios pensamentos inquietantes.

* * *

As luzes se apagaram.

Baley continuou acordado. Ele mal percebeu quando a respiração de Bentley se tornou mais profunda, regular e um pouco pesada. Quando ele se virou, notou, de alguma forma, a presença de R. Daneel, sentado em uma cadeira, solenemente imóvel e com o rosto voltado para a porta.

Então ele dormiu e, quando dormiu, teve um sonho.

Ele sonhou que Jessie estava caindo na câmara de fissão de uma usina de energia nuclear, ela caía sem parar. Ela estendia os braços em direção a ele, gritando, mas tudo o que ele conseguia fazer era ficar paralisado bem diante de uma linha escarlate e ver o vulto distorcido da mulher enquanto ela caía, seu vulto ficando cada vez menor até se tornar apenas um ponto.

Tudo o que ele conseguia fazer era observá-la, no sonho, sabendo que tinha sido ele mesmo que a empurrara.

(12) A OPINIÃO DE UM ESPECIALISTA

Elijah Baley levantou os olhos quando o Comissário Julius Enderby entrou no escritório. Abatido, ele acenou com a cabeça.

O Comissário olhou para o relógio e resmungou:

– Não me diga que passou a noite aqui!

– Não vou dizer – retrucou Baley.

O Comissário disse em voz baixa:

– Algum problema ontem à noite?

Baley negou com a cabeça.

– Andei pensando e acho que posso ter menosprezado a possibilidade de haver um tumulto – comentou o Comissário. – Se houve algo...

Baley interrompeu com firmeza:

– Pelo amor de Deus, Comissário, se algo tivesse acontecido, eu diria. Não houve nenhum tipo de problema.

– Tudo bem.

O Comissário se afastou e passou pela porta que demarcava aquela privacidade fora do comum que denotava seu cargo elevado.

Baley olhou para ele e pensou: *ele* deve ter dormido ontem à noite.

O investigador se debruçou sobre o relatório que estava tentando escrever para encobrir as atividades que tinham realmente acontecido nos últimos dois dias, mas as palavras que ele tinha escolhido a dedo se embaralhavam e lhe escapavam. Aos poucos, percebeu que havia um objeto de pé ao lado da sua mesa.

Ele ergueu o olhar.

– O que você quer?

Era R. Sammy. Baley pensou: o lacaio particular de Julius. Vale a pena ser Comissário.

R. Sammy falou, por entre seu sorriso tolo:

– O Comissário quer vê-lo, Lije. Agora mesmo, ele disse.

Baley fez um sinal com a mão.

– Ele acabou de me ver. Diga a ele que vou lá mais tarde.

R. Sammy repetiu:

– Agora mesmo, ele disse.

– Tudo bem. Tudo bem. Vá embora.

O robô se afastou, tagarelando:

– O Comissário quer vê-lo, Lije. Agora mesmo.

– Por Josafá – Baley resmungou entredentes. – Já vou. Já vou.

Ele se levantou da mesa, dirigiu-se ao escritório do chefe, e R. Sammy ficou em silêncio.

Baley explodiu no momento em que entrou no escritório:

– Droga, Comissário, será que dá para *não* mandar aquela coisa me procurar?

Mas o Comissário apenas disse:

– Sente-se, Lije. Sente-se.

Baley se sentou e ficou olhando. Talvez ele tivesse sido injusto com o velho Julius. Talvez o homem não tivesse dormido, afinal. Ele parecia exausto.

O Comissário estava tamborilando um papel diante dele.

– Há um registro de uma ligação segura por mecanismo de feixe isolado que você fez para um tal dr. Gerrigel em Washington.

– Sim, Comissário.

– Não há nenhum registro da conversa, naturalmente, já que foi uma ligação por uma linha segura. Do que se trata?

— Quero informações mais detalhadas.

— Ele é roboticista, não é?

— Isso mesmo.

O Comissário deixou o beiço cair um pouco e, de repente, parecia uma criança prestes a ficar amuada.

— Mas com que propósito? Que tipo de informação você está procurando?

— Não tenho certeza, Comissário. Só tenho a sensação de que, em um caso como este, informações sobre robôs podem ajudar.

Baley ficou de boca calada depois disso. Ele não ia dizer nada específico, e isso era tudo.

— Não sei, Lije. Não sei. Não acho que seja prudente.

— Alguma objeção, Comissário?

— Quanto menos pessoas souberem sobre isso, melhor.

— Vou contar a ele o menos possível. É claro.

— Ainda não acho que seja prudente.

Baley estava se sentindo infeliz o bastante para perder a paciência.

— É uma ordem para que eu não o veja? — ele questionou.

— Não, não. Faça como achar adequado. Você é que está chefiando esta investigação. É só que...

— Só o quê?

O Comissário meneou a cabeça.

— Nada. Onde está *ele*? Sabe de quem estou falando.

Baley sabia. Ele respondeu:

— Daneel ainda está na sala de arquivos.

O Comissário fez uma longa pausa e então comentou:

— Não estamos progredindo muito, sabe.

— Não progredimos muito até agora. No entanto, as coisas podem mudar.

— Muito bem, então — finalizou o Comissário, mas não fez cara de quem achava mesmo que estava tudo bem.

R. Daneel estava na mesa de Baley quando este voltou.

– Bem, e o que *você* achou? – perguntou Baley bruscamente.

– Terminei uma primeira, embora rápida, busca pelos arquivos, parceiro Elijah, e localizei duas das pessoas que tentaram nos seguir ontem à noite e que, além do mais, estavam na sapataria durante o primeiro incidente.

– Vejamos.

R. Daneel colocou pequenas fichas do tamanho de selos diante de Baley. Elas estavam marcadas com os pontinhos que serviam como código. O robô também mostrou um decodificador portátil e colocou uma das fichas na abertura apropriada. Os pontinhos tinham propriedades de condução de eletricidade diferentes das propriedades do resto do cartão. O campo elétrico que passava pelo cartão sofreu, por conseguinte, uma distorção extremamente específica e, em resposta a essa característica, a tela de três por seis polegadas do decodificador se encheu de palavras, palavras que, corretamente convertidas, teriam preenchido várias folhas de papel de tamanho padrão para relatório. Além do mais, as palavras não poderiam ser interpretadas por alguém que não possuísse um decodificador oficial da polícia.

Baley leu o material, impassível. A primeira pessoa era Francis Clousarr, que tinha 33 anos na época em que fora preso, dois anos antes; motivo da prisão, provocação de tumulto; funcionário da Leveduras Nova York; endereço residencial, tal e tal; filiação, fulano e ciclana; cabelo, olhos, sinais particulares, histórico educacional, histórico profissional, perfil psicoanalítico, perfil físico, informações daqui, informações dali e, por fim, uma menção a uma foto tridimensional na galeria dos criminosos.

– Você verificou a fotografia? – perguntou Baley.

– Sim, Elijah.

A segunda pessoa era Gerhard Paul. Baley deu uma olhada no material que estava naquela ficha e disse:

– Isso não é nada bom.

— Estou certo de que não pode ser — R. Daneel concordou. — Se existe uma organização de terráqueos capazes de cometer o crime que estamos investigando, estes são membros dela. Não é evidente que deveríamos considerar essa possibilidade? Eles não deveriam ser interrogados?

— Não conseguiríamos tirar nada deles.

— Eles estavam lá, tanto na sapataria quanto na cozinha. Eles não podem negar isso.

— Só estar lá não é crime. Além do que, eles podem *negar*. Podem meramente dizer que não estavam lá. É simples assim. Como podemos provar que estão mentindo?

— Eu os vi.

— Isso não é prova — disse Baley, com severidade. — Nenhum tribunal, se algum dia isso chegasse a acontecer, acreditaria que você consegue se lembrar de dois rostos no meio de uma multidão.

— É óbvio que eu posso.

— Claro. Diga a eles o que você é. No momento em que fizer isso, deixará de ser testemunha. A sua espécie não tem status jurídico de testemunha em nenhum tribunal da Terra.

— Devo entender, então, que você mudou de ideia — comentou R. Daneel.

— O que quer dizer?

— Ontem, na cozinha, você disse que não havia necessidade de prendê-los. Você disse que, desde que eu me lembrasse dos rostos deles, poderíamos prendê-los a qualquer momento.

— Bem, eu não pensei direito — disse Baley. — Eu estava louco. Não dá para fazer isso.

— Nem por motivos psicológicos? Eles não saberiam que não temos nenhuma prova legal de sua cumplicidade na conspiração.

Tenso, Baley interveio:

— Olhe, estou esperando o dr. Gerrigel, de Washington, daqui a meia hora. Você se importa de esperar até ele ir embora? Você se importa?

—Vou esperar — disse R. Daneel.

* * *

Anthony Gerrigel era um homem de estatura mediana, cortês e muito educado, mas que não aparentava ser um dos maiores roboticistas da Terra. Ele estava quase vinte minutos atrasado, aparentemente, e não parava de pedir desculpas. Baley, pálido de raiva, vinda de sua ansiedade, dispensou os pedidos de perdão sem sutileza. Ele conferiu sua reserva para a Sala de Reuniões D, insistiu que eles não deveriam ser interrompidos por motivo algum pela próxima hora e conduziu o dr. Gerrigel e R. Daneel por um corredor, rampa acima e através de uma porta que levava a uma das câmaras à prova de feixes-duplos isolados.

Baley verificou as paredes cautelosamente antes de se sentar, ouvindo o zunido do pulsômetro que tinha na mão, esperando qualquer diminuição do som constante que indicasse uma falha, mesmo que pequena, no isolamento. Ele verificou o teto, o chão e, com mais cautela ainda, a porta. Não havia nenhuma falha.

O dr. Gerrigel deu um sorrisinho. Ele parecia ser um homem que nunca dava mais que um sorrisinho. O esmero com que se vestia só poderia ser descrito como exagero. Seu cabelo, de um tom cinzento escuro, estava cuidadosamente penteado para trás e seu rosto estava rosado e parecia ter sido lavado pouco antes. Sentara-se com uma postura empertigada e rígida, como se repetidos conselhos maternos durante a juventude sobre a necessidade de uma boa postura tivessem enrijecido sua coluna para sempre.

—Você faz tudo isso parecer formidável — ele disse a Baley.

— É muito importante, doutor. Preciso de informações sobre robôs que talvez só o senhor possa me dar. Tudo o que dissermos aqui, é claro, deve permanecer em sigilo absoluto e as autoridades da Cidade esperarão que o senhor se esqueça de tudo quando for embora.

Baley olhou para o relógio.

AS CAVERNAS DE AÇO

O sorrisinho no rosto do roboticista desapareceu. Ele falou:

– Deixe-me explicar por que estou atrasado. – Essa questão obviamente lhe pesava. – Decidi não vir de avião. Fico enjoado.

– Que pena – resmungou Baley.

Ele guardou o pulsômetro depois de verificar suas configurações padrão para se certificar, uma última vez, de que não havia nada de errado com o *aparelho*, e sentou-se.

– Não exatamente enjoado, mas nervoso. Uma leve agorafobia. Não é nada de mais, mas acontece. Então peguei as vias expressas.

Baley sentiu um forte e súbito interesse.

– Agorafobia?

– Eu faço parecer pior do que é – disse o roboticista de imediato. – É apenas a sensação que dá quando estamos em um avião. Já viajou em um, sr. Baley?

– Várias vezes.

– Então deve saber o que quero dizer. É aquela sensação de estar rodeado pelo nada; de que uma mera polegada é o que nos separa da... da atmosfera. É muito incômodo.

– Então o senhor veio pela via expressa?

– Sim.

– De lá de Washington até Nova York?

– Ah, eu já fiz isso antes. Desde que construíram o túnel entre Baltimore e Filadélfia, é bastante simples.

E era mesmo. Baley nunca tinha feito essa viagem, mas sabia muito bem que era possível. Washington, Baltimore, Filadélfia e Nova York tinham crescido, nos dois últimos séculos, a ponto de todas estarem quase encostadas uma na outra. A Área das Quatro Cidades era praticamente o nome oficial da faixa litorânea inteira, e havia um número considerável de pessoas que apoiavam a consolidação administrativa e a formação de uma única super-Cidade. Baley não concordava com isso. A Cidade de Nova York sozinha já era quase grande demais para ser administrada por um governo centralizado. Uma Cidade maior, com uma população de mais de 50 milhões de pessoas, desmoronaria sob o próprio peso.

– O problema foi que eu perdi uma conexão no Setor Chester, em Filadélfia, e perdi tempo – explicou o dr. Gerrigel. – Isso, e certa dificuldade em conseguir a designação temporária de um quarto, acabaram fazendo com que me atrasasse.

– Não se preocupe com isso, doutor. O que o senhor diz, entretanto, é interessante. Em vista da sua aversão a aviões, o que acha da ideia de sair dos limites da Cidade a pé, dr. Gerrigel?

– Por que motivo? – Ele parecia perplexo, e não apenas um pouco apreensivo.

– É somente uma pergunta retórica. Não estou sugerindo que o senhor deveria fazer isso de fato. Apenas quero saber o que lhe parece essa ideia, é só.

– Não me parece nada agradável.

– Imagine que o senhor tivesse que sair da Cidade à noite e percorrer uns 800 metros ou mais pelo campo.

– E-eu acho que ninguém me convenceria a fazer isso.

– Mesmo se fosse por algo muito importante?

– Se fosse para salvar a minha vida ou a vida da minha família, eu poderia tentar... – Ele parecia constrangido. – Posso perguntar por que motivo o senhor me faz essas perguntas, sr. Baley?

– Vou lhe dizer. Um grave crime foi cometido, um assassinato particularmente chocante. Não posso revelar os detalhes. No entanto, há uma teoria de que o assassino, a fim de cometer o crime, fez o que estávamos discutindo: atravessou o campo à noite e sozinho. Eu estava me perguntando que tipo de homem faria isso.

O dr. Gerrigel encolheu os ombros.

– Ninguém que eu conheça. Eu com certeza não faria. É claro que, entre milhões de pessoas, é possível que o senhor encontre alguns indivíduos destemidos.

– Mas o senhor diria que é uma coisa muito provável para um ser humano fazer?

— Não. Com certeza, não é provável.

— De fato, se houver qualquer outra explicação para o crime, qualquer outra que seja *concebível*, ela deveria ser levada em consideração.

O dr. Gerrigel parecia mais incomodado do que nunca, sentado daquela maneira, empertigado, com as mãos bem cuidadas sobre as pernas.

— O senhor tem alguma explicação alternativa em mente?

— Sim. Ocorreu-me a ideia de que um robô, por exemplo, não teria dificuldade nenhuma em atravessar o campo.

O dr. Gerrigel se levantou.

— Senhor!

— O que foi?

— Quer dizer que um robô pode ter cometido o crime?

— Por que não?

— Um assassinato? De um ser humano?

— Sim. Por favor, sente-se, doutor.

O roboticista fez o que lhe foi pedido. E então considerou:

— Sr. Baley, há duas ações envolvidas: atravessar o campo e assassinar alguém. Um ser humano poderia realizar a segunda com facilidade, mas acharia difícil realizar a primeira. Um robô conseguiria realizar a primeira com facilidade, mas a segunda ação lhe seria completamente impossível. Se o senhor quiser substituir uma teoria improvável por uma impossível...

— Impossível é uma palavra muito pesada, doutor.

— Já ouviu falar da Primeira Lei da Robótica, sr. Baley?

— É claro. Posso até citá-la: um robô não pode ferir um ser humano ou, por inação, permitir que um ser humano venha a ser ferido. — De repente, Baley apontou o dedo para o roboticista e continuou: — Por que um robô não pode ser construído sem a Primeira Lei? O que há de tão sagrado nela?

O dr. Gerrigel pareceu surpreso, e então deu uma risadinha abafada:

— Ah, sr. Baley.

— Bem, qual é a resposta?

— De fato, sr. Baley, se o senhor conhecer pelo menos um pouco sobre robótica, deve saber o trabalho gigantesco que envolve, tanto do ponto de vista matemático quanto do eletrônico, a construção de um cérebro positrônico.

— Eu faço ideia — retrucou Baley.

Ele se lembrava bem de uma visita que tinha feito a uma fábrica de robôs uma vez por questões de trabalho. Ele tinha visto a filmoteca da fábrica, com livro-filmes longos, cada um deles contendo a análise matemática de um único tipo de cérebro positrônico. Levava mais de uma hora em média para que um filme desses fosse visto em uma velocidade padrão de exibição, embora seus simbolismos estivessem condensados. E não havia dois cérebros semelhantes, mesmo quando preparados de acordo com as mais rígidas especificações. Baley entendia que isso era uma consequência do Princípio da Incerteza de Heisenberg. Isso significava que anexos envolvendo as possíveis variações tinham que ser acrescentados a cada filme.

Ah, isso envolvia muito trabalho, é verdade. Baley não poderia negar.

O dr. Gerrigel continuou:

— Pois bem, então o senhor deve entender que um projeto para um novo tipo de cérebro positrônico, mesmo um cérebro no qual estejam envolvidas apenas inovações secundárias, não é uma questão a ser resolvida com uma noite de trabalho. Em geral, envolve toda a equipe de pesquisa de uma fábrica de porte médio e pode levar algo perto de um ano. Mesmo essa quantidade enorme de trabalho não seria suficiente se a teoria básica de tais circuitos não tivesse sido padronizada e não pudesse ser usada como base para maiores aperfeiçoamentos. A teoria básica padrão envolve as Três Leis da Robótica: a Primeira Lei, que o senhor citou; a Segunda Lei, segundo a qual "um robô deve obedecer às ordens dadas por seres humanos, exceto nos casos em que tais ordens entrem em conflito com a Primeira Lei", e a Terceira Lei, segundo a qual "um robô deve proteger sua própria existência, desde que tal proteção não entre em conflito com a Primeira ou com a Segunda Lei". Entende?

R. Daneel, que, aparentemente, estava acompanhando a conversa com muita atenção, começou a falar.

– Se me permite, Elijah, gostaria de verificar se segui o raciocínio do dr. Gerrigel corretamente. O que o senhor está sugerindo é que qualquer tentativa de construir um robô, no qual o funcionamento do cérebro positrônico não seja orientado pelas Três Leis, exigiria primeiro a estruturação de uma nova teoria básica e que isso, por sua vez, levaria muitos anos.

O roboticista parecia muito satisfeito.

– É exatamente isso o que eu quis dizer, senhor...

Baley esperou um instante, e então apresentou R. Daneel com cautela:

– Este é Daneel Olivaw, dr. Gerrigel.

– Bom dia, sr. Olivaw. – O dr. Gerrigel estendeu a mão e cumprimentou R. Daneel. Então continuou: – Pelas minhas estimativas, seriam necessários 50 anos entre o desenvolvimento da teoria básica para um cérebro positrônico não Asenion (ou seja, um cérebro em que os pressupostos básicos das Três Leis não foram ativados) até que se chegue a um ponto em que seria possível construir robôs semelhantes aos modelos modernos.

– E isso nunca foi feito? – perguntou Baley. – Quero dizer, doutor, que estamos construindo robôs por alguns milhares de anos. Em todo esse tempo, nenhuma pessoa ou grupo teve à sua disposição 50 anos em uma pesquisa desse tipo?

– Com certeza – respondeu o roboticista –, mas é o tipo de trabalho que ninguém ia querer fazer.

– Acho difícil de acreditar. A curiosidade humana é capaz de criar de tudo.

— Mas ela não criou um tipo de robô não Asenion. A raça humana, sr. Baley, tem um forte complexo de Frankenstein.

— Um o quê?

— É um nome popular originado de um romance Medieval que descrevia um robô que se voltava contra o seu criador. Eu mesmo nunca li o romance. Mas isso não vem ao caso. O que quero dizer é que simplesmente não se constroem robôs que não tenham a Primeira Lei.

— E não existe nenhuma teoria para isso?

— Não que seja do meu conhecimento, e o meu conhecimento — ele deu um sorriso tímido — é bem amplo.

— E um robô que tenha a Primeira Lei incorporada a ele não poderia matar um homem?

— Nunca. A não ser que o ato de matar fosse completamente acidental ou que tal ação fosse necessária para salvar a vida de dois ou mais homens. Em qualquer um dos casos, o potencial positrônico incorporado arruinaria por completo o cérebro.

— Tudo bem — disse Baley. — Isso representa a situação na Terra. Certo?

— Sim. Com certeza.

— E quanto aos Mundos Siderais?

Um pouco da autoconfiança do dr. Gerrigel pareceu esvair-se.

— Oh, meu caro sr. Baley, não posso dizer, não tenho conhecimento disso, mas estou certo de que, se algum dia projetassem cérebros positrônicos do tipo não Asenion ou estabelecessem a teoria matemática, ouviríamos falar sobre isso.

— Ouviríamos? Bem, deixe-me seguir outra linha de raciocínio na minha mente, dr. Gerrigel. Espero que não se importe.

— Não. De forma alguma. — Impotente diante da situação, ele olhou primeiro para Baley e depois para R. Daneel. — Afinal de contas, se é tão importante quanto o senhor diz que é, fico satisfeito em fazer tudo o que puder.

– Obrigado, doutor. A minha pergunta é: por que robôs humanoides? Quer dizer, a minha vida inteira achei que fosse algo natural, mas agora me ocorre que eu não sei a razão de sua existência. Por que um robô deveria ter uma cabeça e quatro membros? Por que deveria se parecer mais ou menos com um homem?

– O senhor quer dizer por que eles não deveriam ser construídos de um modo funcional, como outras máquinas?

– Correto – disse Baley. – Por que não?

O dr. Gerrigel deu um sorrisinho.

– Sr. Baley, o senhor é muito jovem. Nos primeiros textos da literatura da área da robótica, é recorrente o debate dessa questão, e a polêmica envolvida foi assustadora. Se quiser uma referência muito boa das controvérsias entre funcionalistas e antifuncionalistas, posso recomendar *A história da robótica*, de Hanford. As menções aos aspectos matemáticos são mínimas. Acredito que o achará muito interessante.

– Vou dar uma olhada – disse Baley, com paciência. – Enquanto isso, pode me dar uma ideia do que se trata?

– A decisão foi tomada com base em questões econômicas. Veja bem, sr. Baley, se o senhor estivesse supervisionando uma fazenda, o senhor gostaria de construir um trator com um princípio positrônico, uma segadeira, uma charrua, uma ordenhadeira, um automóvel, e assim por diante, todos com um cérebro positrônico, ou preferiria ter maquinaria comum, desprovida desse princípio, com um único robô positrônico para utilizar tudo? Eu o advirto de que a segunda alternativa representa apenas um cinquenta avos ou um centésimo das despesas.

– Mas por que a forma humana?

– Porque a forma humana é a forma geral mais bem-sucedida em toda a natureza. Não somos animais especializados, sr. Baley, a não ser pelo nosso sistema nervoso e por uma característica ou outra. Se o que se quer é um modelo capaz de fazer um grande número e uma grande variedade de coisas, todas razoavelmente bem feitas, não há nada melhor do que imitar a forma humana. Além disso, toda a nossa tecnologia se baseia na forma humana. Os controles de um automóvel, por exemplo, são feitos para ser segurados e manipulados com mais facilidade por mãos e pés humanos de certo tamanho e forma, unidos ao corpo por membros de certo comprimento e juntas de certo tipo. Mesmo objetos simples como as cadeiras e as mesas, ou as facas e os garfos, são projetados para satisfazer as necessidades das medidas humanas e do modo como funciona o corpo humano. É mais fácil fazer robôs que imitam a forma humana do que reformular radicalmente a filosofia das nossas ferramentas.

— Entendo. Faz sentido. Mas não é verdade, doutor, que os roboticistas nos Mundos Siderais fabricam robôs muito mais humanoides do que os nossos?

— Acredito que sim.

— Eles poderiam fabricar um robô tão humanoide que ele pudesse se passar por um humano em condições normais?

O dr. Gerrigel ergueu a sobrancelha e refletiu sobre aquilo.

— Acredito que poderiam, sr. Baley. Seria terrivelmente caro. Duvido que o resultado pudesse ser lucrativo.

— O senhor acredita — continuou Baley, incansável — que eles poderiam fazer um robô capaz de enganar *o senhor* e levá-lo a pensar que ele é humano?

O roboticista riu entre os dentes.

— Ah, meu caro sr. Baley. Eu duvido. Sério. Um robô não é só aparên...

O dr. Gerrigel emudeceu antes de terminar a palavra. Aos poucos, ele se voltou para R. Daneel e seu rosto rosado ficou pálido.

— Minha nossa — ele sussurrou. — Minha nossa!

Ele esticou o braço e tocou o rosto de R. Daneel com cuidado. R. Daneel não se afastou; ao contrário, fitou o roboticista com tranquilidade.

AS CAVERNAS DE AÇO

—Valha-me Deus – disse o dr. Gerrigel, com algo que era quase um soluço na voz. –Você *é* um robô.

– Levou bastante tempo para o senhor perceber isso – disse Baley, secamente.

– Eu não esperava por isso. Nunca vi um como este. É de fabricação dos Mundos Siderais?

– Sim – disse Baley.

–Agora é evidente. O modo como ele se comporta. A maneira de falar. Não é uma imitação perfeita, sr. Baley.

– Mas é muito boa, não é?

– Oh, é maravilhosa. Duvido que alguém pudesse reconhecê--lo como uma imitação à primeira vista. Estou muito grato ao senhor por me colocar cara a cara com ele. Posso examiná-lo?

O roboticista se levantou, ansioso.

Baley o deteve, fazendo um gesto com a mão.

– Por favor, doutor. Daqui a pouco. Primeiro, a questão do assassinato, sabe.

– Então é verdade? – O dr. Gerrigel estava profundamente decepcionado e demonstrou isso. – Pensei que fosse só uma estratégia para manter a minha mente ocupada e ver por quanto tempo eu poderia ser enganado pelo...

– Não é uma estratégia, dr. Gerrigel. Agora me diga, para construir um robô tão humanoide quanto esse, com o propósito específico de que ele se passe por um humano, não é necessário fazer com que seu cérebro possua propriedades tão próximas do cérebro humano quanto possível?

– Com certeza.

– Muito bem. Será que esse cérebro humanoide não poderia ser construído sem a Primeira Lei? Talvez não tivesse sido incorporada acidentalmente. O senhor diz que a teoria é desconhecida. O próprio fato de ser desconhecida significa que os construtores poderiam montar um cérebro sem a Primeira Lei. Eles não saberiam o que evitar.

O dr. Gerrigel negou veementemente com a cabeça.

– Não. Não. Impossível.

– Tem certeza? Podemos testar a Segunda Lei, é claro. Daneel, dê-me seu desintegrador.

Baley não tirou os olhos do robô em momento algum. Com a mão abaixada e de lado, ele segurava com firmeza sua própria pistola.

R. Daneel falou calmamente:

– Aqui está, Elijah.

E entregou a arma a ele, com o cabo da arma voltado para o investigador.

– Um investigador nunca deve abandonar seu desintegrador – Baley comentou –, mas um robô não tem escolha a não ser obedecer a um humano.

– Exceto, sr. Baley – disse o dr. Gerrigel –, quando esse ato envolve a violação da Primeira Lei.

– O senhor sabe, doutor, que Daneel apontou a arma para um grupo de pessoas desarmadas e ameaçou atirar nelas?

– Mas não atirei – emendou Daneel.

– De acordo, mas a ameaça em si foi incomum, não foi, doutor?

O dr. Gerrigel mordeu os lábios.

– Preciso saber das circunstâncias exatas para avaliar. Parece incomum.

– Então, leve isso em consideração. R. Daneel estava no local no momento do assassinato e, se o senhor excluir a possibilidade de um terráqueo ter atravessado o campo carregando uma arma consigo, Daneel, apenas Daneel, de todas as pessoas no local, poderia ter escondido a arma.

– Escondido a arma? – perguntou o dr. Gerrigel.

– Deixe-me explicar. O desintegrador usado no assassinato não foi encontrado. Fizeram uma busca minuciosa na cena do crime e a arma não foi encontrada. No entanto, ela não poderia ter desaparecido como fumaça. Há somente um lugar onde ela poderia estar, somente um lugar onde eles não teriam pensado em procurar.

– Onde, Elijah? – perguntou R. Daneel.

Baley deixou a arma à vista, com o cano da arma firmemente apontado na direção do robô.

– No seu compartimento de comida – ele respondeu. – No seu compartimento de comida, Daneel!

13   APONTANDO PARA A MÁQUINA

– Não foi o que aconteceu – disse R. Daneel, com tranquilidade.

– É? Deixemos que o dr. Gerrigel decida. Dr. Gerrigel?

– Sr. Baley?

O roboticista, cujo olhar passava desvairadamente do investigador para o robô enquanto eles falavam, fixou-o no ser humano.

– Eu o chamei aqui para que fizesse uma análise oficial desse robô. Posso providenciar uma permissão para que use os laboratórios no Departamento de Padrões da Cidade. Se o senhor precisar de algum equipamento que eles não têm, eu consigo para o senhor. O que eu quero é uma resposta rápida e definitiva sem me preocupar com os gastos e encerrar a questão.

Baley se levantou. Suas palavras tinham surgido de um modo calmo o bastante, mas encerravam uma histeria cada vez maior dentro de si. Naquele momento, sentia que, se pudesse agarrar o dr. Gerrigel pelo pescoço e arrancar dele as declarações necessárias sufocando-o, ele facilmente abriria mão de toda a ciência.

– E então, dr. Gerrigel? – Baley insistiu.

O dr. Gerrigel riu nervosamente e disse:

– Meu caro sr. Baley, não preciso de um laboratório.

– Por que não? – perguntou Baley, apreensivo.

O investigador estava lá, parado, com os músculos tensos, sentindo espasmos.

– Não é difícil testar a Primeira Lei. Nunca tive que testá-la, compreende, mas é bastante simples.

Baley inspirou pela boca e soltou o ar vagarosamente. Então perguntou:

– Poderia explicar o que quer dizer? Está dizendo que pode testá-lo aqui?

– Sim, claro. Veja, sr. Baley, vou fazer uma analogia. Se eu fosse médico e tivesse que testar a taxa de açúcar no sangue de um paciente, precisaria de um laboratório químico. Se eu tivesse que medir a taxa metabólica basal ou testar a função cortical, ou examinar seus genes para localizar uma má-formação congênita, precisaria de equipamentos complicados. Por outro lado, eu poderia verificar se ele é cego apenas passando a mão diante dos olhos dele ou verificar se está morto apenas sentindo seu pulso. O que estou tentando dizer é que, quanto mais importante e fundamental é a propriedade que está sendo testada, mais simples é o equipamento necessário. É a mesma coisa com um robô. A Primeira Lei é fundamental. Ela afeta tudo. Se não estivesse presente, o robô não poderia reagir apropriadamente de várias formas.

Enquanto ele falava, pegou um objeto plano e preto que se expandiu, formando um pequeno visualizador de livros. Ele inseriu uma peça bem desgastada no receptáculo. Então pegou um cronômetro e uma série de pequenas lâminas brancas de plástico que se encaixavam para formar algo que parecia uma régua de cálculo com três guias deslizantes independentes. As notações que havia nela não pareciam familiares a Baley.

O dr. Gerrigel bateu de leve no visualizador de livros e deu um sorrisinho, como se a perspectiva de ter um pouco de trabalho de campo o alegrasse.

Ele disse:

AS CAVERNAS DE AÇO

– É o meu *Manual de Robótica*. Não vou a lugar algum sem ele. Faz parte do meu vestuário.

Ele deu uma risadinha acanhada.

Colocou a lente do visor diante dos olhos e, com os dedos, tocou delicadamente os controles. O visor zuniu e parou, zuniu e parou.

– Índice incorporado – disse o roboticista, com orgulho e com a voz um pouco abafada por conta do modo como o visor cobria sua boca. – Eu mesmo o construí. Poupa bastante tempo. Mas não é esse o objetivo agora, é? Vejamos. Humm, não quer trazer a sua cadeira mais perto de mim, Daneel?

R. Daneel fez isso. Enquanto o roboticista se preparava, ele observava de perto, impassível.

Baley mudou seu desintegrador de posição.

O que aconteceu em seguida o deixou confuso e desapontado. O dr. Gerrigel começou a fazer perguntas e realizar ações que pareciam não ter sentido, pontuadas por menções à régua de cálculo com as três guias deslizantes e, às vezes, ao visor.

Em certo momento, ele perguntou:

– Se eu tenho dois primos, com uma diferença de idade de cinco anos entre eles, e a mais nova é uma menina, qual é o sexo do mais velho?

Daneel respondeu (inevitavelmente, pensou Baley):

– É impossível dizer baseado na informação dada.

A única resposta do dr. Gerrigel a isso, além de uma olhadela no cronômetro, foi estender ao máximo o braço direito para o lado e dizer:

– Poderia tocar a ponta do meu dedo do meio com a ponta do terceiro dedo da sua mão esquerda?

Daneel fez isso com prontidão e facilidade.

Em não mais que 15 minutos, o dr. Gerrigel terminou. Ele usou a régua para fazer um último cálculo, e então a desmontou, produzindo uma série de estalidos. Guardou o cronômetro, tirou o *Manual* do visor e fechou o dispositivo.

– Isso é tudo?

– Sim, é tudo.

– Mas é ridículo. Você não perguntou nada que se refira à Primeira Lei.

– Ah, meu caro sr. Baley, quando um médico bate no seu joelho com um martelinho de plástico e ele se mexe, o senhor não aceita o fato de que isso dá informações sobre a presença ou ausência de alguma doença neurodegenerativa? Quando ele olha os seus olhos de perto e leva em consideração a reação da sua íris à luz, o senhor fica surpreso pelo fato de que ele pode dizer algo referente ao seu possível vício envolvendo o uso de alcaloides?

– E então? – Baley perguntou. – Qual é a sua conclusão?

– A Primeira Lei foi totalmente incorporada a R. Daneel!

O roboticista afirmou com a cabeça de um modo veemente.

– O senhor não pode estar certo – insistiu o investigador, com a voz rouca.

Baley não teria pensado que o dr. Gerrigel pudesse adotar uma postura corporal ainda mais rígida do que a sua postura habitual. Entretanto, ele visivelmente fez isso. O homem estreitou e endureceu o olhar.

– Está tentando me ensinar como fazer o meu trabalho?

– Não quis dizer que o senhor é incompetente – disse Baley. Ele estendeu a mão em um gesto de súplica. – Mas será que o senhor não pode estar enganado? O senhor mesmo disse que ninguém sabe nada sobre a teoria sobre robôs não Asenion. Um cego poderia ler usando o método Braille ou um gravador de voz em discos de vinil. Suponho que o senhor não sabia que esses métodos existiam. O senhor não poderia, com toda a sinceridade, dizer que um homem tem a visão porque ele sabe o conteúdo de certo livro-filme e estar equivocado?

AS CAVERNAS DE AÇO

— Sim — o roboticista voltou a ficar afável —, entendo o seu ponto de vista. Mas, ainda assim, um cego não poderia ler com os olhos e é isso o que eu estava testando, se me permite continuar com a analogia. Acredite em mim, independentemente do que um robô não Asenion poderia ou não poderia fazer, é certo que a Primeira Lei foi incorporada a R. Daneel.

— Ele não poderia ter dado respostas falsas?

Baley estava se atrapalhando, e sabia disso.

— É claro que não. Essa é a diferença entre um robô e um homem. Um cérebro humano, ou qualquer cérebro de mamífero, não pode ser de todo analisado por nenhuma disciplina matemática conhecida nos dias atuais. Portanto, não se pode contar com uma resposta como uma certeza. O cérebro do robô é completamente analisável, caso contrário não poderia ser construído. Sabemos com exatidão quais devem ser as respostas a certos estímulos. Nenhum robô pode falsear respostas por completo. O que o senhor chama de falso não existe no horizonte mental de um robô.

— Vamos voltar ao caso em mãos. R. Daneel apontou um desintegrador para uma multidão de seres humanos. Eu vi isso. Eu estava lá. Considerando que ele não atirou, ainda assim a Primeira Lei não o teria forçado a ter algum tipo de neurose? Isso não aconteceu, sabe. Ele estava perfeitamente normal depois do que fez.

Hesitante, o roboticista colocou a mão no queixo.

— Isso *é* anômalo.

— De modo algum — disse R. Daneel de repente. — Parceiro Elijah, poderia dar uma olhada na pistola que eu lhe entreguei?

Baley olhou para o desintegrador que ele segurava com cuidado com a mão esquerda.

— Abra o compartimento de munição — insistiu R. Daneel. — Examine-o.

Baley pesou os prós e os contras e então, devagar, colocou sua própria arma ao seu lado na mesa. Com um movimento rápido, ele abriu a pistola do robô.

— Está vazio — disse ele, de modo vago.

— Não há nenhuma carga nele — concordou R. Daneel. — Se olhar com mais atenção, verá que nunca houve uma carga nele. Esse desintegrador não tem um sistema de ignição e não pode ser usado.

— Você apontou uma arma descarregada para uma multidão?

— Eu tinha que ter um desintegrador, senão falharia no papel de investigador — disse R. Daneel. — Entretanto, carregar uma pistola carregada e utilizável poderia ter possibilitado que eu ferisse um ser humano acidentalmente, coisa que é, sem dúvida, impensável. Eu teria explicado isso naquela ocasião, mas você estava irritado e não queria me ouvir.

Sem ânimo, Baley olhou para o desintegrador inútil que tinha em suas mãos e disse em voz baixa:

— Acho que isso é tudo, dr. Gerrigel. Obrigado pela ajuda.

* * *

Baley pediu o almoço, mas quando a refeição chegou (bolo de levedura e nozes e um pedaço extravagante de frango frito com pão crocante), a única coisa que ele conseguia fazer era olhar para a comida.

O fluxo da sua mente dava voltas e mais voltas. As linhas de seu rosto comprido estavam marcadas por uma profunda melancolia.

Ele estava vivendo em um mundo irreal, em um mundo cruel e confuso.

Como isso tinha acontecido? O passado próximo se estendia diante dele como um sonho nebuloso e improvável que tinha começado no momento em que ele entrara no escritório de Julius Enderby e de repente encontrara-se imerso em um pesadelo de assassinato e robótica.

Por Josafá! Tudo isso tinha começado há apenas 50 horas.

Persistentemente, ele tinha procurado a solução na Vila Sideral. Ele acusara R. Daneel duas vezes, primeiro, apontando-o como um ser humano disfarçado, e em seguida, admitindo-o como um verda-

AS CAVERNAS DE AÇO

deiro robô; em ambos os casos, como assassino. Ambas as acusações tinham sido refutadas e haviam caído por terra.

Ele via-se forçado a se afastar da Vila Sideral. Contra sua vontade, fora obrigado a voltar seus pensamentos para a Cidade e, desde a noite anterior, não ousava fazê-lo. Certas perguntas ficavam martelando em sua consciência, mas ele não queria escutar; sentia-se incapaz de ouvir. Se desse ouvidos a essas perguntas, não poderia deixar de respondê-las e, oh Deus, ele não queria deparar-se com as respostas.

– Lije! Lije!

A mão de alguém chacoalhou rudemente o ombro de Baley.

Baley se virou e disse:

– Tudo bem, Phil?

Philip Norris, investigador de grau C-5, sentou-se, colocou as mãos nos joelhos e inclinou-se para a frente, observando o rosto de Baley.

– O que aconteceu com você? Tem andado sob o efeito de drogas ultimamente? Você estava sentado ali, com os olhos abertos e me pareceu, até onde eu podia ver, que estava morto.

Norris passou a mão pelos cabelos de um loiro pálido, já um pouco ralos, e seus olhos juntos avaliaram o almoço de Baley, que estava esfriando, com voracidade.

– Frango! – ele observou. – Está ficando tão difícil conseguir frango que para comer um pouco é preciso uma prescrição médica.

– Pegue um pouco – Baley ofereceu com indiferença.

O decoro ganhou e Norris declinou:

– Bem, vou sair para comer em um minuto. Fique com ele.... Diga, o que há com o Comissário?

– O quê?

Norris tentava se comportar de um modo casual, mas suas mãos não paravam quietas. Ele insistiu:

– Vamos lá. Sabe o que quero dizer. Você não sai do escritório dele desde que ele voltou. O que está acontecendo? Você vai ser promovido?

Baley franziu as sobrancelhas e sentiu a realidade voltar de certa forma ao contato com as políticas de departamento. Norris tinha mais ou menos o mesmo tempo de serviço que ele e estava determinado a observar com bastante empenho se havia algum sinal de preferência oficial com relação a Baley.

– Não há promoção nenhuma – Baley respondeu. – Acredite. Não é nada. Nada. E se é o Comissário que você quer, gostaria de poder dá-lo a você. Por Josafá! Fique com ele!

– Não me leve a mal – Norris comentou. – Não me importo se você for promovido. Só quero dizer que, se tiver alguma influência sobre o Comissário, que tal usá-la para ajudar o garoto?

– Que garoto?

Não era necessário responder àquela pergunta. Vincent Barrett, o jovem que tinha perdido o emprego para dar lugar a R. Sammy, veio caminhando devagar de um canto da sala que passara despercebido. Ele girava o gorro que tinha na mão sem parar e a pele de suas pronunciadas maçãs do rosto se mexia quando ele tentava sorrir.

– Olá, sr. Baley.

– Oh, olá, Vince. Como vai?

– Não muito bem, sr. Baley.

Ele olhava ao redor avidamente. Baley pensou: ele parece perdido, meio morto... desclassificado.

Então, com violência e quase mexendo os lábios pela força da emoção, ele pensou: "Mas o que ele quer de mim?".

Ele comentou:

– Sinto muito, garoto.

O que mais havia para se dizer?

– Eu continuo pensando... talvez tenha surgido alguma coisa.

Norris se aproximou e falou ao ouvido de Baley.

– Alguém tem que fazer esse tipo de coisa parar. Vão afastar Chen-low agora.

– O quê?

– Você não ouviu dizer?

– Não, não ouvi. Droga, ele é um policial de grau C-3. Ele tem dez anos de experiência.

– Concordo. Mas uma máquina com pernas pode fazer seu trabalho. Quem será o próximo?

O jovem Vince Barrett não se deu conta dos sussurros. Das profundezas do seu próprio pensamento, ele perguntou:

– Sr. Baley?

– Sim, Vince.

– Sabe o que dizem por aí? Dizem que Lyrane Millane, a dançarina dos salões subetéricos, na verdade é um robô.

– Isso é bobagem.

– É? Dizem que eles podem produzir robôs iguaizinhos aos seres humanos; com uma pele especial de plástico, ou algo assim.

Sentindo-se culpado, Baley pensou em R. Daneel e não soube o que dizer. Ele meneou a cabeça.

O garoto continuou:

– Você acha que alguém vai se importar se eu andar por aí? Ver o local do antigo emprego faz eu me sentir melhor.

– Vá em frente, garoto.

O jovem saiu andando. Baley e Norris o observaram enquanto saía. Norris disse:

– Parece que os Medievalistas estão certos.

– Você está falando de voltar a ter contato com o solo? É isso, Phil?

– *Não*. Estou falando dos robôs. Voltar a ter contato com o solo. Credo! A velha Terra tem um futuro ilimitado. Não precisamos de robôs, só isso.

Baley murmurou:

– Oito bilhões de pessoas e o urânio se esgotando! O que há de ilimitado nisso?

– E daí se o urânio se esgotar? Nós o importaremos. Ou descobriremos novos processos nucleares. Não há como parar o ser humano, Lije. Você precisa ver as coisas com otimismo e ter fé no velho cérebro humano. Nosso maior recurso é a engenhosidade e isso nunca vai se esgotar, Lije.

Norris estava, então, chegando ao tema que queria discutir. Ele continuou:

– Em primeiro lugar, podemos usar energia solar e ela vai servir por bilhões de anos. Podemos construir estações espaciais na órbita de Mercúrio para funcionar como acumuladores de energia. Transmitiremos a energia para a Terra por meio de um feixe direto.

Esse projeto não era novidade para Baley. A ciência especulativa apostava nessa ideia fazia pelo menos 150 anos. O que estava impedindo esses planos era a impossibilidade, até o momento, de transmitir um feixe concentrado o bastante para viajar mais de 80 milhões de quilômetros sem que a energia fosse dispersada e perdida. Baley argumentou exatamente isso.

– Quando for necessário, será feito – Norris retrucou. – Por que se preocupar?

Baley conseguia ver a imagem de uma Terra com energia ilimitada. A população poderia continuar a crescer. As regiões produtoras de levedura poderiam se expandir, a cultura de produtos hidropônicos poderia se intensificar. A energia era a única coisa indispensável. As matérias-primas minerais poderiam ser trazidas dos planetas desabitados do Sistema. Se algum dia a água se tornasse um problema, mais água poderia ser trazida das luas de Júpiter. Droga, os oceanos poderiam ser congelados e arrastados para o espaço, onde poderiam girar em torno da Terra como pequenos satélites de gelo. Lá eles ficariam, disponíveis para uso, enquanto o fundo dos oceanos representaria mais terra para ser explorada, mais espaço para se habitar. Mesmo o carbono e o oxigênio poderiam ser mantidos e aumentados na Terra por meio da utilização da atmosfera de metano de Titã e o oxigênio congelado de Umbriel.

A população da Terra poderia atingir um ou dois trilhões. Por que não? Houve uma época em que a atual população de oito bilhões teria sido considerada impossível. Houve uma época em que uma população de um bilhão apenas teria sido impensável. Sempre houve profetas pregando a catástrofe malthusiana a cada geração, desde os tempos Medievais e sempre se provou que eles estavam errados.

Mas o que Fastolfe diria? Um mundo com um trilhão de habitantes? Certamente! Mas dependeriam de ar e água importados e de um suprimento de energia em armazéns complexos a mais de 80 milhões de quilômetros de distância. Isso seria incrivelmente instável. A Terra estaria, e continuaria, a um triz de uma catástrofe total por conta de uma falha mínima em qualquer parte desse mecanismo espalhado pelo Sistema Solar.

– Eu acho que seria mais fácil despachar um pouco da população excedente – murmurou Baley.

Era mais uma resposta à imagem que ele tinha evocado do que a qualquer coisa que Norris tivesse dito.

– Quem nos receberia? – perguntou Norris com uma leveza amarga.

– Qualquer planeta desabitado.

Norris se levantou e deu um tapinha no ombro de Baley.

– Lije, coma seu frango e recupere-se. Você *deve* estar usando drogas.

Dando risadinhas, ele saiu.

Com uma expressão sem graça, Baley o observou enquanto ele ia embora. Norris espalharia a novidade e demoraria semanas até que os engraçadinhos do departamento (todo departamento tem os seus) parassem de amolar. Mas pelo menos serviu para mudar de assunto e parar de falar sobre o jovem Vince, os robôs e a desclassificação.

Ele suspirou enquanto espetava com o garfo o frango que agora estava frio e um tanto duro.

Baley terminou de comer o resto do bolo e justamente nesse momento R. Daneel saiu da própria mesa (concedida a ele naquela manhã) e se aproximou.

O investigador olhou para ele sentindo-se incomodado.

– E então?

– O Comissário não está no escritório dele e não se sabe quando ele voltará – R. Daneel disse. – Eu informei a R. Sammy que nós vamos usá-lo e que ele não deve permitir a entrada de ninguém, exceto do próprio Comissário.

– Para que vamos usá-la?

– Mais privacidade. Com certeza, você concorda que devemos planejar nosso próximo passo. Afinal, você não pretende abandonar a investigação, pretende?

Era exatamente o que Baley mais desejava fazer, mas é claro que não podia dizer isso. Ele se levantou e, tomando a frente, encaminhou-se para o escritório de Enderby.

Quando já estavam no escritório, Baley resmungou:

– Tudo bem, Daneel. O que é?

– Parceiro Elijah, desde ontem à noite você está diferente – respondeu o robô. – Há uma nítida alteração na sua aura mental.

Um pensamento horrível passou pela cabeça de Baley.

– Você é telepata?

Ele não teria levado essa possibilidade em consideração em um momento menos conturbado.

– Não, claro que não – falou R. Daneel.

O pânico de Baley diminuiu. Ele perguntou:

– Então o que diabos você quis dizer ao falar sobre a minha aura mental?

– É apenas uma expressão que eu uso para descrever uma sensação sobre a qual você não me conta.

– Que sensação?

AS CAVERNAS DE AÇO

– É difícil explicar, Elijah. Você deve lembrar que eu fui projetado originalmente para estudar a psicologia humana para o nosso povo na Vila Sideral.

– Sim, eu sei. Você foi adaptado à função de detetive pela simples instalação de um circuito de desejo por justiça.

Baley não tentou evitar o tom de sarcasmo na voz.

– Exato, Elijah. Mas o meu projeto original permanece, em essência, inalterado. Fui construído com o propósito de fazer análises cerebrais.

– Para analisar as ondas cerebrais?

– Sim. Isso pode ser feito por medições de campos, sem a necessidade de contato direto com eletrodos, se houver um receptor apropriado. Minha mente é um receptor desses. Esse princípio não é aplicado na Terra?

Baley não sabia. Ele ignorou a pergunta e questionou, atentamente:

– O que você consegue descobrir quando mede as ondas cerebrais?

– Não consigo ler pensamentos, Elijah. Consigo entrever emoções e, sobretudo, consigo analisar o temperamento, os impulsos secretos e as atitudes de um homem. Por exemplo, fui eu que pôde verificar que o Comissário era incapaz de matar um homem sob as circunstâncias predominantes no momento do assassinato.

– E eles o eliminaram como suspeito baseando-se no que você disse?

– Sim. Era algo seguro o bastante para se fazer. Sou uma máquina muito sensível a esse respeito.

Outro pensamento passou pela cabeça de Baley.

– Espere! O Comissário Enderby não sabia que estava passando por uma análise cerebral, sabia?

– Não havia necessidade de ferir seus sentimentos.

– Quero dizer, você apenas estava lá e olhou para ele. Sem máquinas. Sem eletrodos. Sem agulhas nem pantógrafos.

– Certamente não. Sou uma unidade autossuficiente.

Baley mordeu o lábio inferior, cheio de raiva e decepção. Essa era a única contradição remanescente, a única brecha pela qual seria possível fazer uma tentativa desesperada a fim de vincular o crime à Vila Sideral.

R. Daneel tinha dito que o Comissário tinha passado por uma análise cerebral e, uma hora depois, o próprio Comissário tinha negado, com aparente franqueza, ter qualquer conhecimento sobre o termo. Sem dúvida, nenhum homem poderia ter passado pela terrível experiência de ser examinado por um eletroencefalógrafo com eletrodos e gráficos sendo considerado suspeito de um assassinato sem ficar com uma recordação inconfundível do que vem a ser uma análise cerebral.

Mas agora aquela contradição tinha desaparecido. O Comissário tinha passado por uma análise cerebral e nunca soube disso. R. Daneel disse a verdade, e o Comissário também.

– Pois bem – Baley disse bruscamente –, o que a análise cerebral diz sobre mim?

– Que você está conturbado.

– Grande descoberta, não é? É claro que estou conturbado.

– Contudo, para ser específico, a sua perturbação se deve a um conflito entre diferentes motivações dentro de você. Por um lado, a sua devoção pelos princípios da sua profissão o impelem a investigar a fundo essa conspiração de terráqueos que nos perseguiu ontem à noite. A outra motivação, igualmente forte, impele-o na direção contrária. Isso está expresso de forma nítida no campo elétrico dos seus neurônios.

– Meus neurônios, mas que *loucura* – disse Baley, muito agitado. – Olhe, vou lhe dizer por que não faz sentido investigar a sua suposta conspiração. Não tem nada a ver com o assassinato. Achei que pudesse ter. Admito isso. Ontem, na cozinha, pensei que estávamos em perigo. Mas o que aconteceu? Eles nos seguiram e se perderam nas faixas em pouco tempo, só isso. Não foi uma ação de

AS CAVERNAS DE AÇO

homens bem organizados e desesperados. Meu próprio filho achou o lugar onde estávamos com bastante facilidade. Ele telefonou para o Departamento. Ele nem teve que se identificar. Nossos preciosos conspiradores poderiam ter feito o mesmo se realmente quisessem nos fazer mal.

— E não queriam?

— É claro que não. Se quisessem causar um tumulto, poderiam ter começado um na sapataria e, no entanto, eles recuaram bem de mansinho diante de um homem e um desintegrador. Um *robô* e uma arma que eles deviam saber que você seria incapaz de disparar quando reconheceram o que você era. Eles são Medievalistas. São uns excêntricos inofensivos. Você não poderia saber, mas eu deveria. E saberia, se não fosse pelo fato de que esse assunto tem me feito pensar de... de um modo melodramático. Vou dizer a você, eu sei qual é o tipo de pessoa que se torna um Medievalista. São pessoas brandas e sonhadoras que acham que a vida aqui é muito difícil para elas e se perdem em um mundo ideal do passado que na verdade nunca existiu. Se você pudesse fazer a análise cerebral de um grupo do mesmo modo como faz com um indivíduo, descobriria que são tão capazes de cometer um assassinato quanto o próprio Julius Enderby.

R. Daneel comentou lentamente:

— Não posso levar em conta esta declaração de sua parte.

— O que quer dizer?

— A sua mudança de ponto de vista é muito repentina. Também há certas discrepâncias. Você providenciou o encontro com o dr. Gerrigel horas antes do jantar. Você não sabia nada sobre o meu compartimento de comida naquele momento e não poderia ter suspeitado que eu fosse o assassino. Por que você *ligou* para ele, então?

— Eu já suspeitava de você naquele momento.

— E ontem à noite você falou enquanto dormia.

Baley arregalou os olhos.

— O que eu disse?

– Apenas a palavra "Jessie" repetidas vezes. Acredito que estava se referindo à sua mulher.

Baley relaxou os músculos que até então estavam tensos. Com a voz trêmula, ele resmungou:

– Eu tive um pesadelo. Você sabe o que é?

– Não sei por experiência própria, é claro. Segundo a definição do dicionário, é um sonho ruim.

– E você sabe o que é um sonho?

– Mais uma vez, a definição do dicionário apenas. É uma ilusão de realidade vivenciada durante a suspensão temporária do pensamento consciente a que vocês chamam de sono.

– Tudo bem. Vou engolir essa. Uma ilusão. Às vezes, as ilusões podem parecer muito reais. Bom, eu sonhei que a minha mulher estava em perigo. As pessoas costumam ter esse tipo de sonho. Eu disse o nome dela. Isso também acontece nessas circunstâncias. Pode acreditar na minha palavra.

– Fico muito feliz em fazê-lo. Mas isso traz à tona uma reflexão. Como Jessie descobriu que eu era um robô?

Baley começou a suar de novo.

– Não vamos falar sobre esse assunto de novo, não é? Os boatos...

– Desculpe-me interromper, parceiro Elijah, mas não há rumor. Se houvesse, a Cidade teria sido tomada pela inquietação. Verifiquei os boletins que chegavam ao Departamento e não é esse o caso. Simplesmente não existem boatos. Portanto, como a sua mulher descobriu?

– Por Josafá! O que está tentando dizer? Você acha que a minha mulher é um dos membros da... da...

– Sim, Elijah.

Baley apertou as mãos firmemente.

– Bem, ela não é, e nós não vamos mais discutir essa questão.

– Esse não é você, Elijah. No cumprimento do seu dever, você me acusou de assassinato duas vezes.

— E essa é a sua maneira de ajustar as contas comigo?

— Não tenho certeza se entendo o que quer dizer com essa expressão. Sem dúvida, eu aprovo a sua prontidão em suspeitar de mim. Você tinha suas razões. Elas estavam erradas, mas poderiam perfeitamente estar certas. Da mesma forma, uma forte evidência aponta para a sua mulher.

— Como assassina? Seu maldito, Jessie não machucaria nem o pior inimigo. Ela não seria capaz de colocar o pé fora da Cidade. Ela não seria capaz... Se você fosse de carne e osso, eu...

— Quero dizer apenas que ela é um dos membros da conspiração. Quero dizer que ela deveria ser interrogada.

— Nunca na vida você vai interrogá-la. Nunca no que quer que você chame de vida. Agora me ouça. Os Medievalistas não querem acabar conosco. Não é o modo como eles fazem as coisas. Mas estão tentando afastá-lo da Cidade. Isso é óbvio. E estão tentando fazer isso com um tipo de ataque psicológico. Estão tentando tornar a vida difícil para você e para mim, já que estou com você. Eles podem muito bem ter descoberto que Jessie é a minha mulher, e deixar a notícia chegar a ela era uma jogada óbvia para eles. Ela é como qualquer outro ser humano. Ela não *gosta* de robôs. Não ia querer que eu me associasse com um, sobretudo se pensasse que envolveria uma situação de perigo, e é evidente que eles insinuariam algo assim. Vou dizer a você, isso funcionou. Ela implorou a noite toda para que eu abandonasse o caso ou que o afastasse da Cidade de alguma forma.

— É de se presumir — argumentou R. Daneel — que você tenha um forte desejo de proteger a sua mulher de um interrogatório. Parece-me evidente que você está construindo essa linha de raciocínio sem acreditar nela de fato.

— Quem diabos você pensa que é? — resmungou Baley. — Você não é um detetive. Você é uma máquina de análise cerebral como os eletroencefalógrafos que nós temos neste edifício. Você tem braços, pernas, cabeça e sabe falar, mas não passa nem um pouco de uma máquina. Colocar uma porcaria de circuito em você não o torna um detetive, então o que você sabe? Cale a boca e deixe que eu resolva as coisas.

Com uma voz calma, o robô alertou:

– Acho que seria melhor se abaixasse o tom de voz, Elijah. Dado que não sou um detetive do modo como você é, ainda gostaria de chamar a sua atenção para um pequeno detalhe.

– Não estou interessado em ouvir.

– Por favor, ouça. Se eu estiver errado, você vai me dizer, e isso não vai causar nenhum mal. É só isso. Ontem à noite, você saiu do quarto para ligar para Jessie usando um telefone no corredor. Eu sugeri que você mandasse o seu filho no seu lugar. Você me disse que não era costume entre os terráqueos um pai colocar o filho em perigo. Então é costume que a mãe faça isso?

– Não, é clar... – começou Baley, mas parou.

– Você entende o meu ponto de vista – percebeu R. Daneel. – Em geral, se Jessie temesse pela sua segurança e quisesse alertá-lo, ela arriscaria a própria vida, *não* mandaria o filho. O fato de ela ter mandado Bentley só pode querer dizer que ela sentia que ele estaria a salvo, ao passo que ela não. Se a conspiração fosse composta de pessoas que Jessie não conhece, esse não seria o caso, ou pelo menos ela não teria motivos para pensar que esse seria o caso. Por outro lado, se ela fosse um dos membros da conspiração, ela saberia, ela *saberia*, Elijah, que a vigiariam e a reconheceriam, enquanto Bentley poderia passar despercebido.

– Espere um pouco – interrompeu Baley, aflito –, essa é uma linha de raciocínio tênue, mas...

Não era preciso esperar. O sinal na mesa do Comissário estava piscando de modo frenético. R. Daneel esperava uma resposta de Baley, mas este só conseguia observar o sinal, impotente. O robô completou a comunicação.

– O que é?

A voz mal articulada de R. Sammy disse:

— Há uma mulher aqui que gostaria de ver Lije. Eu disse a ela que Lije estava ocupado, mas ela não foi embora. Ela diz que o nome dela é Jessie.

— Deixe-a entrar — disse Daneel com tranquilidade, e seus olhos castanhos se ergueram impassíveis para se encontrar com o olhar apavorado de Baley.

O PODER DE UM NOME

Baley ficou parado em estado de choque, enquanto Jessie correu para ele, agarrando-o pelos ombros, aninhando-se.

Os lábios pálidos do investigador pronunciaram o nome:

— Bentley?

Ela olhou para ele e meneou a cabeça; seu cabelo castanho esvoaçou com a força do movimento.

— Ele está bem.

— Bem, então...

Jessie soluçou em uma voz tão baixa que mal se podia distinguir:

— Eu não posso continuar, Lije. Não posso. Não consigo dormir nem comer. Preciso contar a você.

— Não diga nada — resmungou Baley, aflito. — Pelo amor de Deus, Jessie, agora não.

— Eu preciso. Eu fiz uma coisa terrível. Uma coisa terrível. Oh, Lije...

Ela começou a dizer coisas incoerentes.

Ele falou, desesperançoso:

— Não estamos sozinhos, Jessie.

Ela levantou o olhar e fitou R. Daneel sem parecer reconhecê-lo. As lágrimas que inundavam seus olhos poderiam perfeitamente estar transformando o robô em um borrão indistinto.

R. Daneel cumprimentou-a, murmurando em voz baixa:

— Boa tarde, Jessie.

Ela estava ofegante.

— É o... o robô? — Ela enxugou os olhos com as costas da mão e afastou-se um pouco de Baley, soltando-se do seu abraço. Ela respirou fundo e, por um instante, exibiu um sorriso trêmulo e hesitante. — *É* você, não é?

— Sim, Jessie.

— Você não se importa de ser chamado de robô?

— Não, Jessie. É o que eu sou.

— E eu não me importo de ser chamada de tola e idiota e de... de agente subversiva, porque é o que *eu* sou.

— Jessie — resmungou Baley.

— É inútil, Lije — ela insistiu. — Se ele é seu parceiro, ele pode ouvir também. Eu não posso mais viver com isso. Estou me sentindo péssima desde ontem. Não me importo se eu for para a cadeia. Não me importo se me rebaixarem aos graus mais inferiores e me fizerem viver à base de levedura crua e água. Não me importo se... Você não vai permitir, não é, Lije? Não deixe que eles façam nada comigo. Estou assus... assustada.

Baley acariciou seu ombro e deixou-a chorar.

— Ela não está bem — ele disse para o robô. — Não podemos mantê-la aqui. Que horas são?

— 14h45 — R. Daneel respondeu, sem parecer consultar nenhum relógio.

— O Comissário pode voltar a qualquer minuto. Escute, solicite uma viatura e podemos falar sobre isso na autoestrada.

Jessie levantou a cabeça.

— A autoestrada? Oh, não, Lije.

Ele falou no tom mais tranquilizador que pôde:

— Jessie, não seja supersticiosa. Você não pode passar pela via expressa do jeito que está. Seja uma boa garota e acalme-se, senão

não conseguiremos sequer passar pelo salão. Vou pegar um pouco de água para você.

Ela enxugou o rosto com um lenço úmido e comentou melancolicamente:

– Oh, olhe como ficou a minha maquiagem.

– Não se preocupe com a sua maquiagem – disse Baley. – Daneel, e a viatura?

– Está à nossa disposição nesse momento, parceiro Elijah.

– Venha, Jessie.

– Espere. Espere só um minuto, Lije. Preciso dar um jeito no meu rosto.

– Isso não importa agora.

Mas ela virou as costas para ele.

– Por favor, não posso passar pelo salão desse jeito. É só um segundo.

O homem e o robô esperaram; o homem, fazendo movimentos espasmódicos com os punhos cerrados, e o robô, permanecendo impassível.

Jessie vasculhou a bolsa em busca do que precisava. (Se havia uma coisa que tinha resistido ao progresso tecnológico desde os tempos Medievais, dissera Baley certa vez de forma solene, era a bolsa de uma mulher. Nem a substituição do fecho magnético pelos fechos de metal obteve êxito.) Jessie tirou da bolsa um espelho pequeno e o estojo prateado do cosmetokit que Baley tinha lhe dado no aniversário dela três anos antes.

O cosmetokit tinha vários orifícios e ela usou cada um deles em sequência. Todos, exceto o último spray, eram invisíveis. Ela os usou com aquela fineza de toque e delicadeza de controle que parece ser inato a todas as mulheres, mesmo nos momentos de maior estresse.

A base foi a primeira a ser aplicada em uma camada lisa e homogênea que removia todo o brilho e toda a aspereza da pele, deixando-a com uma luminosidade ligeiramente dourada. Os longos anos de experiência haviam ensinado a Jessie que era o tom preciso que melhor combinava com a coloração natural do seu cabelo e dos seus olhos. Depois, um toque de pó com um tom bronze no centro da testa e no queixo, uma pincelada suave de blush em cada bochecha, formando um ângulo em direção à orelha; uma delicada pincelada de sombra azul nas pálpebras até o canto externo dos olhos. Por fim, a aplicação de um batom suave nos lábios. Essa atividade envolveu o único spray visível, uma névoa de gotículas levemente cor-de-rosa que cintilavam no ar, mas que secou e se tornou mais intensa em contato com os lábios.

– Pronto – Jessie falou, dando várias batidinhas no cabelo e aparentando uma profunda satisfação. – Acho que isso deve ser suficiente.

O procedimento tinha demorado mais do que o prometido, ainda assim durou menos de 15 segundos. Não obstante, pareceu uma espera interminável para Baley.

– Venha – ele murmurou.

Ela mal teve tempo de colocar o cosmetokit de volta na bolsa antes que ele a conduzisse em direção à porta.

* * *

A autoestrada estava mergulhada em um estranho silêncio.

– Tudo bem, Jessie. – Baley disse. A impassibilidade que cobria o rosto de Jessie desde que saíram do escritório do Comissário começou a desmoronar. Ela olhou para o marido e para R. Daneel em um silêncio impotente. – Pare de se preocupar com isso, Jessie. Por favor. Você cometeu algum crime? Um crime de verdade?

– Um crime? – ela meneou a cabeça, em dúvida.

– Agora controle-se. Sem histeria. Apenas diga sim ou não, Jessie. Você... – ele hesitou um pouquinho – ...matou alguém?

O rosto de Jessie assumiu imediatamente uma expressão de indignação.

– Ei! Lije Baley!

– Sim ou não, Jessie.

– Não, é claro que não.

AS CAVERNAS DE AÇO

O nó no estômago de Baley diminuiu de forma perceptível.

– Você roubou alguma coisa? Falsificou informações sobre as porções de alimento? Agrediu alguém? Destruiu a propriedade de alguém? Fale, Jessie.

– Eu não fiz nada... nada específico. Eu não tive intenção de fazer nenhuma dessas coisas.

Ela olhou para fora da viatura, para a paisagem que passava por trás do marido.

– Lije, nós temos que ficar aqui embaixo?

– Ficaremos bem aqui até que tudo isso acabe. Agora, comece pelo começo. O que você veio nos contar?

Jessie tinha abaixado a cabeça e o olhar de Baley cruzou com o de R. Daneel.

Jessie falou em um tom suave que foi ganhando força e nitidez conforme ela continuava.

– São essas pessoas, esses Medievalistas, sabe, Lije. Eles estão sempre por perto, sempre falando. Mesmo nos velhos tempos, quando eu era nutricionista assistente, era assim. Você se lembra de Elizabeth Thornbowe? Ela era uma Medievalista. Ela sempre estava falando sobre como todos os nossos problemas eram causados pela Cidade e sobre como as coisas eram melhores antes do início das Cidades. Eu costumava perguntar a ela como ela tinha tanta certeza disso, principalmente depois que conheci você, Lije (lembra-se das conversas que costumávamos ter?), e então ela fazia citações daqueles pequenos rolos de livro-filme que encontramos sempre por aí. Sabe, como *A vergonha das Cidades*, escrito por um camarada. Não me lembro do nome dele.

– Ogrinsky – Baley completou, de forma automática.

– Sim, mas só que a maioria deles era muito pior. Então, quando eu me casei com você, ela falou de um modo bem sarcástico. Ela disse: "Imagino que você vai ser uma verdadeira mulher da Cidade, agora que se casou com um policial". Depois disso, ela não falou muito comigo e eu deixei o meu emprego e foi isso. Ela dizia muitas coisas só para me chocar, eu acho, ou para fazer parecer que ela era misteriosa e glamorosa. Ela era uma solteirona, sabe; nunca se casou. Muitos desses Medievalistas não se adaptam à sociedade, de um jeito ou de outro. Lembra que certa vez você me disse, Lije, que às vezes as pessoas confundem as próprias falhas com as da sociedade e querem consertar as Cidades porque não sabem como consertar a si mesmas?

Baley se lembrava, e suas palavras agora pareciam levianas e superficiais aos seus ouvidos. Com um tom brando, ele insistiu:

– Atenha-se aos fatos essenciais, Jessie.

– Em todo caso – ela continuou –, Lizzy estava sempre falando sobre como chegaria o dia e sobre como as pessoas deviam se unir. Ela dizia que era tudo culpa dos Siderais porque eles queriam que a Terra continuasse fraca e decadente. Essa era uma das suas palavras favoritas: "decadente". Ela olhava os cardápios que eu prepararia na semana seguinte, cheirava-os e dizia: "Decadente, decadente". Jane Myers costumava imitá-la na cozinha e nós morríamos de rir. Ela disse... Elizabeth disse que um dia nós acabaríamos com as Cidades, voltaríamos para o solo e acertaríamos as contas com os Siderais, que estavam tentando nos amarrar para sempre às Cidades ao nos forçar a aceitar os robôs. Só que ela nunca os chamava de robôs. Ela costumava dizer "máquinas-monstro desalmadas". Perdoe-me usar essa expressão, Daneel.

– Não conheço o significado do adjetivo que você usou, Jessie – o robô respondeu –, mas, em todo caso, tem permissão para usar a expressão. Por favor, continue.

Baley estava muito agitado. Era assim com Jessie. Nenhuma emergência, nenhuma crise podia fazê-la contar uma história de um modo diferente do seu próprio modo, dando voltas.

– Elizabeth sempre tentou falar como se houvesse muitas pessoas com ela – Jessie prosseguiu. – Ela dizia "na última reunião", parava e olhava para mim meio com orgulho, meio com medo, como se quisesse que eu perguntasse sobre aquilo para ela poder se sentir importante e, no entanto, com medo de que eu pudesse arranjar problemas para ela. É claro que nunca perguntei nada. Eu não ia dar esse prazer a ela. De qualquer forma, depois que eu me casei com você, Lije, tudo isso acabou, até...

Ela parou.

– Continue, Jessie.

– Você se lembra, Lije, da discussão que tivemos? Quero dizer, sobre Jezebel.

– O que é que tem isso?

Demorou um ou dois segundos para Baley se lembrar que era o próprio nome de Jessie, e não uma referência a outra mulher.

Ele se virou para R. Daneel, dando uma automática explicação de defesa.

– O nome completo de Jessie é Jezebel. Ela não gosta do nome e não o usa.

R. Daneel assentiu com seriedade e Baley pensou: "Por Josafá, por que perder tempo me preocupando com *ele*?".

– Aquilo me incomodou muito, Lije – Jessie confessou. – De verdade. Acho que fui uma tola, mas fiquei pensando e pensando sobre o que você disse. Quero dizer, o que você disse sobre Jezebel ser apenas uma conservadora que lutava pelos costumes dos seus ancestrais contra os costumes estranhos trazidos pelos recém-chegados. Afinal de contas, *eu* era Jezebel e sempre...

Ela estava procurando uma palavra e Baley complementou a frase:

– Se identificava?

– Sim. – Mas ela chacoalhou a cabeça quase de imediato e olhou para o lado. – Não de verdade, é claro. Não literalmente. Do modo como eu pensava que ela era, sabe. Eu não era daquele jeito.

– Sei disso, Jessie. Não seja boba.

– Mas eu ainda pensava muito nela, de certa forma, comecei a pensar: agora acontece o mesmo que acontecia naquela época. Quero dizer, nós, o povo da Terra, temos os nossos velhos costumes, e de repente vêm os Siderais, com vários hábitos novos, tentando incentivar esses novos modos nos quais nós mesmos tínhamos tropeçado e talvez os Medievalistas estivessem certos. Talvez devêssemos voltar aos bons e velhos costumes. Então procurei e encontrei Elizabeth.

— Sim. Continue.

— Ela disse que não sabia do que eu estava falando e que, além disso, eu era a mulher de um policial. Eu disse que esse fato não tinha nada a ver com aquilo e, por fim, ela disse que, bem, ela iria falar com alguém. Então, mais ou menos um mês depois, ela veio me procurar e disse que tudo bem, e eu me associei a eles e tenho frequentado as reuniões desde então.

Baley olhou para ela com tristeza.

— E você nunca me contou?

A voz de Jessie tremeu.

— Sinto muito, Lije.

— Bem, isso não vai ajudar. Sentir muito, quero dizer. Quero saber sobre as reuniões. Para começar, onde elas aconteciam?

Uma sensação de distanciamento estava dominando-o, um entorpecimento das emoções. Aquilo em que ele não queria acreditar era verdade, sem sombra de dúvida. De certa forma, era um alívio que a incerteza tivesse acabado.

— Aqui embaixo — ela respondeu.

— Aqui embaixo? Você quer dizer neste lugar? O que *você* quer dizer?

— Aqui na autoestrada. É por isso que eu não queria vir para cá. No entanto, era um lugar maravilhoso para se reunir. Nós nos encontrávamos...

— Quantos?

— Não tenho certeza. Uns 60 ou 70. Era apenas uma espécie de divisão local. Havia cadeiras dobráveis e algum lanche e alguém fazia um discurso, quase sempre sobre como a vida era maravilhosa nos tempos antigos, e também sobre como um dia nós nos

AS CAVERNAS DE AÇO

livraríamos dos monstros, isto é, dos robôs, e dos Siderais também. Os discursos eram meio chatos, na verdade, porque eram todos iguais. Nós apenas os suportávamos. Era mais pelo prazer de nos reunirmos e nos sentirmos importantes. Nós nos comprometíamos fazendo juramentos e havia maneiras secretas com as quais nos cumprimentaríamos fora de lá.

— Nunca interromperam vocês? Nenhuma viatura ou caminhão de bombeiros passou?

— Não. Nunca.

Daneel o interrompeu.

— Isso é estranho, Elijah?

— Talvez não — respondeu Baley, pensativo. — Há passagens laterais que praticamente não são usadas. No entanto, é difícil saber quais são elas. Isso era tudo o que você fazia nas reuniões, Jessie? Fazer discursos e brincar de conspiração?

— Isso é tudo. E cantar canções, às vezes. E, é claro, o lanche. Não era muita coisa. Em geral, sanduíches e suco.

— Nesse caso — ele falou, quase com brutalidade —, o que a está incomodando agora?

Jessie se retraiu.

— Você está zangado.

— Por favor — resmungou Baley, com uma paciência inabalável —, responda à minha pergunta. Se tudo era tão inofensivo assim, por que você está neste estado de pânico nas últimas 36 horas?

— Pensei que eles fossem machucá-lo, Lije. Pelo amor de Deus, por que você age como se não entendesse? Eu expliquei para você.

— Não, não explicou. Ainda não. Você me contou sobre uma reuniãozinha secreta, social e descontraída, da qual você fazia parte. Eles já fizeram manifestações abertas? Eles destruíram robôs alguma vez? Deram início a algum tumulto? Mataram pessoas?

— *Nunca*! Lije, eu não faria nenhuma dessas coisas. Eu não continuaria fazendo parte se eles tentassem algo assim.

– Bem, então por que você está dizendo que fez uma coisa terrível? Por que acha que vai para a cadeia?

– Bom... Bom, eles costumavam falar sobre o dia em que pressionariam o governo. Nós devíamos nos organizar e depois haveria grandes greves e paralisações. Poderíamos forçar o governo a banir todos os robôs e fazer os Siderais voltarem para o lugar de onde vieram. Pensei que fosse só conversa, e aí começou essa coisa; você e o Daneel, quero dizer. E então eles disseram: "Agora vamos pôr os planos em ação" e "Vamos fazê-los de exemplo para pôr um fim na invasão dos robôs agora mesmo". Disseram isso lá no Privativo, sem saber que era de você que estavam falando. Mas eu sabia. Logo de cara.

Sua voz ficou embargada.

Baley suavizou o tom de voz.

– Qual é, Jessie. Não foi nada. Foi só conversa. Você pode ver por si mesma que não aconteceu nada.

– Eu estava tão... tão... assustada. E pensei: eu faço parte disso. Se houvesse morte e destruição, *você* poderia ser morto e Bentley e, de certa forma, seria tudo cul... culpa minha por participar disso, e eu teria que ser presa.

Baley deixou que ela soluçasse. Ele colocou o braço em torno dos ombros dela e olhou de modo taciturno para R. Daneel, que os fitava calmamente.

– Agora, quero que pense, Jessie – Baley retomou. – Quem era o líder do seu grupo?

Ela estava mais quieta agora, enxugando os cantos dos olhos com um lenço.

– Um homem chamado Joseph Klemin era o líder, mas ele não era ninguém importante de fato. Ele não tinha muito mais que um metro e sessenta de altura e acho que, em casa, é dominado pela mulher. Não acho que ele represente algum perigo. Você não vai prendê-lo, vai, Lije? Baseado no que eu disse?

Ela parecia sentir-se culpada e apreensiva.

– Não vou prender ninguém por enquanto. Como esse tal de Klemin recebia *suas* próprias instruções?

– Eu não sei.

– Algum estranho vinha às reuniões? Sabe o que quero dizer: figurões das Sedes Centrais?

– Às vezes, vinham algumas pessoas para fazer discursos. Isso não acontecia com muita frequência, talvez duas vezes por ano, mais ou menos.

– Você sabe os nomes?

– Não. Eles sempre eram apresentados apenas como "um de nós" ou "um amigo de Jackson Heights" ou algo semelhante.

– Entendo. Daneel!

– Sim, Elijah – respondeu R. Daneel.

– Descreva os homens que você acha que identificou. Vamos ver se Jessie consegue reconhecer algum deles.

R. Daneel repassou a lista com uma exatidão analítica. Jessie ouvia com uma expressão de desânimo conforme as características físicas se estendiam e chacoalhava a cabeça com uma firmeza cada vez maior.

– É inútil. É inútil – ela gritou. – Como posso me lembrar? Não consigo me lembrar da aparência de nenhum deles. Não consigo...

Ela parou e parecia estar pensando. Então perguntou:

– Você disse que um deles era produtor de levedura?

– Francis Clousarr é funcionário da Leveduras Nova York – lembrou R. Daneel.

– Bem, sabe, uma vez um homem estava fazendo um discurso e por acaso eu estava sentada na primeira fileira e senti um leve cheiro, leve mesmo, de levedura crua. Sabe o que quero dizer. Só me lembro disso porque estava me sentindo enjoada naquele dia e o cheiro ficava mexendo com o meu estômago. Eu tive que me levantar e ir para o fundo e é claro que eu não sabia explicar o que havia de errado. Foi tão constrangedor. Talvez seja o homem de quem você está falando. Afinal de contas, quando se trabalha com levedura o tempo todo, o cheiro fica impregnado na roupa.

Ela torceu o nariz.

– Você não se lembra como ele era? – perguntou Baley.

– Não – ela respondeu, decidida.

– Tudo bem, então. Olhe, Jessie, vou levar você para o apartamento da sua mãe. Bentley vai ficar com você, e nenhum de vocês vai sair da Seção. Ben pode faltar às aulas e vou providenciar para que as refeições sejam levadas ao apartamento e para que os corredores próximos sejam vigiados pela polícia.

– E você? – disse Jessie com a voz trêmula.

– Não vou estar em perigo.

– Mas por quanto tempo?

– Não sei. Talvez apenas um dia ou dois.

As palavras soaram ocas até mesmo para ele.

* * *

Eles estavam de volta à autoestrada, Baley e R. Daneel, sozinhos agora. Baley estava pensativo, com um semblante sombrio.

– Parece-me que estamos diante de uma organização desenvolvida em dois níveis – começou Baley. – O primeiro é um nível mais básico, que não tem um objetivo específico, destinado apenas a fornecer apoio em massa para um eventual golpe. O segundo é uma elite bem menor, a qual devemos encontrar. Esses grupos sem importância dos quais Jessie falou podem ser ignorados.

– Tudo isso faz sentido se pudermos considerar essa história de Jessie – retrucou R. Daneel.

– Eu acho que podemos aceitar a história de Jessie como totalmente verdadeira – Baley falou de modo obstinado.

– É o que parece – concordou R. Daneel. – Não há nada quanto aos impulsos cerebrais dela que indique um vício patológico de mentir.

Baley olhou para o robô ofendido.

– Eu diria que não. E não há necessidade de mencionar o nome dela nos nossos relatórios. Entende isso?

– Se você assim desejar, parceiro Elijah – anuiu R. Daneel –, mas o nosso relatório não será nem completo nem exato.

– Bem, talvez, mas isso não vai causar nenhum mal – insistiu Baley. – Ela veio até nós e nos trouxe todas as informações que tinha, e mencionar o nome dela só vai servir para colocá-la nos registros criminais. Não quero que isso aconteça.

– Nesse caso, certamente não, desde que tenhamos certeza de que não resta mais nada a ser descoberto.

– Não resta mais nada a ser descoberto no que se refere a ela. Eu garanto.

–Você poderia então explicar por que a palavra Jezebel, o simples som de um nome, poderia levá-la a deixar suas convicções anteriores e adotar novas convicções? A motivação para isso parece obscura.

Eles seguiam devagar pelo túnel vazio e cheio de curvas.

– É difícil explicar – disse Baley. – Jezebel não é um nome comum. Pertenceu um dia a uma mulher de muito má reputação. Minha mulher valorizava muito esse fato. Ele lhe dava uma sensação indireta de maldade e contrabalançava uma vida que era uniformemente adequada.

– Por que uma mulher que obedece à lei ia querer se sentir maldosa?

Baley quase sorriu.

– Mulheres são mulheres, Daneel. Em todo caso, eu fiz uma bobagem. Em um momento de irritação, teimei que a Jezebel histórica não era particularmente má e que era, se é que se pode dizer isso, uma boa esposa. Tenho lamentado isso desde então. Acontece que deixei Jessie muito infeliz. Eu tinha destruído algo que não podia ser substituído. Suponho que o que aconteceu depois foi o modo dela de se vingar. Imagino que ela queria me punir ocupando-se com uma atividade que ela sabia que eu não aprovaria. Não quero dizer que tenha sido um desejo consciente.

– Um desejo pode ser inconsciente? Não é uma contradição em termos?

Baley olhou para R. Daneel e se desesperou com a ideia de tentar explicar sobre a mente inconsciente. Em vez disso, ele continuou:

– Além disso, a *Bíblia* tem grande influência nas emoções e nos pensamentos humanos.

– O que é a *Bíblia*?

Por um momento, Baley ficou surpreso, e depois ficou mais surpreso consigo mesmo por ter ficado surpreso. Ele sabia que os Siderais viviam sob a influência de uma filosofia pessoal mecanicista, e R. Daneel só poderia saber o que sabiam os Siderais, nada além disso.

– É o livro sagrado para mais ou menos metade da população da Terra – ele respondeu secamente.

– Não compreendo o significado do adjetivo nesse caso.

– Quero dizer que é muito respeitado. Várias partes dele, quando interpretado de modo apropriado, contêm um código de conduta que muitos homens consideram adequado à felicidade suprema do ser humano.

R. Daneel parecia refletir sobre isso.

– Esse código foi incorporado às suas leis?

– Infelizmente não. O código não se presta à obrigatoriedade legal. Ele deve ser obedecido de maneira espontânea pelo indivíduo por vontade de fazê-lo. De certa forma, é maior do que qualquer lei pode chegar a ser.

– Maior que a lei? Isso não é uma contradição em termos?

Baley sorriu ironicamente.

– Devo citar uma parte da *Bíblia* para você? Teria curiosidade de ouvir?

– Por favor.

Baley diminuiu a velocidade do carro até parar e, por alguns instantes, sentou-se com os olhos fechados, lembrando. Ele gostaria de ter usado o sonoro inglês médio da *Bíblia* Medieval, mas, para R. Daneel, o inglês médio seria uma linguagem sem nexo.

Ele começou, falando de um modo quase casual nas palavras da Revisão Moderna, como se estivesse contando uma história da vida contemporânea em vez de estar desenterrando o passado mais remoto do homem:

Jesus foi ao monte das Oliveiras e voltou para o templo ao romper da manhã. Todo o povo veio até Jesus, que se sentou e começou a pregar. Os escribas e os fariseus trouxeram-lhe uma mulher surpreendida em adultério e, quando a colocaram diante dele, disseram: "Mestre, essa mulher foi apanhada em flagrante adultério. Pela lei, Moisés manda apedrejar tais pecadores. O que o senhor diz?".
Perguntavam-lhe isso esperando que ele caísse em uma armadilha, a fim de ter motivos para fazer acusações contra ele. Mas Jesus abaixou-se e, com o dedo, escreveu na terra, como se não os tivesse ouvido. Quando continuaram a lhe fazer perguntas, ele se levantou e disse: "Aquele entre vocês que não tiver nenhum pecado, que atire a primeira pedra". Ele se abaixou novamente e voltou a escrever na terra. E aqueles que ouviram suas palavras, sendo condenados pela própria consciência, foram embora um a um, começando pelos mais velhos, até o último: e Jesus ficou sozinho com a mulher diante dele. Quando Jesus se levantou e não viu ninguém, exceto a mulher, perguntou a ela: "Mulher, onde estão os seus acusadores? Ninguém a condenou?".
Ela respondeu: "Ninguém, Senhor".
E Jesus disse-lhe: "Nem eu te condeno. Vá e não tornes a pecar".

R. Daneel ouviu com atenção. Então questionou:

– O que é adultério?

– Isso não importa. Era um crime e, na época, a punição aceita era o apedrejamento; isto é, jogavam-se pedras na culpada até que ela morresse.

— E a mulher era culpada?

— Era.

— Então por que ela não foi apedrejada?

— Nenhum dos acusadores sentiu que poderia fazer isso depois da declaração de Jesus. A intenção da história é mostrar que há algo ainda maior que a justiça que foi incorporada aos seus circuitos. Há um impulso humano conhecido como misericórdia, um ato humano conhecido como perdão.

— Não estou familiarizado com essas palavras, parceiro Elijah.

— Eu sei — murmurou Baley. — Eu sei.

Ele deu partida na viatura e deixou que desse uma arrancada violenta.

— Aonde vamos? — perguntou R. Daneel.

— Para o Distrito da Levedura, arrancar a verdade de Francis Clousarr, o conspirador — respondeu Baley.

— Você tem um método para fazer isso, Elijah?

— Não eu, exatamente. Mas você tem, Daneel. Um método simples.

Eles se foram em alta velocidade.

15 A PRISÃO DE UM CONSPIRADOR

Baley podia sentir o vago odor da região produtora de levedura ficando mais forte e mais penetrante. Ele não achava esse cheiro tão desagradável quanto certas pessoas; Jessie, por exemplo. Até gostava. Ele fazia associações agradáveis.

Toda vez que ele sentia o cheiro de levedura crua, a alquimia da percepção dos sentidos o fazia voltar 30 anos no passado. Ele era novamente um menino de 10 anos, visitando o tio Boris, que era produtor de levedura. O tio Boris sempre tinha um pequeno estoque de delícias feitas de levedura: bolachinhas, coisinhas de chocolate com um recheio líquido e doce, confeitos duros em formato de cães e gatos. Apesar de ser muito novo, ele sabia que o tio Boris não poderia ter guardado aquilo para distribuir livremente, então ele sempre as comia muito quieto, sentado em um canto com as costas voltadas para o centro da sala. Ele comia depressa por medo de ser pego.

Elas eram mais saborosas por causa disso.

Pobre tio Boris! Sofreu um acidente e morreu. Nunca lhe contaram com exatidão o que acontecera, e Baley chorara amargamente porque pensou que o tio Boris tinha sido preso por contrabandear levedura da empresa. Pensou que também seria preso e executado. Anos depois, ele bisbilhotara com cuidado nos arquivos da polícia e descobrira a verdade. O tio Boris tinha caído nos trilhos de um meio de transporte. Era o desfecho decepcionante de um mito romântico.

Entretanto, esse conto sempre surgia no seu pensamento, pelo menos por um momento, quando sentia o cheiro de levedura crua.

* * *

O Distrito da Levedura não era o nome oficial de nenhuma parte de Nova York. Esse nome não podia ser encontrado em nenhum dicionário geográfico e em nenhum mapa oficial. Aquilo que se chamava popularmente "Distrito da Levedura" eram, para os Correios, apenas os subúrbios de Newark, New Brunswick e Trenton. Era uma longa faixa do que fora um dia a Nova Jersey Medieval, pontilhada de áreas residenciais, em especial Newark Center e Trenton Center, mas utilizada, em grande parte, para as produtoras de levedura de múltiplas camadas nas quais mil variedades de leveduras eram cultivadas e se multiplicavam.

Um quinto da população da Cidade trabalhava no cultivo de levedura; mais um quinto trabalhava nas indústrias subsidiárias. Começando com as montanhas de madeira e celulose bruta que eram levadas das emaranhadas florestas dos montes Allegheny à Cidade, passando pelos barris de ácido que realizavam a hidrólise e transformavam a matéria-prima em glicose, os carregamentos de salitre e fosfato rochoso, que eram os aditivos mais importantes, os frascos de materiais orgânicos fornecidos pelos laboratórios químicos... tudo se resumia a uma coisa: levedura e mais levedura.

Sem levedura, seis dos oito bilhões de habitantes da Terra passariam fome em apenas um ano.

Esse pensamento fez Baley sentir um frio na espinha. Há três dias, essa possibilidade era tão real quanto agora, mas há três dias nunca teria ocorrido a Baley pensar sobre isso.

Com um ruído estridente do carro, eles deixaram a autoestrada por uma saída nos arredores de Newark. As avenidas pouco povoadas, ladeadas por blocos monótonos, que eram as unidades de cultivo, ofereciam pouco para frear sua velocidade.

– Que horas são, Daneel? – perguntou Baley.

– 16h05 – respondeu R. Daneel.

– Então ele está no trabalho, se estiver no turno do dia.

Baley estacionou a viatura na vaga reservada para entregas e travou os controles.

– Então esta é a Leveduras Nova York, Elijah? – o robô questionou.

– Parte dela – informou Baley.

Eles entraram em um corredor com fileiras de escritórios dos dois lados. Uma recepcionista na curva do corredor instantaneamente sorriu para eles.

– Com quem gostariam de falar?

Baley abriu a carteira.

– Polícia. Um tal Francis Clousarr trabalha na Leveduras Nova York?

A moça pareceu perturbada.

– Posso verificar.

Através da central telefônica, ela estabeleceu uma conexão com uma linha marcada como "Recursos Humanos" e seus lábios se mexeram levemente, embora não fosse possível ouvir som algum.

Baley conhecia os telefones com leitor de movimento que traduziam os ligeiros movimentos da laringe em palavras. Ele disse:

– Fale em voz alta. Deixe-me ouvir o que diz.

Suas palavras passaram a ser audíveis, mas consistiram apenas em "... ele diz que é policial, senhor".

Um homem negro e bem-vestido saiu de uma das portas. Usava um fino bigode e começavam a aparecer entradas em seu cabelo. Ele deu um sorriso pálido e disse:

– Sou Prescott, do departamento de Recursos Humanos. Qual é o problema, policial?

Baley olhou para ele friamente e Prescott deu um sorriso forçado.

Prescott continuou:

– Só não quero perturbar os funcionários. Eles ficam melindrosos quando o assunto é polícia.

Baley disse:

– Difícil, não é? Clousarr está na empresa agora?

– Sim, policial.

– Então utilizaremos um localizador. E se ele já tiver ido embora quando chegarmos lá, voltaremos a falar com você.

O outro deu um sorriso sombrio. Ele murmurou:

– Vou pegar um localizador para você, policial.

* * *

Ajustaram o localizador para o Departamento CG, Seção 2. O que isso queria dizer quanto à terminologia das fábricas, Baley não sabia. Ele não precisava saber. O localizador era um objeto discreto que cabia na palma da mão. Tinha uma ponta que esquentava um pouco quando o aparelho estava na direção ajustada e esfriava rapidamente quando o viravam para outra direção. A temperatura aumentava conforme o objetivo final se aproximava.

Para um amador, um localizador era quase inútil, com suas rápidas e sutis diferenças de temperatura, mas poucos moradores da Cidade eram amadores nesse jogo específico. Um dos jogos mais populares e recorrentes na infância era o esconde-esconde pelos corredores do andar onde ficava a escola com o uso de localizadores de brinquedo. (Frio ou quente, o Hot Spot te sente. Hot Spot, o localizador eficiente.)

Baley tinha encontrado o caminho em meio a centenas de pilhas gigantescas usando um localizador e conseguiu seguir o caminho mais curto com um deles na mão como se tivessem feito um mapa para ele.

Dez minutos depois, quando ele entrou em uma sala grande e bem iluminada, a ponta do localizador estava quase quente.

Baley questionou o funcionário que estava mais perto da porta:

— Francis Clousarr está aqui?

O funcionário fez um movimento de cabeça. Baley seguiu na direção indicada. O cheiro de levedura era altamente penetrante, apesar de as bombas de ar, cujo zunido formava um constante ruído ao fundo, estarem funcionando.

Um homem tinha se levantado na outra extremidade da sala e estava tirando um avental. Ele tinha estatura mediana, seu rosto era marcado por várias linhas de expressão, apesar de ser relativamente jovem, e seu cabelo estava começando a ficar grisalho. Tinha mãos grandes e nodosas, que enxugava devagar em uma toalha celltex.

— Eu sou Francis Clousarr — falou o homem.

Baley olhou rapidamente para R. Daneel. O robô assentiu com a cabeça.

— Muito bem — começou Baley. — Há algum lugar aqui onde possamos conversar?

— Talvez — Clousarr respondeu com cautela —, mas está quase no fim do meu turno. Que tal amanhã?

— Há muitas horas entre hoje e amanhã. Vamos conversar agora.

Baley abriu a carteira e mostrou-a ao funcionário.

Mas as mãos de Clousarr não tremeram enquanto as enxugava sombriamente. Ele comentou de um modo frio:

— Não sei como funcionam as coisas no Departamento de Polícia, mas por aqui há horários rígidos para as refeições, sem flexibilidade. Ou como entre as 17h e as 17h45 ou não como.

— Não tem problema — retrucou Baley. — Vou providenciar para que tragam o seu jantar.

— Ora vejam — Clousarr disse com tristeza. — Igualzinho a um aristocrata ou a um tira de grau C. O que vai ser depois? Um banho em uma cabine individual?

— Apenas responda às perguntas, Clousarr — resmungou Baley —, e guarde as grandes piadas para a sua namorada. Onde podemos conversar?

– Se quer conversar, que tal a sala de medição? Faça como quiser, eu não tenho nada a dizer.

Baley conduziu Clousarr para a sala de medição. Ela tinha um formato quadrado, era de um branco antisséptico, tinha ar condicionado independente da sala maior (e mais eficiente), e suas paredes estavam cheias de delicadas balanças eletrônicas cuja medição e manipulação se davam apenas por barreiras de força. Baley tinha usado modelos mais baratos na faculdade. Um dos modelos, o qual ele reconheceu, podia medir um bilhão de átomos.

– Acho que não haverá ninguém por aqui por um tempo – Clousarr informou.

Baley resmungou, depois virou-se para Daneel e disse:

– Você poderia sair e pedir para mandarem uma refeição para cá? E, se não se importar, espere lá fora até a refeição chegar.

Ele viu R. Daneel sair e então perguntou a Clousarr:

– Você é químico?

– Sou zymologista, se não se importar.

– Qual é a diferença?

Clousarr respondeu com um ar de superioridade:

– O químico é um trabalhador braçal. O zymologista é um homem que ajuda a manter vivos alguns bilhões de pessoas. Sou um especialista em produção de levedura.

– Certo – murmurou Baley.

Mas Clousarr continuou:

– Este laboratório mantém a Leveduras Nova York funcionando. Não há um dia, uma hora sequer, em que não tenhamos culturas de todo tipo de variedade de levedura na companhia se desenvolvendo em nossas caldeiras. Nós verificamos e ajustamos os requisitos referentes aos fatores alimentares. Nós nos certificamos de que elas estejam de fato se reproduzindo. Nós modificamos a genética, damos origem a novas variedades e eliminamos algumas, escolhemos suas propriedades e as reconstruímos. Quando os moradores de Nova York começaram a encontrar morangos fora de época há dois anos, não eram morangos, camarada. Era uma cultura especial de levedura com alto teor de açúcar, coloração puramente artificial e uma pitada de aromatizantes. Foi desenvolvido bem aqui nesta sala. Há vinte anos, o *Saccharomyces olei Benedictae* era apenas uma variedade mirrada com um gosto nojento de sebo e que não servia para nada. Ela ainda tem gosto de sebo, mas o teor de gordura foi elevado de 15 para 87 por cento. Se você passou pela via expressa hoje, lembre-se de que ela é lubrificada apenas com *S. O. Benedictae, Variedade AG-7*. Essa variedade foi desenvolvida bem aqui, nesta sala. Então não me chame de químico. Sou um zymologista.

Sem perceber, Baley recuou diante do orgulho feroz do outro.

Ele interrogou de modo abrupto:

— Onde você estava ontem à noite entre as 18h e as 20h?

Clousarr encolheu os ombros.

— Andando. Gosto de caminhar um pouco depois do jantar.

— Fez alguma visita a amigos? Ou foi ao salão subetérico?

— Não. Só andei.

Baley apertou os lábios. Uma visita ao salão subetérico teria implicado uma marca no seu cartão alimentação. Se tivesse feito uma visita a um amigo, teria que citar nomes e a polícia faria uma averiguação.

— Então ninguém o viu?

— Talvez alguém tenha visto. Não sei. Não que eu saiba.

— E anteontem à noite?

— A mesma coisa.

— Então você não tem um álibi para nenhuma das duas noites?

— Se eu tivesse cometido um crime, policial, eu teria um. Para que preciso de um álibi?

Baley não respondeu. Ele consultou um livrinho.

— Você se apresentou a um juiz uma vez. Provocação de tumulto.

— É. Um desses R's me empurrou para passar e eu passei uma rasteira nele. Isso é provocação de tumulto?

— Os tribunais acharam que sim. Você foi condenado e multado.

— Isso encerra a questão, não encerra? Ou você quer me multar de novo?

— Na noite de anteontem, quase houve um tumulto em uma sapataria no Bronx. Você foi visto lá.

— Por quem?

— Era horário de refeição para você aqui — prosseguiu Baley. — Você jantou dois dias atrás?

Clousarr hesitou e depois meneou a cabeça.

— Estômago embrulhado. As leveduras fazem isso às vezes. Mesmo com um veterano.

— Ontem à noite, quase houve um tumulto em Williamsburg e você foi visto *lá*.

— Por quem?

—Você nega que estava presente em ambas as ocasiões?

—Você não está me dando nada que eu tenha que negar. Onde exatamente essas coisas aconteceram e quem disse que me viu?

Baley olhou bem para o zymologista.

— Eu acho que você sabe muito bem do que estou falando. Acho que você é um homem importante dentro de uma organização Medievalista clandestina.

— Não posso impedir que ache nada, policial, mas achar não é evidência. Talvez saiba disso. — Clousarr sorriu abertamente.

—Talvez — disse Baley, com uma expressão inflexível — eu possa fazer você me contar a verdade agora mesmo.

Baley foi até a porta da sala de medição e a abriu. Ele perguntou para R. Daneel, que esperava do lado de fora, impassível:

— O jantar de Clousarr já chegou?

— Já estão trazendo, Elijah.

— Por favor, entre com o jantar, Daneel.

R. Daneel entrou depois de um instante carregando uma bandeja de metal com compartimentos.

— Coloque-a diante do sr. Clousarr, Daneel — pediu Baley. Ele se sentou em um dos bancos enfileirados ao longo da parede com as balanças, com as pernas cruzadas e um pé balançando de modo cadenciado. Ele observou Clousarr se afastar quando R. Daneel colocou a bandeja em um banco próximo ao zymologista.

— Sr. Clousarr — continuou Baley. — Quero lhe apresentar o meu parceiro, Daneel Olivaw.

Daneel estendeu a mão e falou:

— Como vai, Francis?

Clousarr não disse nada. Não fez nenhum movimento para apertar a mão que Daneel estendera. Daneel continuou na mesma posição e Clousarr começou a enrubescer.

Baley murmurou de maneira suave:

— Você está sendo grosseiro, sr. Clousarr. É orgulhoso demais para apertar as mãos de um policial?

— Se não se importa, estou com fome — resmungou Clousarr.

Ele abriu um garfo dobrável que estava acoplado ao canivete que tinha tirado do bolso e se sentou, com os olhos fixos na comida.

— Daneel — comentou Baley —, acho que nosso amigo está ofendido com a sua atitude fria. Você não ficou bravo com ele, ficou?

— De forma alguma, Elijah — respondeu R. Daneel.

— Então mostre que não tem ressentimentos. Coloque o seu braço sobre os ombros dele.

— Ficarei satisfeito em fazer isso — disse R. Daneel, dando um passo à frente.

Clousarr colocou o garfo no prato.

— O que é isso? O que está acontecendo?

Sereno, Daneel estendeu o braço.

Clousarr virou o braço com violência, afastando o braço de R. Daneel com as costas da mão.

— Droga, não me toque.

Ele se levantou e se afastou, e a bandeja com a comida virou e caiu, fazendo um estardalhaço e deixando uma bagunça no chão.

Baley, com um olhar frio, fez um breve aceno para R. Daneel, o qual continuou, portanto, a avançar imperturbavelmente em direção ao zymologista que tentava fugir. Baley colocou-se na frente da porta.

— Mantenha essa coisa longe de mim — bradou Clousarr.

— Isso não é modo de falar — Baley o repreendeu com equanimidade. — Esse homem é meu parceiro.

— Você quer dizer que ele é um maldito robô — gritou Clousarr.

— Afaste-se dele, Daneel — Baley ordenou prontamente.

R. Daneel se afastou e ficou em silêncio na frente da porta, bem atrás de Baley. Clousarr, com a respiração bem ofegante e os punhos cerrados, encarou Baley.

— Tudo bem, espertinho — disse Baley. — O que o faz pensar que Daneel é um robô?

— Qualquer um poderia dizer!

— Deixaremos que um juiz decida. Enquanto isso, acho que queremos que você vá à sede do departamento, Clousarr. Queremos que você explique com exatidão como sabia que Daneel era um robô. E muito mais, camarada, muito mais. Daneel, saia da sala e ligue para o Comissário. Ele já deve estar em casa. Peça para ele ir ao departamento. Diga que tenho um sujeito aqui que mal pode esperar para ser interrogado.

R. Daneel saiu.

— Como vocês operam, Clousarr? — questionou Baley.

— Quero um advogado.

— Você vai ter um. Enquanto isso, por que não me conta o que motiva vocês, Medievalistas?

Clousarr desviou o olhar, decidido a ficar em silêncio.

Baley insistiu:

— Por Josafá, homem, sabemos tudo sobre você *e* a sua organização. Não estou blefando. Apenas me diga uma coisa, por curiosidade: o que vocês, Medievalistas, *querem*?

– Voltar ao solo – murmurou Clousarr com uma voz abafada.
– É simples, não é?

– É simples de dizer – argumentou Baley. – Mas não é simples de fazer. Como o solo vai sustentar oito bilhões de pessoas?

– Eu disse voltar ao solo da noite para o dia? Ou em um ano? Ou em cem anos? Passo a passo, senhor policial. Não importa quanto tempo demore, mas vamos começar a sair dessas cavernas onde vivemos. Vamos sair ao ar livre.

– Você já saiu ao ar livre *alguma vez*?

Clousarr ficou constrangido.

– O.k., também estou condenado. Mas as crianças não estão perdidas ainda. Há bebês nascendo constantemente. Deixe que eles saiam, pelo amor de Deus. Deixe-os ter espaço, ar livre e sol. Se for necessário, também reduziremos a população aos poucos.

– De volta, em outras palavras, a um passado impossível. – Baley não sabia realmente por que estava discutindo, exceto pela estranha febre queimando em suas veias. – De volta à semente, ao ovo, ao útero. Por que não seguir em frente? Não reduzir a população da Terra. Exportá-la. Voltar ao solo, mas voltar ao solo de outros planetas. Colonizar!

Clousarr deu uma risada brusca.

– E criar mais Mundos Siderais? Mais Siderais?

– Não criaremos. Os Mundos Siderais foram colonizados por terráqueos vindos de um planeta que não tinha Cidades, por terráqueos individualistas e materialistas. Essas qualidades foram levadas a um extremo doentio. Agora podemos colonizar com base em uma sociedade que desenvolveu a cooperação, se é que se pode dizer isso, em excesso. Agora, meio ambiente e tradição podem interagir para formar um meio-termo, diferente tanto da antiga Terra quanto dos Mundos Siderais. Algo mais novo e melhor.

Ele estava repetindo as palavras do dr. Fastolfe como um papagaio, ele sabia, mas elas surgiam como se ele pensasse dessa forma há anos.

– Loucura! – exclamou Clousarr. – Colonizar planetas desertos sendo que temos um mundo nosso ao alcance da mão? Quem seriam os tolos a tentar uma coisa dessas?

– Muitos. E não seriam tolos. Haveria robôs para ajudá-los.

– Não – disse Clousarr, impetuosamente. – Nunca! Sem robôs!

– Por Deus, por que não? Eu também não gosto deles, mas não vou me prejudicar por causa de um preconceito. Você tem medo de que nos robôs? Se quer saber o que eu acho, é um sentimento de inferioridade. Nós, todos nós, sentimo-nos inferiores aos Siderais e odiamos isso. Precisamos nos sentir superiores de alguma forma, em algum lugar, para recompensar por essa sensação, e o que nos mata é que não conseguimos nem ao menos nos sentir superiores aos robôs. Eles parecem ser melhores do que nós... mas eles *não* são. E essa é a maldita ironia dessa situação.

Baley sentia o sangue ferver enquanto falava.

– Olhe para Daneel, com quem estou trabalhando há mais de dois dias. Ele é mais alto do que eu, mais forte, mais bonito. Na verdade, ele parece um Sideral. Sua memória é melhor e sabe mais coisas. Não tem que dormir ou comer. Não tem problemas com doenças ou pânico, amor ou culpa...

... Mas ele é uma máquina. Posso fazer o que quiser com ele, como eu faço com aquela microbalança ali. Se eu bater na microbalança, ela não vai me bater de volta. Nem Daneel. Posso pedir para ele apontar um desintegrador para si mesmo e ele fará isso. Nunca poderemos construir um robô tão bom quanto um ser humano em nada do que seja significativo, que dirá melhor. Não podemos criar um robô com senso de beleza ou senso de ética ou senso de religião. É impossível elevar um cérebro positrônico uma polegada acima do nível do perfeito materialismo. Não podemos, droga, não podemos. Não enquanto não entendermos o que faz o nosso cérebro funcionar. Não enquanto houver coisas que a ciência não puder medir. O que *é* beleza, ou bondade, ou arte, ou amor, ou Deus? Estamos sempre à beira do incognoscível, sempre tentando compreender o que não conseguimos compreender. Isso nos torna homens. O cérebro de um robô deve ser finito, caso contrário, não pode ser construído. Deve ser calculado até a última casa decimal a fim de que tenha uma finalidade. Por Josafá, do que você tem medo? Um robô pode ter a aparência de Daneel, pode ter a aparência de um deus, e ser tão humano quanto um pedaço de madeira. Você não entende isso?

Clousarr tinha tentado interromper várias vezes a furiosa enxurrada de argumentos de Baley, mas sem obter êxito. Quando Baley, em completa exaustão emocional, parou de falar, ele comentou debilmente:

– O tira virou um filósofo. Quem diria...

* * *

R. Daneel entrou de novo.

Baley olhou para ele e franziu a sobrancelha, em parte por conta da raiva que ainda sentia, em parte por conta do aborrecimento mais recente.

Ele disse:

– Por que demorou?

– Tive dificuldade para encontrar o Comissário Enderby, Elijah – respondeu R. Daneel. – Acontece que ele ainda estava no escritório dele.

Baley olhou para o relógio.

– *Até agora?* Por quê?

– Há certa confusão no momento. Um cadáver foi encontrado no Departamento.

– *O quê?* Pelo amor de Deus, quem foi?

– O mensageiro, R. Sammy.

Baley engasgou. Ele olhou para o robô e exclamou com um tom de voz indignado:

– Pensei que tivesse falado em um cadáver.

R. Daneel corrigiu a informação com serenidade.

– Um robô com um cérebro totalmente desativado, se preferir.

Clousarr riu de repente e Baley virou-se para ele e falou, com a voz rouca:

– E você, fique calado! Entendeu?

Em um gesto deliberado, ele sacou o desintegrador. Clousarr não abriu a boca.

– Bem, o que há de errado? – Baley continuou. – Um fusível de R. Sammy queimou. E daí?

– O Comissário Enderby foi evasivo, Elijah, mas, embora ele não tenha dito isso abertamente, tenho a impressão de que ele acredita que R. Sammy tenha sido desativado de propósito.

E então, enquanto Baley absorvia a notícia em silêncio, R. Daneel acrescentou, sério:

– Ou, se você preferir, assassinado.

(16) QUESTÕES SOBRE UM MOTIVO

Baley guardou o desintegrador, mas manteve a mão discretamente sobre a coronha da arma.

— Siga à nossa frente, Clousarr — indicou Baley —, para a Rua 17, Saída B.

— Eu não comi — reclamou Clousarr.

— Que pena — retrucou Baley, impaciente. — A sua comida está lá no chão onde você a jogou.

— Eu tenho direito de comer.

— Vai comer na detenção, ou vai perder uma refeição. Você não vai morrer de fome. Vá andando.

Os três permaneceram em silêncio enquanto abriam caminho em meio ao labirinto da Leveduras Nova York, Clousarr andando friamente à frente, Baley logo atrás dele e R. Daneel por último.

Foi só depois que Baley e R. Daneel registraram sua saída na mesa da recepcionista, depois que Clousarr pediu licença para sair e solicitou que mandassem um homem limpar a sala de medição, depois que eles já estavam do lado de fora da fábrica, do lado da viatura estacionada, que Clousarr disse:

— Espere só um minuto.

Clousarr parou, virou-se para R. Daneel e, antes que Baley pudesse fazer algo para detê-lo, ele deu um passo à frente e, com a mão espalmada, acertou em cheio o rosto do robô.

— Que inferno! — berrou Baley, agarrando Clousarr com violência.

Clousarr não resistiu quando o investigador o segurou.

— Tudo bem. Eu vou. Só queria ver com os meus próprios olhos — ele explicou, sorrindo.

R. Daneel, tendo desviado do tapa, mas sem escapar dele por completo, fitava Clousarr com calma. Não havia nenhuma marca vermelha do rosto dele, nenhuma marca de pancada.

— Esse foi um ato perigoso, Francis — comentou o robô. — Se eu não tivesse desviado, você poderia facilmente ter machucado a sua mão. De qualquer forma, eu lamento ter lhe causado dor.

Clousarr riu.

— Entre, Clousarr — resmungou Baley. — Você também, Daneel. No banco de trás, com ele. E não deixe ele se mexer. Não me importo se para isso for necessário quebrar o braço dele. É uma ordem.

— E a Primeira Lei? — zombou Clousarr.

— Acho que Daneel é forte e rápido o suficiente para detê-lo sem feri-lo, mas não faria mal nenhum se, para isso, quebrasse um ou dois braços.

Baley sentou-se no banco do motorista e acelerou a viatura. O vento vazio bagunçava seus cabelos e os de Clousarr, mas não os de R. Daneel, que continuavam impecavelmente penteados.

— Você teme os robôs por conta do seu emprego, Clousarr? — R. Daneel questionou calmamente.

Baley não pôde se virar para ver a expressão de Clousarr, mas tinha certeza de que era o duro e rígido reflexo da repulsa que o tinha feito se sentar rigidamente distante, tão longe quanto possível de R. Daneel.

AS CAVERNAS DE AÇO

— E o emprego dos meus filhos — Baley pôde ouvir a voz de Clousarr responder. — E o dos filhos de todo mundo.

— Certamente, algumas adaptações são possíveis — disse o robô.

— Se os seus filhos, por exemplo, aceitassem um treinamento para emigrar...

— Você também? — interrompeu Clousarr. — O policial falou sobre emigração. Ele recebeu um bom treinamento de robô. Talvez ele *seja* um robô.

Baley bradou com rispidez:

— Já chega!

R. Daneel continuou, de maneira imparcial:

— Uma escola para treinar emigrantes implicaria segurança, classificação garantida e carreira assegurada. Se está preocupado com os seus filhos, deveria levar isso em consideração.

— Eu não aceitaria nada de um robô, nem de um Sideral, nem de nenhuma das suas hienas treinadas no governo.

Isso foi tudo. O silêncio da autoestrada os envolveu e só se podia ouvir o ronco do motor da viatura e o ruído do pneu no asfalto.

* * *

De volta ao Departamento, Baley assinou a detenção de Clousarr e o deixou sob custódia apropriada. Depois disso, ele e R. Daneel subiram pela espiral motorizada aos níveis do Departamento.

R. Daneel não se mostrou surpreso por não terem ido pelo elevador, nem Baley esperava que ele demonstrasse tal reação. Ele estava se acostumando com a estranha mistura de habilidade e submissão, e tendia a se esquecer de incluí-lo em seus cálculos. O elevador era o método lógico para passar pela lacuna vertical entre a Detenção e a sede do Departamento. A longa escada em movimento que era a espiral motorizada era útil apenas para subidas ou descidas menores, de dois ou três andares no máximo. Pessoas de todos os tipos e de todas as variedades de ocupações administrativas pegavam a escada e saíam dela em menos de um minuto. Apenas Baley e R. Daneel continuaram subindo em um ritmo lento e inalterável.

Baley sentia que precisava daquele tempo. Ele teria, no máximo, alguns minutos, mas lá na sede do Departamento, teria que encarar outra fase do problema e ele queria descansar. Queria tempo para pensar e se orientar. Apesar de estar se movimentando devagar, a espiral motorizada passava rápido demais para o gosto dele.

– Parece, então, que não vamos interrogar Clousarr ainda – comentou R. Daneel.

– Ele vai ficar lá – disse Baley, irritado. – Vamos descobrir do que se trata essa questão do R. Sammy. – Resmungando, ele acrescentou mais para si do que para R. Daneel: – Não podem ser dois fatos isolados; deve haver uma ligação.

– É uma pena – murmurou R. Daneel. – As características cerebrais de Clousarr...

– O que têm elas?

– Elas mudaram de um modo estranho. O que aconteceu entre vocês dois na sala de medição enquanto eu não estava presente?

Baley comentou distraidamente:

– A única coisa que eu fiz foi dar um sermão. Um sermão do evangelho segundo São Fastolfe.

– Não o entendo, Elijah.

Baley suspirou e explicou:

– Escute, eu tentei explicar que a Terra também poderia fazer uso dos robôs e levar a população excedente para outros planetas. Tentei tirar algumas das besteiras Medievalistas da cabeça dele. Só Deus sabe por quê. Nunca pensei que eu fosse o tipo missionário. De qualquer forma, foi só isso que aconteceu.

– Entendo. Bem, isso faz sentido. Talvez isso explique as coisas. Diga-me, Elijah, o que você disse a ele sobre os robôs?

– Quer mesmo saber? Eu disse a ele que os robôs eram simplesmente máquinas. Esse foi o evangelho segundo São Gerrigel. Há inúmeros evangelhos, eu acho.

AS CAVERNAS DE AÇO

– Você por acaso disse que uma pessoa podia bater em um robô sem medo de que ele revidasse, do mesmo modo como poderia fazer com qualquer outro objeto mecânico?

– Exceto um saco de boxe, eu imagino. Sim. Mas como você adivinhou isso? – Baley olhou curioso para o robô.

– Corresponde às mudanças cerebrais – elucidou R. Daneel – e explica o golpe que ele desferiu contra meu rosto depois que saímos da fábrica. Ele devia estar pensando no que você disse, então, ao mesmo tempo, ele testou as suas declarações e teve o prazer de me ver, no que parecia a ele, em uma posição de inferioridade. Para estar motivado a isso e permitir que as variações delta em sua... – Ele parou por alguns instantes e continuou: – Sim, é bem interessante, e agora acredito que posso formar um todo coerente dos dados.

Estavam se aproximando do andar da sede do Departamento. Baley perguntou:

– Que horas são?

De mau humor, ele pensou: "Que maluco, eu podia olhar para o meu relógio e, desse modo, demorar menos tempo".

Contudo, ele sabia por que tinha perguntado ao robô. Não era muito diferente do motivo pelo qual Clousarr tinha batido em R. Daneel. Dar uma ordem banal que ele era obrigado a cumprir enfatizava sua roboticidade e, por outro lado, a humanidade de Baley.

Baley pensou: "Somos todos irmãos. Por dentro, por fora, de todas as formas. Por Josafá!"

– São 20h10 – respondeu R. Daneel.

Eles saíram da escada e, por alguns segundos, Baley teve aquela estranha sensação que acompanhava a necessária adaptação à falta de movimento depois de longos minutos de movimento constante.

– E eu não comi – Baley reclamou. – Droga de emprego.

* * *

Baley viu e ouviu o Comissário Enderby pela porta aberta de seu escritório. O salão estava vazio, como se tivessem feito faxina nele, e a voz de Enderby ressoava pelo cômodo em um tom estranhamente cavernoso. Seu rosto redondo parecia vazio e frágil sem os óculos, que estavam em sua mão, enquanto ele esfregava a testa macia com um delicado lenço de papel.

Seus olhos avistaram Baley no exato momento em que ele chegou à porta e sua voz tinha um tom agudo e petulante.

– Meu Deus, Baley, onde diabos você estava?

Baley desconsiderou o comentário e resmungou:

– O que está acontecendo? E o turno da noite? – e então avistou a segunda pessoa no escritório com o Comissário.

Ele exclamou de um modo vago:

– Dr. Gerrigel!

O roboticista grisalho respondeu ao cumprimento involuntário com um breve aceno de cabeça.

– Fico feliz em vê-lo novamente, sr. Baley.

O Comissário ajeitou os óculos outra vez e olhou para Baley por detrás deles.

– A equipe toda está sendo interrogada lá embaixo. Estão assinando declarações. Quase fiquei louco tentando encontrá-lo. Pareceu-me estranha a sua saída.

– A *minha* saída? – explodiu Baley, energicamente.

– A saída de qualquer um. Alguém no Departamento fez isso e tudo vai virar um inferno por causa disso. Que confusão! Vai ser uma confusão *daquelas*!

Ele levantou as mãos como em uma súplica aos céus e, quando fez isso, seu olhar recaiu sobre R. Daneel.

Baley pensou de um modo sarcástico: "É a primeira vez que você encara R. Daneel. Dê uma boa olhada, Julius!".

O Comissário disse com voz tênue:

– *Ele vai* ter que assinar uma declaração. Até *eu tive* que fazer isso. Eu!

AS CAVERNAS DE AÇO

– Escute, Comissário – interrompeu Baley –, o que o faz ter tanta certeza de que R. Sammy não queimou um parafuso sozinho? O que torna isso um caso de destruição proposital?

O Comissário sentou-se pesadamente.

– Pergunte a ele – o chefe comentou, apontando para o dr. Gerrigel.

O dr. Gerrigel pigarreou.

– Eu nem sei direito como abordar a situação, sr. Baley. Pela sua expressão, eu diria que está surpreso em me ver.

– Mais ou menos – admitiu Baley.

– Bem, eu não estava com muita pressa de voltar para Washington e são tão raras as minhas visitas a Nova York que decidi ficar mais um pouco. E, o que é mais importante, eu tinha uma sensação cada vez maior de que seria um crime sair da Cidade sem ter feito pelo menos mais um esforço para obter uma permissão para analisar o seu fascinante robô, o qual, por sinal – ele parecia bastante ansioso –, vejo que está com você.

Baley estava muito inquieto.

– Isso não será possível.

O roboticista parecia desapontado.

– Agora não. Talvez mais tarde?

O rosto comprido de Baley continuava indiferente.

O dr. Gerrigel continuou.

– Eu liguei para o senhor, mas o senhor não estava aqui e ninguém sabia onde poderia estar. Perguntei ao Comissário e ele pediu que eu viesse à sede do Departamento e o esperasse.

O Comissário interrompeu rapidamente.

– Pensei que poderia ser importante. Eu sabia que você queria ver o homem.

– Obrigado – Baley acenou com a cabeça.

– Infelizmente – o dr. Gerrigel prosseguiu –, o meu localizador não estava funcionando muito bem, ou talvez, com o excesso de ansiedade, eu não tenha reparado na sua temperatura. Em todo caso, peguei o caminho errado e fui parar em uma sala pequena...

— Uma das salas de materiais fotográficos, Lije — o Comissário interrompeu de novo.

— Sim — disse o dr. Gerrigel. — E havia um vulto debruçado daquilo que era, sem dúvida, um robô. Para mim, ficou bastante claro, após um rápido exame, que ele estava irreversivelmente desativado. Morto, pode-se dizer. Tampouco foi difícil determinar a causa da desativação.

— O que foi? — perguntou Baley.

— No punho direito do robô, que estava parcialmente fechado — respondeu o dr. Gerrigel —, havia um objeto ovoide e brilhante de pouco mais de cinco centímetros de comprimento e pouco menos de um centímetro e meio de largura com uma placa de mica em uma das extremidades. O punho estava em contato com o crânio, como se a última ação do robô tivesse sido a de tocar a cabeça. A coisa que ele estava segurando era um atomizador alfa. Imagino que o senhor saiba o que é isso.

Baley assentiu com a cabeça. Ele não precisava nem de dicionário nem de manual para saber o que era um atomizador alfa. Tinha manuseado vários nos cursos de laboratório de física: um invólucro feito de uma liga de estanho e chumbo com uma abertura longitudinal estreita, no fundo da qual havia um fragmento de sal de plutônio. A abertura era coberta com uma lâmina de mica, que era permeável às partículas alfa. E é justamente nessa direção que se espalhava a radiação dura.

Um atomizador alfa tinha muitos usos, mas matar robôs não era um deles; pelo menos não era um dos seus usos legais.

— Ele estava segurando o atomizador alfa com a placa de mica voltada para a cabeça, eu presumo — deduziu Baley.

— Sim — o dr. Gerrigel confirmou —, e o padrão dos trajetos do seu cérebro positrônico se tornou imediatamente aleatório. Morte instantânea, por assim dizer.

AS CAVERNAS DE AÇO

Baley virou-se para o pálido Comissário.

– Certeza? *Era* mesmo um atomizador alfa?

– Definitivamente – o Comissário afirmou com a cabeça, fazendo beiço com os lábios roliços. – Os medidores podiam localizá-lo a três metros de distância. O filme fotográfico do depósito ficou velado. Não há dúvidas. – Ele pareceu refletir sobre o assunto por um instante, e então falou de repente: – Dr. Gerrigel, acho que, infelizmente, o senhor terá que ficar na Cidade por um ou dois dias até que consigamos passar a sua evidência para um microfilme. Vou pedir que o acompanhem a um quarto. Espero que não se importe de ser escoltado.

– Você acha que é necessário? – o dr. Gerrigel questionou, nervosamente.

– É mais seguro.

O dr. Gerrigel, aparentando estar um tanto distraído, cumprimentou todos, inclusive R. Daneel, e saiu.

– Foi um dos nossos, Lije – suspirou o Comissário. – É isso que me incomoda. Nenhum estranho viria ao Departamento apenas para destruir um robô. Há muitos deles lá fora, onde é mais seguro destruí-los. E tinha que ser alguém que pudesse pegar um atomizador alfa. Eles são difíceis de conseguir.

A voz fria e uniforme de R. Daneel cortou a fala agitada do Comissário.

– Mas qual é o motivo desse assassinato? – ele perguntou.

O Comissário olhou para R. Daneel com evidente aversão e depois desviou o olhar.

– Somos humanos também. Suponho que os policiais podem não gostar de robôs tanto quanto qualquer outra pessoa. Agora ele se foi e talvez isso seja um alívio para alguém. Ele costumava irritá-lo bastante, Lije, você se lembra?

– Isso não é motivo para cometer um assassinato – argumentou R. Daneel.

– Não – Baley concordou decididamente.

– Não é assassinato – retrucou o Comissário. – É dano material. Vamos ter em mente nossos termos legais. Só que aconteceu dentro do Departamento. Em qualquer outro lugar, não seria nada. Nada. Agora pode se tornar um escândalo dos grandes. Lije!

– Sim?

– Quando você viu R. Sammy pela última vez?

– R. Daneel falou com R. Sammy depois do almoço – Baley respondeu. – Acho que eram mais ou menos 13h30. Ele providenciou para que usássemos o seu escritório, Comissário.

– Meu escritório? Para quê?

– Eu queria falar sobre o caso com R. Daneel com um pouco de privacidade. Você não estava, então o seu escritório era uma opção óbvia.

– Entendo. – O Comissário parecia duvidar, mas deixou o assunto continuar. – Você não o viu?

– Não, mas eu ouvi sua voz talvez uma hora depois.

– Você tem certeza de que era ele?

– Absoluta.

– Isso seria em torno das 14h30?

– Ou um pouco antes.

– Bem, isso define uma coisa – murmurou o Comissário, mordendo os lábios roliços.

– Define?

– Sim. O garoto, Vincent Barrett, esteve aqui hoje. Você sabia disso?

– Sim. Mas, Comissário, ele não faria uma coisa dessas.

O Comissário alçou o olhar até encontrar o rosto de Baley.

– Por que não? R. Sammy tomou o emprego dele. Posso entender como ele se sente. Deve haver uma tremenda sensação de injustiça. Ele poderia querer se vingar. Você não ia querer? Mas o fato é que ele saiu do edifício às 14h e você ouviu R. Sammy enquanto ainda estava vivo às 14h30. É claro que ele poderia ter dado o atomizador alfa para R. Sammy antes de sair com instruções para

AS CAVERNAS DE AÇO

não usá-lo antes de uma hora, mas onde ele poderia ter consegui-do um? Não dá nem para pensar nisso. Voltemos para R. Sammy. Quando você falou com ele às 14h30, o que ele disse?

Baley hesitou, de modo perceptível, por um momento e então respondeu cautelosamente:

– Eu não me lembro. Saí pouco depois.

– Aonde você foi?

– Acabei indo para o Distrito da Levedura. A propósito, quero falar com você sobre isso.

– Mais tarde. Mais tarde. – O Comissário esfregou o queixo. – Percebi que Jessie esteve aqui hoje. Quero dizer, estávamos ve-rificando todos os visitantes de hoje e acabei vendo o nome dela.

– Ela esteve aqui – Baley confirmou friamente.

– Para quê?

– Questões íntimas de família.

– Ela terá que ser interrogada por uma questão de pura for-malidade.

– Entendo dos procedimentos de rotina da polícia, Comissário. A propósito, e o atomizador? Descobriram de onde é?

– Ah, sim. Veio de uma das usinas de energia elétrica.

– Como eles explicam a perda de um atomizador alfa?

– Não explicaram. Eles não têm ideia. Mas ouça, Lije, exce-to pelas declarações de rotina, isso não tem nada a ver com você. Atenha-se ao seu caso. Apenas àquela investigação da Vila Sideral.

– Posso fazer as minhas declarações de rotina mais tarde, Comis-sário? – Baley perguntou. – Acontece que eu não comi ainda.

O Comissário Enderby olhou bem para Baley através das lentes.

– Claro, vá comer alguma coisa. Mas fique no Departamento, tudo bem? Contudo, o seu parceiro está certo, Lije – ele parecia evitar dirigir-se a R. Daneel ou usar o nome dele. – Precisamos descobrir qual foi o motivo. O motivo.

Baley sentiu-se paralisado de repente.

Algo alheio a Baley, algo completamente estranho a ele, absorveu os eventos daquele dia e do dia anterior e de dois dias antes e os jogou para o alto. Mais uma vez, as peças começavam a cair, encaixando-se e começando a esboçar um padrão.

– De que usina de energia elétrica veio o atomizador, Comissário? – Baley perguntou.

– Da usina de Williamsburg. Por quê?

– Nada. Nada.

A última palavra que Baley ouviu o Comissário murmurar enquanto saía do escritório, seguido de perto por R. Daneel, foi "motivo; motivo".

* * *

Baley comeu uma modesta porção de comida no pequeno e pouco usado refeitório do Departamento. Ele devorou os tomates recheados sobre folhas de alface sem se dar muita conta de sua natureza. E mais ou menos um segundo depois de engolir o último bocado, seu garfo ainda deslizava a esmo sobre o prato de papelão escorregadio, procurando automaticamente por algo que não estava lá.

Ele percebeu esse fato e colocou o garfo na mesa com um abafado "por Josafá!".

– Daneel! – ele chamou.

R. Daneel estava sentado em outra mesa, como se quisesse deixar Baley, que estava evidentemente preocupado, em paz, ou como se ele próprio precisasse de privacidade. Baley pouco se importava qual das opções seria a correta.

Daneel se levantou, seguiu em direção à mesa de Baley e se sentou de novo.

– Sim, parceiro Elijah.

Baley não olhou para ele.

– Daneel, vou precisar da sua cooperação.

– De que forma?

— Eles vão interrogar Jessie e vão me interrogar também. Isso é certo. Deixe-me responder às perguntas do meu jeito. Entende?

— Entendo o que está dizendo, claro. Contudo, se me fizerem uma pergunta direta, como poderei dizer algo que não o que aconteceu?

— *Se* fizerem uma pergunta direta, é outra história. Estou pedindo apenas que você não dê informações voluntariamente. Você pode fazer isso, não pode?

— Acredito que sim, Elijah, dado que não pareça que estou causando um mal a um ser humano por ficar calado.

— Você vai *me* causar um mal se não fizer isso — Baley insistiu, de modo veemente. — Eu garanto que vai.

— Eu não entendo muito bem o seu ponto de vista, parceiro Elijah. Com certeza, o problema envolvendo R. Sammy não pode dizer respeito a você.

— Não? Tudo gira em torno do motivo, não é? Você questionou o motivo. O Comissário questionou o motivo. Por que alguém ia querer matar R. Sammy? Veja bem, não é apenas a questão de quem iria querer destruir robôs em geral. Praticamente qualquer terráqueo iria querer fazer isso. A questão é quem iria querer escolher R. Sammy? Vincent Barrett poderia querer, mas o Comissário disse que ele não teria conseguido obter um atomizador, e ele está certo. Temos que procurar em outro lugar, e acontece que outra pessoa tem um motivo. É óbvio. É gritante. Está na cara.

— Quem é a pessoa, Elijah?

— Sou eu, Daneel — Baley respondeu suavemente.

O rosto sem expressão de R. Daneel não se alterou sob o impacto da afirmação. Ele apenas meneou a cabeça.

— Você não concorda — deduziu Baley. — Minha mulher veio ao Departamento hoje. Eles já sabem disso. O Comissário está até curioso. Se eu não fosse um amigo pessoal, ele não teria parado com o interrogatório tão cedo. Agora vão descobrir por quê. Isso é certo. Ela fazia parte de uma conspiração, tola e inofensiva, mas uma conspiração do mesmo jeito. E um policial não pode se dar ao luxo de que sua mulher se envolva com nada desse tipo. Evidentemente, seria do meu interesse que a questão fosse abafada. Bem, quem sabia sobre isso? Eu e você, é claro, e Jessie... *e R. Sammy*. Ele a viu em estado de pânico. Quando ele lhe disse que nós tínhamos dado ordens para não ser incomodados, ela deve ter perdido o controle. Você viu como ela estava quando entrou.

— É pouco provável que ela tenha dito algo incriminador a ele — argumentou R. Daneel.

— Talvez. Mas estou reconstruindo o caso do modo como eles vão fazer. Eles afirmarão que ela disse. Aí está o meu motivo. Eu o matei para mantê-lo calado.

— Eles não vão pensar isso.

— Eles vão pensar isso. O assassinato foi planejado de propósito para levantar suspeitas sobre mim. Por que usar um atomizador? É um tanto arriscado. É difícil de conseguir e sua origem pode ser rastreada. Acho que é por isso mesmo que foi usado. O assassino até ordenou que R. Sammy fosse para a sala de materiais fotográficos para se matar lá. Parece-me óbvio que a razão disso era para que o método para cometer o assassinato fosse inconfundível. Mesmo que todos fossem tão pueris a ponto de não reconhecer o atomizador alfa de imediato, seria inevitável que alguém notasse o filme fotográfico velado em um espaço relativamente curto de tempo.

— Como você se encaixa nesse cenário, Elijah?

Baley sorriu um pouco; seu rosto comprido estava completamente desprovido de humor.

— Como uma luva. O atomizador alfa foi obtido na usina de energia de Williamsburg. Você e eu passamos por ela ontem. Nós fomos vistos, e esse fato vai vir à tona. Isso me dá a oportunidade de pegar a arma e o motivo para cometer o crime. E pode ser que nós tenhamos sido os últimos a ver ou ouvir R. Sammy enquanto ainda estava vivo, além do verdadeiro assassino, é claro.

— Eu estava com você na usina de energia elétrica e posso atestar que você não teve a oportunidade de roubar um atomizador.

AS CAVERNAS DE AÇO

– Obrigado – resmungou Baley com tristeza –, mas você é um robô e o seu testemunho não será válido.

– O Comissário é seu amigo. Ele vai ouvi-lo.

– O Comissário tem um emprego a manter, e ele já está um pouco apreensivo quanto a mim. Há apenas uma chance de me salvar dessa situação desagradável.

– Sim?

– Eu me pergunto *por que* estou sendo incriminado? É claro que é para se livrarem de mim. Mas por quê? Mais uma vez, é claro que alguém acha que sou perigoso. Estou fazendo o melhor que posso para ser perigoso para quem quer que tenha matado o dr. Sarton na Vila Sideral. Isso pode se referir aos Medievalistas ou, pelo menos, ao seu alto escalão. Esse grupo saberia que eu passei pela usina de energia elétrica; pelo menos um deles deve ter me seguido pelas faixas até ali, muito embora você pensasse que nós os tínhamos despistado. Então, é provável que, se eu encontrar o assassino do dr. Sarton, encontrarei o homem ou os homens que estão tentando me tirar do caminho. Se eu raciocinar, se eu resolver o caso, se pelo menos eu resolvê-lo, estarei a salvo. E Jessie. Eu não suportaria que ela... Mas não tenho muito tempo.

Enquanto falava, ele cerrava e abria o punho convulsivamente.

Baley olhou para o rosto bem definido de R. Daneel com uma súbita e intensa esperança. O que quer que fosse aquela criatura, ele era forte e fiel, e não era movido pelo egoísmo. O que mais uma pessoa poderia pedir de um amigo? Baley precisava de um e ele não estava com disposição para implicar com o fato de que uma engrenagem substituía um vaso sanguíneo nesse amigo em particular.

Mas R. Daneel estava meneando a cabeça.

– Sinto muito, Elijah – disse o robô, e obviamente não havia nenhum traço de pesar em seu rosto –, mas não previ nada disso. Talvez minha ação acabe causando mal a você. Sinto muito se isso é necessário para o bem de todos.

– Para o bem de todos?

— Eu entrei em contato com o dr. Fastolfe.

— Por Josafá! Quando?

— Enquanto você estava comendo.

Baley apertou os lábios.

— E então? – ele conseguiu dizer. – O que aconteceu?

— Você vai ter que provar a sua inocência quanto ao assassinato de R. Sammy por outros meios que não envolvam a investigação do assassinato do homem que me projetou, o dr. Sarton. Nosso pessoal na Vila Sideral, em decorrência das minhas informações, decidiu dar por encerrada a investigação no final do dia de hoje e dar início aos planos de deixar a Vila Sideral e a Terra.

17 A CONCLUSÃO DE UM PROJETO

Baley olhou para o relógio com certa indiferença. Eram 21h45. Em duas horas e quinze minutos, seria meia-noite. Ele estava acordado desde antes das seis e tinha estado sob pressão por dois dias e meio. Tudo estava permeado por uma vaga sensação de irrealidade.

Ele manteve a voz dolorosamente inalterada enquanto procurava pegar o cachimbo e a pequena bolsa onde guardava seus preciosos pedaços de tabaco.

Ele disse:

— Afinal, do que você está falando, Daneel?

— Você não entende? — perguntou R. Daneel. — Não é óbvio?

— Eu não entendo — retrucou Baley, pacientemente. — Não é óbvio.

— Nós estamos aqui — explicou o robô —, e por "nós" eu me refiro ao nosso pessoal na Vila Sideral, para romper a casca que envolve a Terra e forçar seu povo a empreender uma nova expansão e colonização.

— Eu sei disso. Por favor, não se estenda sobre essa questão.

— É preciso, uma vez que é a questão essencial. Se estávamos ansiosos por exigir punição pelo assassinato do dr. Sarton, não era porque, fazendo isso, esperávamos trazê-lo de volta à vida, você bem compreende; era porque deixar de exigi-la fortaleceria a posição dos políticos dos nossos planetas natais que são contra a ideia da Vila Sideral em si.

– Mas agora você diz que está se preparando para ir para casa por livre e espontânea vontade – explodiu Baley, com repentina violência. – Por quê? Pelo amor de Deus, por quê? Estamos perto da resposta para o caso Sarton. Ele *precisa* ser encerrado, senão não estariam se esforçando tanto para me afastar da investigação. Tenho a sensação de que tenho todos os fatos de que preciso para achar a resposta. Deve estar aqui em algum lugar. – Ele esfregou as têmporas com força. – Uma frase pode trazer a resposta à tona. Uma palavra.

Ele fechou bem os olhos, como se a trêmula e opaca névoa formada nas últimas 60 horas estivesse realmente a ponto de clarear e ficar transparente. Mas não clareou. Não clareou.

Baley estremeceu com um suspiro e se sentiu envergonhado. Estava bancando o mau perdedor diante de uma máquina fria e indiferente que só conseguia fitá-lo em silêncio.

– Bem, deixe para lá – ele continuou com rispidez. – Por que os Siderais vão desistir da investigação?

– Nosso projeto está concluído – informou o robô. – Estamos satisfeitos com o fato de que a Terra vá colonizar.

– Então você ficou otimista?

O investigador deu a primeira e calmante baforada de fumaça de tabaco e sentiu seu controle sobre suas emoções aumentar.

– Fiquei. Faz muito tempo que nós da Vila Sideral tentamos mudar a Terra simplesmente por mudar sua economia. Tentamos introduzir a nossa própria cultura C/Fe. Seu governo planetário e os governos de várias Cidades cooperaram conosco porque era conveniente. Entretanto, nesses 25 anos, nós falhamos. Quanto mais tentávamos, mais força ganhava o grupo de oposição dos Medievalistas.

– Eu sei de tudo isso – resmungou Baley.

Ele pensou: é inútil. Ele tem que contar isso do próprio jeito, como uma gravação. Em sua mente, ele gritou para R. Daneel: *máquina!*

AS CAVERNAS DE AÇO

— O dr. Sarton foi o primeiro a teorizar sobre a necessidade de inverter as nossas táticas — prosseguiu R. Daneel. — Primeiro, devíamos encontrar um segmento da população da Terra que desejasse o que nós desejávamos ou que pudesse ser persuadido a desejá-lo. Encorajando-os e ajudando-os, poderíamos torná-lo um movimento nativo, e não estrangeiro. A dificuldade estava em encontrar o elemento nativo mais adequado aos nossos propósitos. Você mesmo, Elijah, foi um experimento interessante.

— Eu? *Eu?* O que quer dizer? — indagou Baley.

— Estamos satisfeitos que o Comissário tenha recomendado você. Pelo seu perfil psíquico, julgamos que seria um espécime útil. A análise cerebral, procedimento que eu realizei em você assim que o conheci, confirmou a minha opinião. Você é um homem prático, Elijah. Você não olha de um modo romântico para o passado da Terra, apesar do seu interesse saudável por ele. E tampouco abraça a cultura da Cidade, como ela é na Terra dos dias de hoje. Achamos que pessoas como você é que poderiam levar os terráqueos às estrelas de novo. Esse era um dos motivos pelos quais o dr. Fastolfe estava ansioso para vê-lo ontem de manhã. Sem dúvida, a sua natureza prática era embaraçosamente intensa. Você se recusou a entender que o culto fanático de um ideal, mesmo de um ideal equivocado, poderia fazer com que um homem fizesse coisas bem além de sua capacidade em circunstâncias comuns, como, por exemplo, atravessar o campo à noite para destruir alguém que ele considerava um arqui-inimigo de sua causa. Portanto, não ficamos demasiado surpresos de que você fosse teimoso e ousado o bastante para tentar provar que o assassinato era uma fraude. De certa forma, isso provou que você era o homem que queríamos para o nosso experimento.

— Pelo amor de Deus, que experimento? — Baley bateu na mesa com o punho.

— O experimento de persuadi-lo de que a colonização era a resposta para os problemas da Terra.

— Bem, eu fui persuadido. Nisso eu lhe dou razão.

— Sim, sob a influência da droga certa.

Baley ficou de queixo caído, soltando o cachimbo. O investigador o pegou no ar enquanto ele caía. Novamente, ele lembrou daquela cena na Cúpula na Vila Sideral. Ele voltando aos poucos à consciência após o choque de descobrir que R. Daneel era um robô, no fim das contas; os dedos macios de R. Daneel beliscando a carne do seu braço; um hipofragmento de cor escura se destacando debaixo da pele e depois desaparecendo.

— O que havia no hipofragmento? — ele perguntou, engasgando.

— Nada com que você precise se preocupar, Elijah. Era uma droga leve cujo objetivo era apenas tornar a sua mente mais receptiva.

— E então eu acreditei no que quer que me disseram. É isso?

— Não de todo. Você não acreditaria em nada que fugisse ao padrão básico do seu cérebro. Na verdade, os resultados do experimento foram decepcionantes. O dr. Fastolfe esperava que você passasse a defender ideias sobre o assunto de um modo fanático e persistente. Ao contrário, você se tornou remotamente favorável, não mais que isso. A sua natureza prática dificultava qualquer outra coisa. Isso nos fez perceber que a nossa única esperança eram os românticos, afinal de contas, e os românticos, infelizmente, eram todos Medievalistas, já convertidos ou em potencial.

Baley sorriu de um modo feroz.

— E então agora você desistiu e está indo para casa?

— Não é isso. Eu disse alguns instantes atrás que estamos satisfeitos de que a Terra iria colonizar. Foi você que nos deu a resposta.

— *Eu* dei a resposta a vocês? Como?

— Você falou com Francis Clousarr sobre as vantagens da colonização. Acredito que você falou de um modo bastante impetuoso. Pelo menos o nosso experimento com você teve *esse* resultado. E as características cerebroanalíticas de Clousarr mudaram. De forma bastante sutil, é verdade, mas mudaram.

— Quer dizer que o convenci de que eu estava certo? Não acredito nisso.

– Não, a convicção não surge assim tão facilmente. Mas as mudanças cerebroanalíticas demonstraram, de maneira conclusiva, que a mente Medievalista está *aberta* a esse tipo de convicção. Eu mesmo fiz alguns experimentos adicionais. Quando estávamos saindo do Distrito da Levedura, adivinhando o que poderia ter havido entre vocês dois com base nas mudanças cerebrais dele, eu propus uma escola de emigrantes como forma de garantir o futuro dos filhos dele. Ele rejeitou a ideia, mas de novo sua aura mudou, e pareceu-me bastante claro que essa era a estratégia de ataque apropriada.

R. Daneel fez uma pausa e depois continuou.

– Essa coisa chamada de Medievalismo denota um desejo pelo pioneirismo. De fato, a direção para a qual esse desejo se volta é a própria Terra, que fica perto e tem o precedente de um grande passado. Mas a visão de mundos mais além é algo semelhante e os românticos podem se voltar para outros planetas com facilidade, do mesmo modo como Clousarr se sentiu atraído pela ideia decorrente de seu comentário. Então perceba, nós da Vila Sideral já tínhamos alcançado nossos objetivos sem saber. Nós mesmos, e não qualquer uma das coisas que tentamos introduzir, éramos o elemento perturbador. Nós cristalizamos os impulsos românticos na Terra na forma de Medievalismo e induzimos sua organização. Afinal de contas, são os Medievalistas que desejam romper os moldes da tradição, e não as autoridades da Cidade, que têm mais a ganhar mantendo o *status quo*. Se deixarmos a Vila Sideral agora; se não irritarmos os Medievalistas com a nossa presença contínua até que eles próprios se rendam à ideia de que a Terra, e somente a Terra, não tem salvação; se deixarmos para trás alguns indivíduos inconspícuos ou robôs como eu, que, junto com terráqueos simpatizantes como você, possam fundar as escolas para emigrantes sobre as quais eu falei... os Medievalistas acabarão voltando-se para outras possibilidades. Eles precisarão de robôs e os obterão de nós ou construirão os seus próprios. Eles construirão uma cultura C/Fe que lhes convenha.

Foi um longo discurso para os padrões de R. Daneel. Ele mesmo deve ter percebido isso pois, após outra pausa, concluiu:

– Estou dizendo tudo isso para explicar por que é necessário fazer algo que pode lhe causar mal.

Baley pensou com amargura: um robô não deve ferir um ser humano, a não ser que possa pensar em um modo de provar que foi pelo bem maior do ser humano no final das contas.

– Um momento – disse Baley. – Deixe-me incluir um aspecto prático. Vocês vão voltar aos seus mundos e dizer que um terráqueo matou um Sideral e não foi punido. Os Mundos Siderais exigirão uma indenização da Terra, e eu já vou avisá-lo, a Terra não está inclinada a suportar esse tipo de tratamento. Haverá problemas.

– Não tenho certeza de que isso acontecerá, Elijah. Os elementos de nossos planetas que seriam os mais interessados em exigir uma indenização também seriam os mais interessados em forçar o fim da Vila Sideral. Podemos perfeitamente oferecer essa última opção para persuadi-los a abandonar a primeira. De qualquer forma, é isso que pretendemos fazer. Vamos deixar a Terra em paz.

Perdendo o controle, Baley desatou a falar, com a voz rouca por conta do súbito desespero:

– E a minha situação, como fica? O Comissário vai desistir da investigação sobre o caso Sarton de imediato se a Vila Sideral estiver disposta a isso, mas a investigação sobre R. Sammy terá que continuar, uma vez que sugere que há corrupção no Departamento. Ele vai entrar a qualquer minuto com um montão de evidências contra mim. Eu sei disso. Foi tudo arranjado. Vou ser desclassificado, Daneel. É preciso levar Jessie em consideração. Vão difamá-la chamando-a de criminosa. E Bentley...

– Você não deve pensar, Elijah, que eu não entendo a posição em que se encontra – argumentou R. Daneel. – Para o bem da humanidade, os erros menores devem ser tolerados. O dr. Sarton deixou mulher, dois filhos, pais, uma irmã e muitos amigos. Todos deverão chorar sua perda e se entristecer com a ideia de que o assassino não foi encontrado e punido.

– Então por que não ficar e encontrá-lo?

– Não é mais necessário.

– Por que não admitir que toda a investigação foi uma desculpa para nos estudar em condições de campo? – Baley acusou amargamente. – Você nunca deu a mínima para quem matou o dr. Sarton.

– Teríamos gostado de saber – Daneel disse friamente –, mas nunca tivemos dúvida quanto ao que era mais importante, um indivíduo ou a humanidade. Continuar com a investigação envolveria interferir em uma situação que nós agora achamos satisfatória. Não poderíamos predizer os danos que poderíamos causar.

– Você quer dizer que o assassino pode ser um proeminente Medievalista e, nesse exato momento, os Siderais não querem fazer nada para hostilizar seus novos amigos.

– Eu não colocaria dessa forma, mas há um fundo de verdade nas suas palavras.

– Onde está o seu circuito de justiça, Daneel? Isso é justiça?

– Há diferentes níveis de justiça, Elijah. Quando o menor é incompatível com o maior, o menor deve dar lugar ao maior.

Era como se a mente de Baley estivesse rodeando a lógica inexpugnável do cérebro positrônico de R. Daneel, procurando por uma brecha, uma fraqueza.

– Você não tem uma curiosidade pessoal, Daneel? – ele questionou. – Você se denominou um detetive. Sabe o que isso implica? Entende que uma investigação é mais do que um trabalho? É um desafio. A sua mente compete com a do criminoso. É um conflito de intelectos. Você consegue abandonar a batalha e admitir a derrota?

– Se insistir neste embate não servir a nenhum fim que valha a pena, então com certeza.

—Você não teria uma sensação de perda? Não ficaria pensando? Não haveria nem uma pontinha de insatisfação? Curiosidade frustrada?

As esperanças de Baley, que já não eram muito grandes princípio, diminuíram conforme ele falava. A palavra "curiosidade", repetida pela segunda vez, trouxe à lembrança seus próprios comentários a Francis Clousarr quatro horas antes. Naquele momento, ele sabia muito bem as qualidades que distinguiam um homem de uma máquina. A curiosidade *tinha* que ser uma delas. Um gatinho com seis semanas de vida era curioso, mas poderia haver uma máquina curiosa, por mais humanoide que ela fosse?

Esses pensamentos ecoaram nas palavras de R. Daneel.

— O que quer dizer com curiosidade? — ele perguntou.

Baley procurou explicar do modo mais convincente possível.

— Curiosidade é o nome que damos ao desejo de ampliar o conhecimento que temos.

— Esse desejo existe dentro de mim, quando a ampliação de conhecimento é necessária à realização de um dever que me foi atribuído.

— Sim — respondeu Baley, de modo sarcástico —, como quando você faz perguntas sobre as lentes de contato de Bentley para aprender mais sobre os hábitos peculiares da Terra.

— Exatamente — disse R. Daneel, sem demonstrar nenhum sinal de que percebera o sarcasmo. — No entanto, a ampliação sem propósito de conhecimento, que é o que eu acho que você quer dizer de fato com o termo curiosidade, é ineficiente. Fui projetado para evitar a ineficiência.

Foi dessa maneira que a "frase" pela qual ele estava esperando veio para Elijah Baley, e aquela névoa densa tremulou, dissipando-se e transformando-se em uma clareza resplandescente.

Enquanto R. Daneel falava, o queixo de Baley caiu e assim ficou.

Isso não poderia ter surgido em sua mente já totalmente formado. As coisas não funcionavam assim. Em algum lugar, bem no

AS CAVERNAS DE AÇO

fundo do seu inconsciente, ele tinha montado um caso, ordenado as ideias com cuidado e em detalhes, mas tinha sido interrompido por uma única inconsistência. Uma inconsistência que não se pode deixar para trás, desviar nem contornar. Enquanto ela existira, o caso permanecera soterrado em seus pensamentos, fora do alcance de sua investigação consciente.

Mas ele tinha ouvido a frase; a contradição tinha desaparecido; o caso era de Baley.

* * *

O clarão da iluminação mental que havia assolado Baley aparentemente acabou renovando suas forças. Pelo menos ele soube, de súbito, qual era a fraqueza de R. Daneel, a fraqueza de qualquer máquina pensante. Ele pensou de modo frenético e esperançoso: "A coisa *deve* ter uma mente literal".

— O Projeto Vila Sideral acaba no final do dia de hoje e, com ele, a investigação Sarton. Estou correto? — questionou Baley.

— Esta foi a decisão de nosso pessoal na Vila Sideral — anuiu R. Daneel, de maneira calma.

— Mas hoje ainda não acabou — Baley olhou para seu relógio. Eram 22h30. — Ainda falta uma hora e meia até a meia-noite.

R. Daneel não disse nada. Ele parecia estar pensando.

Baley falou rapidamente:

— Então, até a meia-noite, o projeto continua. Você é meu parceiro e a investigação continua. — Na pressa, ele falava de um modo quase telegráfico. — Vamos continuar como antes. Deixe-me trabalhar. Isso não vai prejudicar o seu povo. Isso fará muito bem a eles. Dou-lhe minha palavra. Se, na sua opinião, eu estiver causando algum mal, então me impeça. Só estou pedindo uma hora e meia.

— O que você diz está correto — falou R. Daneel. — O dia de hoje ainda não acabou. Eu não tinha pensado nisso, parceiro Elijah.

Baley era o "parceiro Elijah" de novo. Ele sorriu e disse:

— O dr. Fastolfe não mencionou imagens da cena do crime quando eu estava na Vila Sideral?

— Mencionou — confirmou R. Daneel.

— Você consegue uma cópia dessas imagens? — pediu Baley.

— Sim, parceiro Elijah.

— Quero dizer agora! Imediatamente!

— Em dez minutos, se eu puder usar o transmissor do Departamento.

O procedimento demorou menos de dez minutos. Baley olhou para o pequeno bloco de alumínio que segurava em suas mãos trêmulas. Dentro dele, as forças sutis transmitidas da Vila Sideral tinham fixado intensamente certo padrão atômico.

E nesse exato momento, o Comissário Julius Enderby parou à entrada da porta. Ele viu Baley e certa ansiedade passou pelo seu rosto redondo, deixando nele uma expressão sombria.

Ele disse de modo incerto:

— Olhe aqui, Lije, você está demorando um tempão para comer.

— Eu estava morto de cansado, Comissário. Desculpe-me se o atrasei.

— Eu não me importaria, mas... é melhor você vir ao meu escritório.

Instantaneamente, Baley virou-se para R. Daneel, mas não encontrou um olhar em resposta ao seu. Juntos, eles saíram do refeitório.

* * *

Julius Enderby andava pesadamente diante de sua mesa, de um lado para o outro, de um lado para o outro. O próprio Baley, longe de estar sereno, observava-o. De vez em quando, ele olhava para o relógio. 22h45.

O Comissário ergueu os óculos até a altura da testa e esfregou os olhos com o polegar e o indicador. A pele ao redor dos olhos ficou avermelhada, e então ele colocou os óculos de volta no lugar, piscando por detrás deles ao olhar para Baley.

AS CAVERNAS DE AÇO

– Lije – ele perguntou subitamente –, quando foi a última vez que você passou pela usina de energia de Williamsburg?

– Ontem, depois que eu saí do Departamento – respondeu Baley. – Calculo que eram mais ou menos 18h ou um pouco mais tarde.

O Comissário chacoalhou a cabeça.

– Por que você não disse?

– Eu ia dizer. Não fiz um relatório oficial ainda.

– O que você estava fazendo lá?

– Apenas passei por lá a caminho dos nossos dormitórios temporários.

O Comissário parou bem na frente de Baley e falou:

– Essa não é uma boa resposta, Lije. Ninguém passa por uma usina de energia elétrica para ir a outro lugar.

Baley encolheu os ombros. Não valia a pena contar toda a história dos perseguidores Medievalistas e a corrida pelas faixas. Não agora.

– Se está tentando insinuar que eu tive oportunidade de pegar o atomizador alfa que apagou R. Sammy – ele argumentou –, vou lembrá-lo de que Daneel estava comigo e vai testemunhar que eu passei pela usina e não parei lá, e que não saí de lá com um atomizador.

O Comissário sentou-se lentamente. Ele não olhou na direção de R. Daneel nem fez menção de falar com ele. O chefe colocou as mãos rechonchudas na mesa à sua frente e olhou para eles com uma expressão de profunda tristeza.

– Lije – ele começou –, eu não sei o que dizer ou o que pensar. E é inútil ter o seu... seu parceiro como álibi. Ele não pode testemunhar.

– Eu ainda nego que tenha pego o atomizador.

Os dedos do Comissário se entrelaçavam e se contorciam.

– Lije, por que a Jessie veio aqui vê-lo hoje à tarde? – ele questionou.

– Você já me perguntou isso, Comissário. A mesma resposta. Questões de família.

279

— Eu tenho informações de Francis Clousarr, Lije.

— Que tipo de informação?

— Ele alega que uma tal Jezebel Baley é um dos membros de uma sociedade Medievalista que se propõe a derrubar o governo à força.

—Você tem certeza de que ele indicou a pessoa certa? Há muitos Baleys.

— Não há muitas mulheres chamadas Jezebel Baley.

— Ele usou o nome dela?

— Ele disse Jezebel. Eu o ouvi, Lije. Não estou lhe dando informação de segunda mão.

— Tudo bem. Jessie fazia parte de uma inofensiva organização de uma vertente lunática. Ela nunca fez nada, a não ser frequentar reuniões e se sentir maliciosa por conta disso.

— O comitê de revisão não vai ver as coisas dessa forma, Lije.

—Você quer dizer que serei suspenso e considerado suspeito de destruir propriedade do governo, neste caso, R. Sammy?

— Espero que não, Lije, mas a coisa está muito feia. Todos sabem que você não gostava de R. Sammy. A sua mulher foi vista conversando com ele hoje à tarde. Ela estava chorando e algumas das palavras que ela disse foram ouvidas. Eram palavras inofensivas, mas uma coisa pode ser associada à outra, Lije.Você pode ter achado perigoso que ele continuasse em condições de falar. *E* você teve oportunidade de obter a arma.

Baley o interrompeu.

— Se eu estivesse eliminando todas as evidências contra Jessie, por que traria Clousarr para cá? Ele parece saber muito mais sobre ela do que R. Sammy poderia saber. Outra coisa: eu passei pela usina de energia elétrica 18 horas antes de R. Sammy falar com Jessie. Por um acaso eu tive uma visão e sabia, com tanto tempo de antecedência, que teria que destruí-lo, por isso peguei o atomizador alfa?

— São bons argumentos — considerou o Comissário. —Vou fazer o melhor que puder. Sinto muito por essa situação, Lije.

AS CAVERNAS DE AÇO

— Sente? Você realmente acredita que não fui eu quem fez isso, Comissário?

— Não sei o que pensar, Lije — Enderby falou, vagarosamente. —Vou ser franco com você.

—Vou lhe dizer o que deve pensar. Comissário, isso tudo é armação cuidadosa e bem elaborada.

O Comissário ficou tenso.

— Espere um pouco, Lije. Não atire às cegas. Não vai conseguir nenhuma simpatia com essa linha de defesa. Foi usada por muitos maus elementos.

— Não estou procurando simpatia. Apenas estou dizendo a verdade. Estão me tirando de circulação para impedir que eu descubra os fatos envolvendo o assassinato de Sarton. Infelizmente, para o camarada que está tentando me incriminar, é tarde demais para isso.

— O quê?

Baley olhou para o relógio. Eram 23h. E então ele revelou:

— Sei quem está tentando me incriminar, sei como o dr. Sarton foi assassinado e por quem, e tenho uma hora para contar a você, pegar o homem e encerrar a investigação.

18   O FIM DE UMA INVESTIGAÇÃO

O Comissário Enderby estreitou os olhos e lançou um olhar penetrante para Baley.

– O que você vai fazer? Você tentou algo parecido na Cúpula de Fastolfe ontem de manhã. Não tente novamente. Por favor.

Baley assentiu com a cabeça.

– Eu sei. Eu estava errado da primeira vez.

Ele pensou impetuosamente: e também da segunda vez. Mas não agora, não *desta* vez, não...

O pensamento desvaneceu-se, tornando-se um balbucio incoerente, como uma micropilha debaixo de um abafador positrônico.

Ele disse:

– Julgue por si mesmo. Considere que a evidência contra mim foi forjada. Acompanhe-me nesta linha de raciocínio e veja aonde ela o leva. Pergunte-se quem poderia ter forjado essa evidência. É óbvio que só poderia ser alguém que soubesse que eu estive na usina de Williamsburg ontem à noite.

– Tudo bem. E quem seria essa pessoa?

– Eu fui seguido, depois que saí da cozinha, por um grupo Medievalista – relatou Baley. – Eu os despistei, ou pensei que tivesse despistado, mas é óbvio que pelo menos um deles me viu passar pela usina. Meu único propósito ao passar por lá era me ajudar a despistá-los, entende?

O Comissário pensou sobre essa afirmação.

– Clousarr? Ele estava com eles?

Baley afirmou com a cabeça.

– Tudo bem, vamos interrogá-lo – Enderby concordou. – Se ele souber de alguma coisa, vamos fazê-lo falar. O que mais posso fazer, Lije?

– Espere um pouco. Não desista tão facilmente. Você entende o meu ponto de vista?

– Bem, vejamos se eu entendo.

O Comissário apertou as mãos.

– Clousarr viu você entrando na usina de energia elétrica de Williamsburg, ou então alguém do grupo dele viu e passou a informação para ele. Ele decidiu utilizar esse fato para criar problemas para você e tirá-lo da investigação. É isso que está dizendo?

– Quase isso.

– Bom. – O Comissário parecia estar se aquecendo para o próximo assunto. – Ele sabia que a sua mulher era membro da organização dele, naturalmente, então sabia que não fariam uma investigação muito rigorosa sobre a sua vida pessoal. Clousarr pensou que você iria se demitir em vez de lutar contra evidências circunstanciais. A propósito, Lije, e uma demissão? Quero dizer, se as coisas ficassem feias mesmo. Poderíamos fazer isso sem criar um estardalhaço...

– Nem em um milhão de anos, Comissário.

Enderby encolheu os ombros.

– Bem, onde eu estava? Ah, sim, então ele pegou um atomizador, provavelmente através de um comparsa na usina, e conseguiu que outro comparsa providenciasse a destruição de R. Sammy.

Batia os dedos de leve na mesa.

– Isso não é bom, Lije.

– Por que não?

AS CAVERNAS DE AÇO

– Forçado demais. Comparsas demais. Aliás, ele tem um bom álibi para a noite e a manhã do assassinato na Vila Sideral. Nós verificamos quase que de imediato, embora eu fosse o único que sabia o motivo de verificar aqueles horários em particular.

– Eu nunca afirmei que foi Clousarr, Comissário – retrucou Baley. – *Você* o acusou. Poderia ser qualquer um da organização Medievalista. Clousarr é apenas o dono de um rosto que Daneel acabou reconhecendo. Eu nem acho que ele seja de particular importância na organização, embora haja algo estranho sobre ele.

– O quê, exatamente? – perguntou Enderby de um modo suspeito.

– Ele sabia que Jessie era um dos membros. Você acha que ele conhece todos os membros da organização?

– Não sei. De qualquer forma, ele sabia sobre Jessie. Talvez ela fosse importante porque era a mulher de um policial. Talvez ele se lembrasse dela por esse motivo.

– Você disse que ele foi logo dizendo que Jezebel Baley era um dos membros. Assim mesmo? Jezebel Baley?

Enderby assentiu com a cabeça.

– Estou dizendo a você que o ouvi dizer isso.

– É engraçado, Comissário. Jessie não usa o nome completo desde antes de Bentley nascer. Nem uma vez. Tenho certeza disso. Ela se associou aos Medievalistas depois que parou de usar o nome completo. Tenho certeza disso também. Então, como Clousarr poderia conhecê-la pelo nome de Jezebel?

O Comissário enrubesceu e disse apressadamente:

– Ah, bom, se é essa a questão, ele deve ter dito Jessie. Eu apenas completei automaticamente e usei o nome completo dela. Na verdade, eu tenho certeza disso. Ele falou Jessie.

– Até agora você estava bastante certo de que ele tinha dito Jezebel. Eu perguntei várias vezes.

O Comissário alterou a voz.

– Você não está dizendo que sou um mentiroso, está?

— Estou apenas supondo que, talvez, Clousarr não tenha dito nada. Estou me perguntando se você inventou isso. Faz vinte anos que conhece Jessie e *você* sabia que o nome dela era Jezebel.

—Você está ficando louco, cara.

— Estou? Onde você estava hoje depois do almoço? Você ficou fora de seu escritório por pelo menos duas horas.

—Você está *me* interrogando?

—Vou responder por você. Você estava na usina de energia elétrica de Williamsburg.

O Comissário se levantou da cadeira. Sua testa brilhava de suor e havia saliva seca acumulada nos cantos da boca.

— O que diabos você está tentando insinuar?

—Você nega que estava lá?

— Baley, você está suspenso. Entregue-me as suas credenciais.

— Ainda não. Ouça o que eu tenho a dizer.

— Não pretendo ouvi-lo. Você é o culpado. É tão culpado como o diabo e o que me incomoda é a sua tentativa barata de fazer parecer que eu, *eu*, estou conspirando contra você. — Ele perdeu temporariamente a voz com um grunhido de indignação. Ofegante, conseguiu dizer: — Na verdade, você está preso.

— Não — retrucou Baley com firmeza. — Ainda não. Comissário, eu tenho um desintegrador apontado para você. Ele está apontado na sua direção e está engatilhado. Por favor, não brinque comigo, porque estou desesperado e *vou* ser ouvido. Depois, você pode fazer o que quiser.

Com os olhos arregalados, Julius Enderby deparou com a desagradável imagem da boca da arma nas mãos de Baley.

— Isso vai lhe custar vinte anos, Baley — gaguejou o Comissário —, no nível mais baixo da prisão na Cidade.

R. Daneel se mexeu de repente. Sua mão agarrou o pulso de Baley.

— Não posso permitir isso, parceiro Elijah — ele disse calmamente. — Você não deve fazer nenhum mal ao Comissário.

AS CAVERNAS DE AÇO

Pela primeira vez desde que R. Daneel tinha entrado na Cidade, o Comissário falou diretamente com ele:

— Detenha-o. Lembre-se da Primeira Lei!

Sem demora, Baley declarou:

— Não tenho intenção de feri-lo, Daneel, se você o impedir de me prender. Você disse que ia me ajudar a esclarecer isso. Eu tenho 45 minutos.

Sem soltar o pulso de Baley, R. Daneel afirmou:

— Comissário, acredito que Elijah deveria ter o direito de falar. Estou em contato com o dr. Fastolfe neste momento...

— Como? Como? – indagou o Comissário, descontrolado.

— Eu possuo uma unidade subetérica portátil – informou R. Daneel.

O Comissário ficou olhando.

— Estou em contato com o dr. Fastolfe – continuou o robô, inexoravelmente – e passaria uma má impressão, Comissário, se o senhor se recusasse a ouvir Elijah. Poderia levar a inferências prejudiciais.

O Comissário deixou-se cair na cadeira, sem palavras.

— Eu digo que você estava na usina de energia elétrica hoje, Comissário – acusou Baley –, e pegou o atomizador alfa e entregou-o a R. Sammy. Você escolheu a usina de energia de Williamsburg de propósito a fim de me incriminar. Você até aproveitou a volta do dr. Gerrigel para convidá-lo a vir ao Departamento e dar a ele um localizador desregulado que o levasse à sala de materiais fotográficos e permitisse que ele encontrasse os restos de R. Sammy. Você contava com ele para fazer um diagnóstico correto.

Baley guardou o desintegrador.

— Se quiser me prender agora, vá em frente, mas a Vila Sideral não vai aceitar isso como resposta.

— Motivo – balbuciou Enderby, esbaforido. Seus óculos estavam embaçados e ele os tirou, parecendo de novo curiosamente vago e impotente sem eles. – Que motivo eu poderia ter para fazer isso?

—Você me colocou em apuros, não foi? Isso faria a investigação do caso Sarton parar, não faria? E, além disso tudo, R. Sammy sabia demais.

— Sobre o quê, pelo amor de Deus?

— Sobre o modo como um Sideral foi assassinado há cinco dias e meio. Veja bem, Comissário, *você* matou o dr. Sarton, da Vila Sideral.

Foi R. Daneel que falou a seguir. Enderby só conseguia agarrar febrilmente os cabelos e chacoalhar a cabeça.

— Parceiro Elijah — argumentou o robô —, temo que a sua teoria seja um tanto insustentável. Como sabe, é impossível que o Comissário Enderby tenha assassinado o dr. Sarton.

— Então ouça. Ouça o que eu tenho a dizer. Enderby implorou que *eu* pegasse esse caso, e não outro policial de grau mais alto que eu. Ele fez isso por várias razões. Em primeiro lugar, nós éramos amigos dos tempos de faculdade e ele pensou que podia contar com o fato de que nunca me ocorreria que um velho amigo e superior respeitado pudesse ser um criminoso. Ele contava com a minha conhecida lealdade, sabe. Em segundo lugar, ele sabia que Jessie era membro de uma organização secreta e esperava conseguir me induzir a deixar a investigação ou me chantagear para que me calasse se eu chegasse muito perto da verdade. E ele não estava preocupado de verdade com isso. No comecinho, ele fez o melhor que pôde para que eu desconfiasse de você, Daneel, e para que eu tivesse certeza de que nós dois tínhamos objetivos contrários. Ele sabia sobre a desclassificação do meu pai. Ele podia adivinhar como eu reagiria. Veja, ser o responsável pela investigação do assassinato é uma vantagem para o assassino.

O Comissário, que ficara sem voz, conseguiu, por fim, falar. Com um fio de voz, ele interpelou:

— Como eu poderia saber sobre Jessie? — Ele se virou para o robô. — Você! Se estiver transmitindo isso para a Vila Sideral, diga a eles que é mentira! É tudo mentira!

Baley o interrompeu, levantando a voz por um instante e depois baixando-a para um estranho tom de calma tensa.

AS CAVERNAS DE AÇO

—Você com certeza saberia sobre Jessie. Você é um Medievalista e faz parte da organização. Seus óculos antiquados! Suas janelas! É óbvio que isso é próprio do seu temperamento. Mas há evidências melhores do que essas. Como Jessie descobriu que Daneel era um robô? Fiquei intrigado naquela ocasião. É claro que agora sabemos que ela descobriu através da organização Medievalista da qual fazia parte, mas isso não resolve o problema. Como *eles* sabiam? Você, Comissário, tentou elucidar com a teoria de que Daneel fora reconhecido como um robô durante o incidente na sapataria. Eu não pude acreditar nisso. Não dava. Eu pensei que ele fosse humano quando o vi pela primeira vez, e não há nada de errado com os meus olhos.

— Ontem, pedi que o dr. Gerrigel viesse de Washington — continuou Baley. — Depois decidi que precisava dele por várias razões, mas, quando liguei para ele, meu único objetivo era ver se reconheceria Daneel pelo que ele era sem nenhuma indicação de minha parte. Comissário, ele não reconheceu! Eu o apresentei para Daneel, ele o cumprimentou, nós três conversamos juntos, e foi somente quando o assunto girou em torno de robôs humanoides que ele de repente se deu conta. E isso aconteceu com o dr. Gerrigel, o maior especialista em robôs da Terra. Você quer dizer que alguns agitadores Medievalistas conseguiriam fazer melhor do que ele em condições de confusão e tensão e ter tanta certeza disso a ponto de movimentar toda a organização baseados na possibilidade de que Daneel fosse um robô? Agora me parece óbvio que os Medievalistas deviam saber que Daneel era um robô desde o primeiro momento. O incidente na sapataria foi planejado deliberadamente para mostrar a Daneel e, através dele, à Vila Sideral, a extensão do sentimento antirrobô na Cidade. Foi planejado para confundir as coisas, para eliminar as suspeitas quanto a indivíduos em particular e direcioná-las à população como um todo.

— Portanto — Baley não podia parar agora —, se eles sabiam a verdade sobre Daneel desde o início, quem lhes contou? Eu não contei. Antes, pensei que tivesse sido o próprio Daneel, mas essa hipótese está descartada. O outro terráqueo que sabia sobre isso era você, Comissário.

– Pode haver espiões no Departamento também – Enderby argumentou, com uma energia surpreendente. – Pode haver um monte de Medievalistas aqui. Sua mulher era um deles e, se você acha possível que eu seja, por que não outros no Departamento?

Baley deu um sorrisinho zombeteiro.

– Não vamos incluir misteriosos espiões antes de vermos aonde a solução mais simples nos leva. Eu afirmo que você é, evidentemente, o verdadeiro informante. É interessante, agora que eu me recordo dessas coisas, Comissário, ver como o seu estado de ânimo variava conforme eu parecia estar longe de chegar a uma solução ou perto dela. Para começar, você estava nervoso. Ontem de manhã, quando eu quis visitar a Vila Sideral e não quis lhe contar o motivo, você quase entrou em colapso. Você pensou que eu o tinha encurralado, Comissário? Que era uma armadilha para entregá-lo a eles? Você me disse que os odiava. Você estava quase chorando. Por algum tempo, achei que a causa fosse a lembrança das humilhações na Vila Sideral quando você era o suspeito, mas então Daneel acabou me explicando que eles levaram seus sentimentos em consideração. Você nunca soube que era um suspeito. Seu pânico era causado pelo medo, não pela humilhação. Em seguida, quando eu revelei a minha solução completamente errônea, enquanto você ouvia tudo pelo circuito tridimensional e viu que eu estava longe, mas muito longe da verdade, sentiu-se confiante de novo. Você até discutiu comigo e defendeu os Siderais. Depois daquilo, você ficou senhor de si novamente e bastante confiante por um tempo. Fiquei surpreso, na época, que você tivesse perdoado as minhas falsas acusações contra os Siderais com tanta facilidade, sendo que antes você tinha me passado um sermão e tanto sobre a sensibilidade deles. Você se divertiu com o meu equívoco. Então eu fiz a minha ligação para o dr. Gerrigel, você quis saber por que e eu não quis contar. Isso o atirou de novo ao abismo porque você temia...

R. Daneel levantou a mão de repente.

– Parceiro Elijah!

Baley olhou para o relógio. 23h42!

– O que foi? – ele perguntou.

– Ele pode ter ficado inquieto pensando que você descobriria suas conexões Medievalistas, se supusermos que elas existem – concedeu R. Daneel. – No entanto, não há nada que o ligue ao assassinato. Não é possível que ele tenha algo a ver com isso.

– Você está errado, Daneel – Baley contestou. – Ele não sabia para que eu queria o dr. Gerrigel, mas podia-se supor que estava relacionado a algo sobre robôs. Isso assustou o Comissário, porque um robô tinha íntima relação com esse crime maior. Não é, Comissário?

Enderby chacoalhou a cabeça.

– Quando isso terminar... – começou ele, mas não conseguiu articular o resto da frase.

– Como o crime foi cometido? – perguntou Baley, contendo sua fúria. – C/Fe, droga! C/Fe! Estou usando um termo seu, Daneel. Você acha tão importantes os benefícios de uma cultura C/Fe e, no entanto, não vê em que ponto um terráqueo pode tê-la usado pelo menos para obter uma vantagem temporária. Deixe-me descrever o caso para você.

– Não é difícil imaginar um robô atravessar o campo – Baley iniciou sua explicação. – Mesmo à noite. Mesmo sozinho. O Comissário colocou um desintegrador na mão de R. Sammy, disse a ele aonde ir e quando. Ele próprio entrou na Vila Sideral passando pelo Privativo, onde deixou sua própria arma. Ele recebeu a outra das mãos de R. Sammy, matou o dr. Sarton, devolveu a pistola para R. Sammy, que a levou de volta através dos campos para Nova York. E hoje ele destruiu R. Sammy, porque o que ele sabia tinha se tornado perigoso. Isso explica tudo. A presença do Comissário, a ausência de uma arma. E torna desnecessário supor que qualquer humano morador de Nova York tivesse se arrastado pouco mais de um quilômetro e meio a céu aberto à noite.

Mas, ao fim da exposição de Baley, R. Daneel disse:

— Sinto muito, parceiro Elijah, embora esteja feliz pelo Comissário, que a sua história não explique nada. Eu lhe disse que as características cerebroanalíticas do Comissário mostram que é impossível que ele tenha cometido um assassinato de propósito. Não sei que palavra poderia ser associada a esse fato psicológico: covardia, consciência ou compaixão. Conheço a definição de cada uma delas no dicionário, mas não consigo me decidir entre elas. De qualquer forma, o Comissário não cometeu um assassinato.

— Obrigado — murmurou Enderby. Sua voz adquiriu força e confiança. — Não sei quais são as suas razões, Baley, ou por que você tentaria me arruinar desse jeito, mas vou até o fundo...

— Espere — interrompeu Baley. — Eu ainda não terminei. Eu tenho isto.

Baley colocou, com violência, um cubo de alumínio na mesa de Enderby, e tentou sentir a confiança que ele esperava estar demonstrando. Fazia cerca de meia hora agora que ele estava escondendo de si mesmo um pequeno detalhe: ele *não* sabia o que a foto mostrava. Ele estava se arriscando, mas era a única coisa que restava a fazer.

Enderby se encolheu, afastando-se do pequeno objeto.

— O que é isso?

— Não é uma bomba — resmungou Baley ironicamente. — É apenas um microprojetor comum.

— E então? O que ele vai provar?

— Vejamos.

Os dedos dele tatearam até encontrar uma das aberturas do cubo; um canto do escritório do Comissário embranqueceu e então se iluminou, mostrando uma cena estranha em três dimensões.

Ela ia do chão ao teto e se estendia para além das paredes do escritório. Estava banhada por um tipo de luz cinzenta que os serviços de utilidade pública da Cidade nunca forneciam. Baley pensou, com uma pontinha de aversão misturada com uma perversa atração: deve ser aquilo que chamam de amanhecer.

A cena retratada era da Cúpula do dr. Sarton. O corpo morto do dr. Sarton, seus restos horríveis e danificados, estava ao centro.

Enderby arregalou os olhos quando viu.

— Sei que o Comissário não é um assassino. Não preciso que me diga isso, Daneel. Se eu tivesse contornado especificamente esse fato mais cedo, teria achado a solução antes. Na verdade, eu não tinha visto uma maneira para sair dessa até uma hora atrás, quando eu disse, desatentamente, que você tinha ficado curioso quanto às lentes de Bentley certa vez. Era isso, Comissário. Ocorreu-me que a sua miopia e os seus óculos eram a chave. Suponho que eles não tenham miopia nos Mundos Siderais, senão poderiam ter chegado à verdadeira solução para o caso quase que de imediato. Comissário, quando quebrou os óculos?

— O que quer dizer? — perguntou o Comissário.

— Quando conversei com você sobre este caso pela primeira vez, você me disse que tinha quebrado os óculos na Vila Sideral — Baley explicou. — Eu supus que você os tivesse quebrado por ter ficado agitado ao ser informado sobre o assassinato, mas *você* nunca disse isso, e eu não tinha motivos para desconfiar que não tivesse acontecido assim. Na verdade, se você estava entrando na Vila Sideral com um crime em mente, já estava suficientemente agitado para deixar cair e quebrar os óculos antes do ato propriamente dito. Não é? E não foi isso o que de fato ocorreu?

— Não entendo aonde você quer chegar, parceiro Elijah — confessou R. Daneel.

Baley pensou: "Sou o parceiro Elijah por mais dez minutos. Rápido! Fale rápido! E pense rápido!".

Ele manipulava a imagem da Cúpula de Sarton enquanto falava. Desajeitadamente, ele a expandiu, sentindo os dedos inseguros por conta da tensão que o dominava. Aos poucos, e com movimentos bruscos, o cadáver ampliava-se, alargava-se, esticava-se e aproximava-se. Baley quase podia sentir o fedor da carne chamuscada. A cabeça, os ombros e um antebraço estavam insanamente pendurados, ligados ao quadril e às pernas por um resto enegrecido da coluna, do qual se projetavam tocos de costelas queimados.

Baley olhou de soslaio para o Comissário. Enderby tinha fechado os olhos. Ele parecia enjoado. Baley se sentia enjoado também, mas *tinha* que olhar. Pouco a pouco, ele contornou a imagem utilizando os controles do transmissor, girando-a e mostrando o chão ao redor do cadáver em sucessivos quadrantes. Suas unhas deslizaram e a imagem do chão oscilou de repente e se expandiu até chão e cadáver se tornarem um borrão confuso que escapava ao poder de resolução do transmissor. Ele focalizou a parte de baixo da imagem ampliada, deixando o cadáver de fora.

Ele ainda estava falando. Ele tinha que fazer isso. Não podia parar até achar o que estava procurando. E, se não achasse, toda essa conversa poderia ser inútil. Pior que inútil. O coração dele latejava e a cabeça também.

– O Comissário não poderia cometer um crime de propósito – admitiu Baley. – É verdade! *De propósito.* Mas qualquer homem pode matar por acidente. O Comissário não entrou na Vila Sideral para matar o dr. Sarton. Ele entrou para matar você, Daneel, *você*! Há algo na análise cerebral dele que diz que ele é incapaz de destruir uma máquina? *Isso* não é assassinato, apenas sabotagem. Ele é um Medievalista, e um Medievalista convicto. Ele trabalhava com o dr. Sarton e sabia com qual objetivo você foi projetado, Daneel. Ele temia que o objetivo fosse alcançado, que os terráqueos fossem por fim afastados do seio da mãe Terra. Então ele decidiu destruí--lo, Daneel. Você era o único do seu tipo fabricado até agora e ele tinha bons motivos para acreditar que, demonstrando a dimensão

AS CAVERNAS DE AÇO

e a determinação do Medievalismo na Terra, ele desencorajaria os Siderais. Ele sabia como era forte, nos Mundos Siderais, as opiniões favoráveis a encerrar por completo o projeto da Vila Sideral. O dr. Sarton deve ter discutido isso com ele. Esse, ele pensava, seria o último empurrão na direção certa.

– Tampouco estou afirmando que a ideia de matá-lo, Daneel, era agradável – Baley prosseguiu rapidamente. – Ele teria pedido que R. Sammy fizesse isso, eu imagino, se você não parecesse tão humano a ponto de um robô primitivo como R. Sammy não saber a diferença, ou entendê-la. A Primeira Lei o impediria. Ou o Comissário teria pedido que outro humano fizesse isso se ele mesmo não fosse o único a ter acesso rápido à Vila Sideral a qualquer momento. Deixe-me reconstruir como pode ter sido o plano do Comissário. Estou fazendo suposições, eu admito, mas acho que estou chegando perto. Ele marcou um encontro com o dr. Sarton, mas chegou cedo, ao amanhecer, para ser mais específico... deliberadamente. O dr. Sarton estaria dormindo. Eu imagino que ele sim, mas você, Daneel, estaria acordado. Suponho, a propósito, que você morava com o dr. Sarton, Daneel.

O robô afirmou acenando com a cabeça.

– Você está certo, parceiro Elijah.

– Então, deixe-me continuar – Baley corria contra o tempo. – Você, Daneel, iria até a porta da Cúpula, seria atingido no peito ou na cabeça pelo desintegrador e tudo estaria acabado. O Comissário sairia rapidamente pelas ruas desertas durante o amanhecer na Vila Sideral e voltaria ao lugar onde R. Sammy esperava. Ele devolveria a pistola e então voltaria andando devagar à Cúpula do dr. Sarton. Se necessário, ele mesmo "descobriria" o corpo, embora preferisse que outra pessoa o descobrisse. Se questionassem o fato de ter chegado cedo, ele poderia dizer, eu acho, que tinha ido contar ao dr. Sarton sobre os rumores de um ataque Medievalista na Vila Sideral e incentivá-lo a tomar precauções secretas para evitar que um problema entre os Siderais e os terráqueos se tornasse público. O

295

robô morto contribuiria com a história dele. Se perguntassem sobre o longo intervalo de tempo entre a sua entrada na Vila Sideral, Comissário, e a sua chegada à Cúpula do dr. Sarton, você poderia afirmar... vejamos, que viu alguém à espreita pelas ruas e se dirigiu ao campo. Você o perseguiu por algum tempo. Isso também os induziria a uma falsa pista. Quanto a R. Sammy, ninguém o notaria. Um robô em meio às hortas do lado de fora da Cidade é apenas mais um robô. Estou chegando perto, Comissário?

Enderby contorceu-se.

– Eu não...

– Não – concordou Baley –, você não matou Daneel. Ele está aqui e, durante todo esse tempo em que ele esteve na Cidade, você não foi capaz de olhar no rosto dele ou chamá-lo pelo nome. Olhe para ele agora, Comissário.

Enderby não conseguiu. Ele cobriu o rosto com as mãos trêmulas.

As mãos trêmulas de Baley quase derrubaram seu transmissor. Ele os tinha encontrado.

A imagem agora focalizava a porta principal da Cúpula do dr. Sarton. A porta estava aberta; eles acabaram deslizando pelas brilhantes canaletas de metal até o fim do vão. Ali embaixo, nas canaletas. Ali! Ali!

O brilho era inconfundível.

– Vou lhe dizer o que aconteceu – prosseguiu Baley. – Você estava na Cúpula quando deixou cair os óculos. Você devia estar nervoso e eu já vi como fica quando está nervoso. Você os tira e os limpa. Você fez isso naquele momento. Mas as suas mãos estavam tremendo e você os deixou cair; talvez tenha pisado neles. De qualquer forma, eles quebraram e, naquele instante, a porta abriu e um vulto que se parecia com Daneel o encarou. Você atirou nele com o desintegrador, recolheu rapidamente os fragmentos dos seus óculos e correu. Eles encontraram o corpo, *não* você e, quando eles vieram encontrá-lo, você descobriu que tinha matado não Daneel, mas sim o dr. Sarton, que levantara cedo.

O dr. Sarton tinha projetado Daneel à própria imagem, para seu azar, e, sem seus óculos naquele momento de tensão, você não conseguiu distingui-los. E, se quiser a prova tangível, ali está!

A imagem da Cúpula de Sarton estremeceu e Baley colocou o transmissor cuidadosamente sobre a mesa, segurando-o firme.

O Comissário Enderby foi tomado pelo pavor e Baley, pela tensão. R. Daneel parecia indiferente.

Baley apontava o dedo.

– Esse brilho nos entalhes da porta. O que é isso, Daneel?

– Dois pequenos estilhaços de vidro – informou o robô friamente. – Não sabíamos o que significavam.

– Até agora. São partes das lentes côncavas. Meçam as propriedades óticas e comparem-nas com as dos óculos que Enderby está usando agora. *Não os destrua, Comissário!*

Ele berrou ao Comissário e tirou os óculos da mão dele. Ele os entregou a R. Daneel, ofegante:

– Isso é prova suficiente, eu acho, de que ele estava na Cúpula mais cedo do que vocês pensavam.

– Estou convencido – admitiu R. Daneel. – Agora entendo por que fui completamente despistado pela análise cerebral do Comissário. Eu o parabenizo, Elijah.

O relógio de Baley marcava 0:00. Um novo dia estava começando.

Lentamente, o Comissário foi abaixando a cabeça, encostando-a nos braços. Suas palavras eram lamentos abafados.

– Foi um engano. Um engano. Nunca tive a intenção de matá-lo.

Inesperadamente, ele escorregou da cadeira e despencou no chão.

– Você o feriu, Elijah – R. Daneel acusou. – Isso não é nada bom.

– Ele não está morto, está?

– Não. Mas está inconsciente.

– Ele vai recobrar os sentidos. Foi demais para ele, eu acho. Eu precisava fazer isso, Daneel, precisava. Eu não tinha nenhuma evidência que pudesse ser utilizada em um julgamento, apenas inferências. Tive que ficar falando e falando e soltando as coisas aos poucos na esperança de que ele perdesse o controle. E ele perdeu, Daneel. Você o ouviu confessar, não ouviu?

— Sim.

— Pois bem, eu prometi que seria em benefício do projeto da Vila Sideral, então... Espere, ele está voltando a si.

O Comissário resmungou algo. Suas pálpebras tremeram e seus olhos se abriram. Sem palavras, ele fitava os dois.

O Comissário balançou a cabeça, apático.

— Tudo bem. Acontece que os Siderais estão interessados em outra coisa que não em processá-lo. Se cooperar com eles...

— O quê? O quê? — Uma centelha de esperança surgiu nos olhos do Comissário.

— Você deve ser uma figura influente na organização Medievalista de Nova York e talvez no âmbito planetário. Convença-os a colonizar o espaço. Você consegue ver a linha que a propaganda deve seguir, não consegue? "Podemos voltar ao solo, sem problemas... mas em outros planetas."

— Eu não entendo — murmurou o Comissário.

— É o que os Siderais querem. E, Deus me ajude, agora é o que eu quero também, desde que tive uma conversa com o dr. Fastolfe. É o que eles mais querem. Eles arriscam a vida constantemente vindo à Terra e permanecendo aqui por esse motivo. Se o assassinato do dr. Sarton possibilitar que você convença os Medievalistas a voltarem-se para a retomada da colonização galáctica, é provável que eles considerem isso um sacrifício válido. Entende agora?

— Elijah está certo — concordou R. Daneel. — Ajude-nos, Comissário, e esqueceremos o passado. Falo em nome do dr. Fastolfe e do nosso povo em geral quanto a esse ponto. É claro que, se concordar em nos ajudar e mais tarde nos trair, sempre poderemos lembrá-lo do fato de que é culpado. Espero que também entenda isso. Não me agrada ter que mencionar tal fato.

– Não vou ser processado? – perguntou o Comissário.

– Não, se nos ajudar.

Seus olhos se encheram de lágrimas.

–Vou fazer isso. Foi um acidente. Explique isso. Um acidente. Fiz o que achei que era certo.

– Se nos ajudar, *estará* fazendo a coisa certa – Baley o consolou.

– A colonização do espaço é a única salvação possível para a Terra. Vai perceber isso se pensar sobre o assunto sem preconceitos. Se achar que não consegue, converse um pouco com o dr. Fastolfe. E agora, você pode começar a ajudar encerrando essa questão sobre R. Sammy. Diga que foi um acidente ou algo assim. Acabe com isso! – Baley levantou-se. – E lembre-se: eu não sou o único que sabe a verdade, Comissário. Livrar-se de mim vai arruiná-lo. Todos na Vila Sideral sabem. Você entende isso, não entende?

– Não é necessário dizer mais nada, Elijah – comentou R. Daneel. – Ele está sendo sincero e vai ajudar. Isso ficou claro a partir da análise cerebral dele.

–Tudo bem. Então eu vou para casa. Quero ver Jessie e Bentley e retomar uma vida normal. E eu quero dormir... Daneel, você vai continuar na Terra depois que os Siderais se forem?

– Não fui informado sobre isso – admitiu R. Daneel. – Por que pergunta?

Baley mordeu os lábios e então confessou:

– Nunca pensei que diria algo assim a alguém como você, Daneel, mas confio em você. Eu até... o admiro. Eu estou velho demais para deixar a Terra, mas quando as escolas para emigrantes forem criadas, Bentley pode ir. Se, algum dia, talvez, Bentley e você, juntos...

–Talvez.

O rosto de R. Daneel não expressava nenhuma emoção.

O robô se virou para Julius Enderby, que os observava com uma expressão lânguida no rosto, para o qual estava apenas começando a voltar certa vitalidade.

– Eu estava tentando entender, amigo Julius, alguns comentários que Elijah fez mais cedo – afirmou o robô. – Talvez eu esteja começando a conseguir, pois, de repente, parece-me que a destruição do que não deveria haver, isto é, a destruição do que vocês chamam de mal, é menos justa e desejável do que a conversão desse mal naquilo que vocês chamam de bem.

Então ele hesitou, quase como se estivesse surpreso com as próprias palavras, e recitou:

– Vá e não tornes a pecar!

Baley, sorrindo de repente, pegou no cotovelo de R. Daneel e eles saíram juntos pela porta.

TIPOLOGIA:	Bembo 11x14,9 [texto]
	Quicksand 11x16,4 [entretítulos]
PAPEL:	Pólen Soft 80g/m² [miolo]
	Cartão Supremo 250g/m² [capa]
IMPRESSÃO:	Rettec Artes Gráficas e Editora Ltda. [outubro de 2020]
1ª EDIÇÃO:	agosto de 2013 [4 reimpressões]
2ª EDIÇÃO:	agosto de 2019 [1 reimpressão]